心灵的选择

的选择

Spiritual choice

何毓敏 ◎ 著

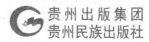

贵州出版集团
贵州民族出版社

图书在版编目（CIP）数据

心灵的选择 / 何毓敏著. -- 贵阳: 贵州民族出版
社,2017.8
ISBN 978 - 7 - 5412 - 2332 - 7

Ⅰ.①心… Ⅱ.①何… Ⅲ.①散文集 — 中国 — 当代
Ⅳ.①I267

中国版本图书馆 CIP 数据核字（2017）第 190977 号

心灵的选择

何毓敏 / 著

□ 出版发行	贵州出版集团　贵州民族出版社	
□ 出 版 地	贵州省贵阳市观山湖区会展东路贵州出版大楼	
□ 印　　刷	贵阳海印印刷有限公司	
□ 开　　本	787 mm × 1092 mm　1/16	
□ 印　　张	20	
□ 版　　次	2017 年 7 月第 1 版	
□ 印　　次	2017 年 7 月第 1 次	
□ 字　　数	200 千字	
□ 书　　号	ISBN 978 - 7 - 5412 - 2332 - 7	
□ 定　　价	40.00 元	

序 言

真情写华章

李在文 ●

北宋著名的政治家、史学家、散文家司马光曾说:"君子所以感人者,其惟诚乎!"这句话深刻地告诉我们,真诚是唯一感人的力量。

倾注满腔的真情与诚挚,真诚为人,真诚做事,真诚作文,当是我们应有的也是唯一的遵循。毓敏就是一位坚守这个遵循的作家。

我在武汉上大学时,学习的航空摄影测量专业,毓敏后来在南京上学,虽与我不同学校,但所学的专业一样。20世纪80年代中期,我在贵州省测绘局工作时,因工作关系与毓敏相识;后来我调到贵州省国土资源厅工作,分管测绘行业,与毓敏接触较多,了解到他不仅是基层测绘单位的一位管理者,也十分热爱文学创作。他经常在报刊上发表文章,我也在一些报刊上阅读过他的作品。他的作品语言优美,感情真诚,山野味浓,颇有感染力。20世纪90年代后期,我到贵州省地矿局

工作后,毓敏在局党委办公室从事党务管理工作,后来又在西南能矿党群部、办公室、党委办公室工作,使我对他有了更深的了解。

毓敏学的是测绘,原本志向是踏遍青山当一名测山绘水的工程师,后来组织安排改行从事管理和机关工作,从此和文字结下情缘。虽然不是写作科班出身,但凭着勤奋、执着和真诚,逐步练就了扎实的文学功底和写作能力,文学、新闻、论文、公文样样写得漂亮,是一个难得的写作人才。

毓敏出生于黔北极地道真,毗邻重庆,在丰厚的播州文化、巴蜀文化的滋养和家庭的熏陶下,从小就写得一手好作文。步入工作岗位后,因为本人的热爱和行业的特点,极大地激发了他的创作热情和灵感。秀丽的祖国山水,多彩的苗岭风情,美丽的故土乡愁,火热的地质生活,使他文思泉涌,佳作不断,他以细腻而真挚的笔触,优美而深情的笔调,为读者采撷了一串串诗情画意,描绘了一幅幅感人画卷。

《心灵的选择》是毓敏的第二部散文集,收录了作者近年创作的抒情散文、游记、纪实散文和散文诗60多篇。分为四部分:"山川如画"收录的是作者游历名胜的游记,表达了对秀美山川的深情赞美和热爱;"故土情深"收录的对故乡人或事的回忆录,表达了浓郁而优美的乡

愁;"地质苦旅"收录的地矿行业发生的感人故事,讴歌了地质工作的成就与浪漫;"心灵放歌"收录的抒情散文,通过生活中点滴细微的故事或片段,抒发了对生活的热爱、思想的感悟和生活的理性思考。

本书收录的60多篇作品,语言优美,文采飞扬,情感真挚,绝大部分在省级以上报刊发表过,其中20多篇还在省级文学创作比赛中获奖,精品佳作不少。例如,作者在抒情散文《北戴河印象》中写道:"如果大海是一首诗,它蕴含的是一种启迪灵魂的哲理与思想;如果大海是一幅画,它展开的是一种气势磅礴的魅力和气魄。那就让我们做一朵浪花,在大海宽阔宏大的怀抱中,永远追赶时代的潮头!"抒发了对大海的感悟和对生活态度;又如纪实散文《信念的力量》中写道:"命运给了我黑暗的眼睛,我却用它来寻找光明;命运给了我漆黑的翅膀,我却用它来托起信念!我把这句诗,送给双目失明的业余女作家,想必是最好最恰当的礼物!"表达了作者对盲人作家的一片敬佩和景仰!再如散文诗《七月放歌》中写道:"七月的大地,是盛满阳光的酒杯。我们盛满精神的美酒,一饮而尽,让信仰融入每一滴血液!我们豪情满怀高擎中国梦的旗帜,在世纪风中,永不停息……"表达了作者对党的坚定信仰和无限赤诚。

DE选择

　　高扬文化自信,建设文化强国,创作更多更好的反映社会生活和时代脉搏的精品力作,是时代赋予每一位作家的光荣而神圣的使命。很高兴在党的十九大召开前夕,在贵州省第十二次党代会胜利召开的喜庆时刻,在更加高度重视文化繁荣和文学创作的良好氛围中,阅读毓敏的这些作品,并为本书作序。希望毓敏再接再厉,勤奋笔耕,高扬主旋律,真情写华章,创作出更多更好的文学作品!

（李在文：西南能矿集团董事长、党委书记、文联主席）

目 录

第一篇 山川如画

第二篇 故土情深

第三篇　地质苦旅

 第四篇　心灵放歌

第一篇　山川如画

壮美山川，大自然馈赠人类之礼物，当与灵魂
轻轻触碰的瞬间，便有一种情怀，自心灵深处潺潺
涌流……

西湖之魂 |

　　早在一千多年前,唐代大诗人白居易曾经深情地唱道:"江南忆,最忆是杭州!"在江南众多的美景之中,诗人如此情有独钟地吟唱和推崇杭州,大抵是因为西湖,以及西湖之中那一池清澈透明、碧波荡漾的水吧!

　　宋朝大词人苏轼在诗意澎湃之时,也唱出"欲把西湖比西子,淡妆浓抹总相宜"的千古佳句。在他的笔下,西湖变成了倾国倾城的美女,那美女清纯俏丽的脸庞,自然便是这池盈盈的湖水了。

　　水因杭州而生动,杭州因水而秀美。古往今来,人们把杭州誉为人间天堂,我想大抵也是因为翠绿环抱之中的那一湖碧水吧!

　　西湖,是杭州的名片。杭州的这张名片,宛如一个圆圆的明镜!水啊,清凌凌、碧蓝蓝的西湖之水,还有什么比你更清灵、更妩媚、更生动、更具魅力、更牵动人们的心弦和视线呢?如若有人问我,西湖的灵魂是什么?我想,最最当之无愧的,当是西湖之水了!

　　很久很久以前,杭州附近是一片汪洋大海,西湖只是钱塘江入海口的一个浅海湾。随着钱塘江带来的泥沙日益堆积,海湾慢慢地变小变浅,后来,堆积在海湾外侧的泥沙阻隔了海水,浅海湾变成了一个内

湖,西湖就这样悄然而美丽地诞生了!

西湖是大自然的杰作,是大自然馈赠给人类的瑰宝!白居易和苏轼曾经先后在杭州为官,面对这美丽绝伦的西湖,两位诗人不仅留下流传千古的瑰丽诗篇,还倾力治理和修葺西湖,使之清澈如镜,温婉柔美,并留下了许多感人故事,著名的苏堤和白堤,就是这些优美故事的见证和化身!美丽的西湖,已经和博大精深的中国文明一起,走进了人们的赞赏和敬仰。日月经天,江河行地,当历史走进 20 世纪,就在新中国诞生的前夕,西湖同祖国的每一寸土地一样,满目疮痍,一片萧瑟,沿湖的景区破烂不堪,浑浊的湖水仅深半米。新中国成立后,西湖的春天终于来到了,在经过大规模治理后,一个绿荫拥抱、碧波盈盈的新西湖展现在人们面前。

站在今天的西湖岸边,亮亮的阳光闪烁湖面,纤纤的柳丝拂动身边,清清的湖水荡漾脚下,盈盈的荷花绽放湖上,悠悠的小桥缀在湖心,绝妙美景令人目不暇接。我不知道,西湖呀,是不是仙女遗落在人间的明镜,抑或是仙女自己的化身,那么清澈,那么亮丽,那么婀娜,那么生动,就这样静静地泊在那里,成为人间天堂的最美天使!从上大学时的青春飞扬到年过半百即将退休,我已先后六次游历西湖,每一次都有不同的感受,每一次都有不同的激情,有时竟抑制不住内心的澎湃,晶莹的泪珠悄悄从眼眶滑落下来……

如果有人问,白天和夜游西湖,哪个更佳? 其实是各有千秋的。但有一点相同,都是围绕那一池碧水展开的!白天的西湖,远山堆绿拥翠,近水烟波浩瀚,明镜般的湖水挽起入诗入画的锦绣园林,人行诗画

中,诗画入心来。倘若在雨中赏西湖,酷似一幅水彩画,色调鲜丽,构图秀美,雨滴潇潇,桨橹柔柔,充满了诗情画意,这样有声有色的意境可谓美到极致。到了月光乍泻的时刻夜游西湖,看岚色湖光,观三潭印月,赏月色美景,真是妙不可言。三坛呈等边三角形排列,每个坛开有五个圆圆的窗口,每到八月十五中秋晚上,在坛中置一小灯,窗口蒙上薄薄的纸,远远望去,犹如五个月亮,加上倒映水中的五个月亮,合则十个月亮,三坛共有三十个,加之天上一轮满月,水中一轮皓月,西湖中共有三十二个月亮,这就是著名的西湖三十二月!沐浴月色,漫步湖堤,看月下花态柳情,山容水意,如梦荡心,如幻成景,真是如梦如幻,人间仙境。

　　西湖之水的绝妙,并不仅仅翠绿环抱中的一湖碧水,更在于水有静有动,有远有近。如果说西湖本身是近在咫尺、静若处女的美,那西湖周围群山拥翠中潺潺流淌、动若脱兔的山泉,则是另一种动态的美了。这些动态的泉水,日夜欢歌,叮咚奏鸣,滋润着西湖的容颜,浇灌了与之相得益彰的龙井茶,使之扬名天下!龙井茶有浙江龙井、西湖龙井、狮峰龙井三种,其中尤以狮峰龙井最为珍贵。狮峰龙井产于杭州最高的狮峰山上,这里海拔 1200 米,雨量丰盈,日照充足,特别适合优质茶叶的生长。狮峰山的茶为何得名龙井呢?有这样一个优美的故事,传说乾隆皇帝六下江南,曾三次到过狮峰山。第一次上山时,乾隆口渴难忍,正遇一老农在一个未名的古井中取水,这口古井洪水不涨,久旱不干,遂命老农取些水来,老农将水装入杯中,顺手采摘几片叶子放进杯中。乾隆喝后觉得味道甚佳,便命摘些叶子带回皇宫,让大臣们品尝,大臣们喝了也连连称赞,于是下令老农每年采摘这种叶子进贡。老

农不知这种叶子叫什么，想让皇上赐个名，乾隆便将这种叶子赐名龙井茶，将那口井赐名龙井，龙井茶因此得名。

传说毕竟是传说，但狮峰山腰确有一口1200多年的古井，井口十分古朴，壁口四周留下一道道深深的凹槽，显而易见，这些凹槽是长期用绳索打水留下的印痕，每一道凹槽，仿佛都在展示和诉说着井的悠久。古井深68米，井水清澈纯洁，晶莹甘甜，用井中之水泡出的龙井茶，堪称杭州一绝。古井旁边有一个甚是热闹的小村镇，家家茶具齐全，茶韵飘香。在当地主人的盛情之下，我和妻儿一家三口走进农家小院，但见满屋皆是茶桌、茶椅、茶具、茶叶，一片茶道风景。热情的女主人拿出上好的女儿茶，用这古井的水，为我们每人沏了一杯真正的龙井茶，随着杯中升腾的热气，扁平的叶片缓缓舒展，渐渐下沉，茶香袅袅溢出，满屋清香。其实，茶叶并不是舒展下沉，而是全面地展示自己，只见它叶枚朝上，叶尖向下，半浮半沉，似动非动，而就在此时，茶香也是诱人之至了。坐在龙井旁边，用龙井水沏一杯龙井茶，慢慢品味，真是一种享受！

品着佳茗，我心中一直在想，如果没有这口1200多年的古井，没有这晶莹甘甜的井水，龙井茶会如此声名远播，扬名天下吗？如果没有这拥翠堆绿的环境，没有这叮咚不息的山泉，西湖能有如此俊俏么？如果没有美名远扬的西湖，会有几人专程至此品茗呢？原来，世间万事万物，都是互为滋养，互为因果的。

水啊，水！杭州因水而秀美，水因杭州而生动。

此时，如果再问及杭州和西湖的灵魂是什么，我想大家此时一定会认同，最最当之无愧的，当是水了！

悠然婺源 |

　　在我的印象里，江西是一片红色浸润的土地，从瑞金城外的水井到南昌起义的旧址，从朱毛会师的井冈山到安源大罢工的煤矿，处处是红色记忆中的圣地。

　　最近有机会游历江西，在这片神圣伟大的土地上感受见闻，我才真正发现，其实过去的认识并不全面。江西不仅是红色浸润的土地，更是一片绿色葱郁的土地，她不仅拥有天下奇秀的庐山，遐迩闻名的井冈山，更拥有中国最美的乡村——婺源！

　　婺源，位于江西东北部赣皖浙三省交界处，是一个人杰地灵的名人之乡、文化之乡、商贾之乡、绿色之乡。自古以来徽州文化的滋润，不仅培养了南宋著名理学大师朱熹等数百位名人，还养育了一大批声名远播的徽商。如今，这些名人富商已随时光的流逝，走进历史的记忆深处，唯有清新淡雅的山水、优美古朴的建筑、田园诗画的意境、悠然纯粹的韵味，显得生动而爽朗。

　　婺源是美丽的，这不仅仅因为"婺"的词解是水中静女，更因为处处是自然与人文浑然一体的乡村优美景致，有的是葱翠景色衬托人文风韵，有的是人文景观点缀山水烟岚。森林覆盖率达到85%的绿色婺

作者在秀美江南考察采风

源,犹如水中静女,绿中天使,诠释着中国乡村的悠远与纯美,当之无愧成为中国最美的乡村!有幸游览婺源,真可谓满目秀色入画来,人间美景看不尽。

"古树高低屋,斜阳远近山,林梢烟似带,村外水如环"。如果说,婺源是一个绿色大公园,那么北线就如一幅展开的清新山水画卷,一个富有诗意名字的古镇——晓起村,则是山里水乡的典型代表和绝妙景致。

早上九点,刚到晓起村,天空下着蒙蒙细雨。远望薄雾细雨中的晓起村,依山傍水的村落浸润在乳白色的薄雾中,村后山腰飘动一层薄薄的烟岚,村前小溪欢快流淌歌唱,村落周围尽是翠绿欲滴的千年古树,绿韵中的一幢幢白墙黛瓦的民居若影若现,更有几缕炊烟从民居中袅袅升起……色彩丰富,恬淡优美,高低错落,疏密有致,俨然一幅

生动的山水画卷。不用拿起相机,只需看上一眼,民居、古树、小桥、流水、烟岚组成的优美图画,就会永久保存留你的印象里!

　　走进始建于公元787年的晓起村,一种浓烈的古朴典雅的氛围扑面而来。漫步村里,徜徉在明清风格浓郁的几十幢徽派民居中,一种历史的悠远和厚重感油然而生,这些风格鲜明、气势非凡的古建筑,无不折射出这方钟灵毓秀的土地上,徽商们用智慧和汗水创造的辉煌。徽派民居是徽州文化的重要组成部分,它的外墙、窗户、天井、房角、房顶、大门与其他地方的民居有显著不同。民居的外墙采用高大的风火山墙,墙体用砖砌成,表面涂抹白色的石灰;房顶有高高的马头墙,高出屋顶许多,从远处望去,犹如一匹匹高大剽悍的白色骏马,奔腾在绿色荡漾的山水之间;更为独特的是,民居两侧墙上很少开窗,即便开了窗户,也是很高很小的,并在狭小的窗户上装上铁质栏杆,那些锈迹斑驳的铁栏杆,不知是不是常年奔波在外的徽商们,对万贯家产和离多聚少的妻室儿女最好的保护?正好遇到几位年长的老人,便上前打听,他们说,这是久远的徽派建筑,是一种历史。

　　行走在这些徽派民居中,很容易发现一个独特的现象,民居外墙四个房角的直角,大都被削成一个10余公分的面,因此外墙不是四边形而是八边形,这种无明显锐利棱角的外形,意寓徽州商人处事谦逊、和睦与共、和气生财之道。最独具匠心的是,几乎所有的老宅大门都装饰有浮雕、圆雕、透雕、镂空等砖雕砌成的门罩,雕工精细,层次分明,取材广泛,寓意深刻,尽显古代劳动人民的精湛技艺和高超智慧。老宅大门整体成一个"商"字,寓意当时士、农、工、商"四民"之末的商人为

徽州第一等生业,任何一位穿堂入室之人,必从高高马头墙下的"商"字下经过,表明徽州商人"虽为贾者,咸近士风",一派儒商风范,令人肃然起敬。

民居与民居的中间,是一条条相互贯通的古巷,用青石板铺成,在岁月的磨砺下已是乌黑发亮,细雨轻轻洒落下来,此起彼伏地跳动的水珠儿仿佛在尽情舞蹈,石板显得越发锃亮润泽。信步走进民居,迈进"商"字门罩外门,紧接着又要迈进一扇内门,估计这就是古代常说的"大门不出,二门不迈"。民居中央被围出一个四方形的天井,四角飞檐的天空划出一方蔚蓝,明亮纯净的光线和飘飘洒洒的雨滴,从四四方方的天井上飞落下来,房梁、房柱和一扇扇雕花的窗棂,在明暗适中的亮度里,显得古朴而幽雅。我仿佛看见,一位姑娘端坐在二楼的闺房里织绣,绣着窗外的春色,绣着心中的秘密,这是一幅怎样的美景呀。我不知道,那些俊俏的姑娘出嫁前,有没有迈出大门二门?

走出晓起村的时候,已是雨过天晴。村头一座别致的小桥,婉约地躺在浅唱低吟的小溪之上,好一幅小桥流水人家的宁静与幽美。溪流边的千年古树,宛如为小桥溪水撑起一把把绿色巨伞,阳光从树叶之间的缝隙里洒落下来,斑驳地画在小桥的青石板上,反射出明亮亮的光芒,仿佛一面面镜子,可隐隐约约看到这条古驿道上远去的热闹与喧嚣。晓起村的周边,尽是葱绿的树林。走进村子的后山,有一处荟萃1000余株古樟树的著名景观,这些古樟树的树龄大都几百年,树干粗壮硕大,树冠浓荫蔽日,南来北往的游人争相留影,啧啧称赞,更有游客在古樟树下一圈圈地转圈祈福,共祝平安;古樟树旁边,还有全国罕

见的大叶红楠树、江南红豆杉等名贵古树,所有这些,无不展示着晓起村悠久的历史和古朴的韵味……

即将离开晓起村的时候,站在村头回目眺望,特色鲜明的明清民居,曲折宁静的街巷,青石铺就的驿道,潺潺流淌的小溪,遮天蔽地的古树,碧绿清新的环境……晓起村的自然与人文已完全融为一体,真不愧天人合一的"山里水乡"!

"乡关有梦西线寻,湖光山色最怡情"。从晓起村向南再一路向西,有幸看到南宋著名理学大师朱熹亲手种植至今逾800年的16棵"江南杉王群",全国第一乃至亚洲最大的鸳鸯湖中,2000多对鸳鸯在湖中嬉戏,与人类和谐共处的生态奇观,彰显出和谐、和睦、和美的最美。在这里,不仅可以感受生态的良好,更可感悟大自然给人类及各种生灵的无私馈赠。古徽州是全国牌坊最集中的地方之一,婺源曾经是徽州六县中牌坊最多、规格最高、质量最好的县。据古书记载,从县城出发的各条道路上,竖有密密麻麻、整齐排列的各式牌坊,主要有功名坊、孝义坊、科第坊、百岁坊和贞洁坊五大类,这些耸立了数百年甚至上千年的牌坊,历经岁月的风雨洗礼,时代的磨砺考验,特别是"文化大革命"浩劫之后,婺源牌坊已经静静地失落了,变成一种象征徽州文化的纯精神的存在,让人柔肠百结、感慨万千,站在这些牌坊的遗址上,留给我们更多的是感叹和感悟,仿佛时时提醒我们后人,文明之路,筚路蓝缕。

从西线返回县城,汽车在新修的柏油路一路奔驰。不一会来到一个叫月亮湾的河边,河水中央有一片呈弯月形的绿色岸堤,倒映在静

静的河水中,生动的外形和静谧的感觉,与夜空的弯月颇为相似,只不过天上的月亮是皎白的,婺源的月亮是墨绿的。汽车沿着河岸一路飞驰,满眼尽是爽朗的绿色森林,如不是高耸着的白色马头墙,散居在沿河两岸的一片片徽式建筑的村庄,已完全淹没在绿韵中,拟或融为一体了。

陪同我们的婺源县友好旅行社吕秀英导游,是一位清纯亮丽、热情活泼的姑娘,她在车上神秘地介绍说婺源有远近闻名的"四色",我们听后颇为不解。吕小姐微笑着解释道,婺源山川秀美,土地肥沃,物产丰富,特产颇多,最著名的是红、绿、黑、白四种颜色的特产。红色是色彩红艳的荷包红鲤鱼,绿色是驰名中外的江西绿茶"婺绿",黑色是书法家钟爱的黑色龙尾砚,白色则是个大肉脆的雪白甜梨。

吕小姐详细地介绍道,红色荷包鲤鱼是来自宫廷的观赏鱼,明代开始在婺源民间选育繁衍,因婺源水质优良,气候适宜,在这里的青山碧水间繁衍400多年后,逐渐形成独具一格的品种,色彩红艳,头小尾短,背高腹圆,形似荷包,故名荷包红鲤鱼。这种鲤鱼营养丰富、肉质鲜嫩,是食用、药用、观赏俱佳的国家级优良淡水鱼,被列为国宴之珍。婺源是中国绿茶之乡,车行乡村,茶园随处可见,整齐排列的一行行茶树,一眼望不到边,"婺绿"以其"颜色碧而天然,口味香而浓郁,水叶清而润厚"的特点名扬天下。龙尾砚是中国四大名砚之一,以取龙尾山的石料制作而得名,距今已有1200多年历史。龙尾砚品种繁多,制作精细,风格高雅,历朝皆为贡品,被誉为"砚国名珠""文房瑰宝",以"声如铜、色如铁、性坚滑、善凝墨"闻名于世。宋代大诗人苏轼曾称赞"涩不

留笔,滑不拒墨,厚而坚,朴而重"。江湾雪梨因果白如雪而得名,据《婺源县志》记载,明代时有人从歙县丁字桥引进梨苗到婺源,与当地野生梨嫁接,并以油渍纸为袋子,未成熟时将果子逐个包封,到了成熟时打开油渍纸,梨果硕大,洁白如雪,皮薄肉细,核小汁多,脆嫩爽口,味美香甜,实为果中上品。

婺源之行,让我实实在在地感受到诗里游、画里行的感觉,而这些诗和画,就写在马头墙上,藏在民居中,流在溪水里,长在绿荫中,画在青石板路上,荡漾在层层叠叠、无边无际的绿色海洋中。

在注重生态环保、绿色发展的今天,婺源不仅仅提供了生态良好的典范,更给我们自然与人文交相辉映的诸多启迪,只有把生态环保上升到一种高度,才会有科学发展的硕果,才会有人文底蕴的厚重,才会有文明乃至文化的沉淀。

婺源,悠然恬静的婺源,当之无愧的中国最美乡村!

| 雨中桂林

透过波音 757 客机明亮的机窗,已隐约可见桂林城星星点点的灯火。飞机在空中盘旋了足足 20 分钟,最终缓缓降落两江机场,雨中的桂林浓雾蒙蒙,飞机降落时不得不费一番周折。看来,这次桂林之旅注定要和雨结缘了。

走出机场大门,雨后清新的空气扑面而来。在这清新之中,分明还有一股浓郁而厚实的幽香。循香而去,华灯照映的一树树墨绿的叶子中间,点缀着一朵朵白色的花儿,仿佛扑闪扑闪的萤火虫。不用说,这是桂林的象征,桂花!

丹桂飘香的时节,贵州四位文友到桂林参加一个学习班,正应了那首著名的歌曲"桂花开放贵人来",而且来得最早。迎接我们的是山水大酒店的张师傅,他告诉我们,桂林已经两个多月没有下雨了,这场透透的秋雨,使桂花、菊花一起芬芳地开放了,秋日众花齐开放,不能不说是奇观趣事。奥迪轿车在两排整齐的桂花树中飞驰前行,一路闪亮亮的桂花像是为我们把盏接风。打开车窗,桂花的芬芳和雨点一起飘了进来,尽情呼吸一路连绵不绝的湿润与幽香,直透心脾,神清气爽。

住进酒店,窗上已挂出一张蒙蒙的雨帘。站在五楼的阳台上,全城也挂着无边无际的帘子,但挡不住满城俏皮的亮眼睛,眼睛闪闪烁烁,仿佛就闪动在我的身边,于是,全城的轮廓便一览无余了,朦胧而不失清晰,活泼而不失含蓄,奔放而不失柔美。唰唰的雨声有如欢快的进行曲,忽近忽远的桂花香恰似飘逸的轻音乐,两种美妙音符交织在一起,竟是那样的醉人,不知不觉进入了梦乡。

第二天早晨,雨点像一群晶莹透明的小精灵,早早聚集在窗前,不停地敲打窗户。我不知道,这是清晨弹奏的问候,还是一夜未停的曲调。推开窗户,那雨、那雾,还有清新的桂花香,便迫不及待地一起挤了进来,挤满一屋。远眺窗外,蒙蒙的雨帘正逐渐变得清晰透明,远山若隐若现,近水舒缓流淌,而中间,全是格调各异、妙趣横生的楼宇,真是一半山水一半城。"开门但见山与水,风姿绰约摄心魂",桂林犹如一位沐浴在袅袅晨雾中的少女,身披轻纱,亭亭玉立在我兴奋的视野里。

刚准备出门,敲门进来一位漂亮的四川成都女孩段晓丽,爽快地和我们一起游览。一行五人迎着细雨,信步桂林街头,立即被全城洋溢的山水交融的美丽所吸引。大伙笑谈,了解美有三部曲,发现美,欣赏美,感悟美! 其实冠甲天下的桂林之美,是不需要发现的,需要的应该是尽情欣赏和深刻感悟。从漓江两岸到叠彩山间,从七星景区到靖江王府,从象鼻山麓到刘三姐风情园,处处美不胜收!

自古以来,游江就是一件雅事,我们乘坐一艘快艇,在清澈秀美的漓江上激情畅游一番。坐在返回酒店的出租车上,大伙为一天的收获击掌欢歌。这时,一辆无顶的敞篷巴士车在景区缓缓行驶,顶层的游

客头顶秋雨,尽情地饱览桂林全城的无限美景。大伙顿生羡慕,欢笑声随之戛然而止,我想这是应该的,尽情欢笑的应该是敞篷车上的游客。有诗曰,奇观瑰怪常在于险远,不经历艰险何得其观,更何况游览这桂林,仅仅是沐浴些风雨?他们酣畅地站立在开放的视野里,沐浴在雨中,行进在画中,饱览在眼中,感悟在心中,他们一定收获了桂林的最美!

俗话说,桂林山水甲天下,阳朔山水甲桂林,阳朔是桂林山水的精华。学习结束后,我们结伴游览了一趟阳朔。雨中的阳朔,景色优美而富有层次,远处是深蓝辽阔的天空,中间是黛色如画的山峰,近处是梦幻般的修竹,眼前是碧蓝的江水。坐船行于峰峦倒映的江上,又如行于山峰之巅。船在水中移动,山在岸上移动,船动山动,船移景移,两岸的山峰一会儿变成骆驼,一会儿变成骏马,一会儿变成仙女,这种朦胧而丰富的动感,是其他地方不可能体会到的。细看船下的江面,一排排凤尾竹倒映水中,好一幅清新的水墨山水画卷,而且是一幅极富动感的画卷!淅淅沥沥的雨珠击打江面,立即溅起一粒粒水珠,水珠白白的,在水面跳动几下后又归于平静,一粒隐去了,另一粒又跳起来,此起彼伏,连绵不断,好一幅"大珠小珠落玉盘"的优美意境。放眼碧蓝色的宽阔江面,噼噼啪啪的雨点击打水面,荡开一圈圈涟漪,水气升腾,雾霭弥漫,此时的烟雨漓江,一江碧水仿佛沸腾起来,大伙的激情也随之沸腾,雨中刘三姐和阿牛哥的对歌声,令人久久不能忘怀。

山是桂林雄壮的体魄,水是桂林流动的灵魂。而雨,飘飘洒洒的雨呵,正是这江水的生命,雨对于桂林是何等重要呢!其实不仅仅桂林,

水对于人更为重要,只要你善待它,它会优雅灿烂地回报你。

这次桂林之行,与雨结伴了整整五天,雨中桂林的风采,烂漫于我的记忆。即将返程的时候,友人送我一颗红豆,一颗水灵灵、火辣辣的红豆,像是刚从树上摘下来的,表层仿佛还有雨的痕迹。手捧红豆,我不禁想起一首歌:"桂林的雨呀,阳朔的情,化着红豆雁山生,远方的阿哥啊,你可知道,雁山的红豆最多情……"

原来,这不是一颗普普通通的红豆,而是一颗浓缩漓江山水精华的红豆。拥有她,仿佛时时拥有如诗如画的天下美景,拥有入梦入心的雨中桂林,我将永远把她珍藏在心中,永远地……

雨中桂林

北回归线上的明珠

大凡学过地理的人都知道,地球赤道以北有一条北回归线。这条线所穿过的非洲、欧洲、亚洲陆地,绝大部分是荒无人烟的沙漠和戈壁,森林绿地十分稀少,更谈不上绿茵如织、湖泊如镜的水乡泽国风光。

然而,让人难以想象和置信的是,在北回归线穿越的中国南部的广东省肇庆市,恰恰就有这样优美绝妙的湖光山色,她既有桂林山水的秀美,又有杭州西湖的灵韵;既有西双版纳的葱茏,又有水乡泽国的柔丽。肇庆,俨然一颗碧绿秀丽的明珠,镶嵌在中国南部的北回归线上,熠熠闪烁着人与自然和谐共生的耀眼光彩。

岭南处处皆春色,最是叶绿果木香。从花城广州一路向西,约莫两个多小时,便到了一半山水一半城的肇庆。这是怎样的一片风光呀,湖泊密布,河流众多,山水秀美,景色绝佳,既有一万多亩的湖泊,又有莽莽苍苍的原始森林,既有宽阔的滩涂湿地,又有亚热带丛林,森林植被覆盖率达60%以上,到处飞瀑流泉,一片鸟语花香。如果有人问,肇庆最亮丽的是什么,七星岩、鼎湖山和端砚,当是肇庆三张最亮丽的名片!

美丽的肇庆市区,有七座挺拔秀美的孤峰,因而得名七星风景区,

它是我国第一个湿地公园。我们下榻于七星湖边的松涛宾馆，一半藏于森林，一半偎依湖畔，推窗便是浩浩森森、波平如镜的湖面。站在窗前眺望，错落排列的七星山，俨然北斗七星散落于地，又若七个美人刚刚出浴，清丽依然，秀美动人。七星山的脚下是五个相连的湖泊，大小各异，似连非连。湖泊的连接处是一条条蜿蜒的堤埂，将湖面裁成互为贯通的小湖，湖面清波微澜，堤上柳丝婆娑，一派湖光山色。清晨，碧波荡漾的水面飘拂乳白色的雾霭，亭亭玉立的七个美人和隐约可见的楼台亭阁，轻笼在一片空蒙的晨雾里，有如一幅恬淡的山水画卷，又如天上宫阙人间仙境；傍晚，夕阳点燃天边的晚霞，仿佛点燃了湖畔火红的木棉花和粉嫩娇妍的夹竹桃，就在这时，徐徐的晚风和柔柔的雾霭从湖面轻轻滑过，湖面荡漾着红绿粉紫五彩斑斓的靓影，晚霞在湖面荡漾着灿烂的笑靥，这山、这湖、这堤、这树……已全部浸润在朦胧的淡烟里，浸润在绯红的晚霞中。眺望湖边的玉宇琼阁，在灯火阑珊之时，逐渐变成一幅幅守望夜色的优美剪影。

　　七星景区湖中有山，山中有洞，洞内有水。景区内的天柱峰高113米，是七座孤峰中最高的山峰。站在山脚下的湖边仰望，山峰峭立，独柱擎天，悬崖绝壁，怪石嶙峋。沿着陡峭山路拾级登临山顶，放眼远眺，肇庆街景尽收眼底，满城风光一览无余，一座座高楼掩映在绿茵之中，点缀在七星湖畔，湖边是楼，楼边是山，山边是湖，一半山水一半城，令人心旷神怡；站在天柱峰巅细细鸟瞰七星湖面，20多个小岛有如翡翠般镶嵌在碧蓝的绸缎上，湖面如镜，湖水湛蓝，水天交融，浑然一体，令人目不暇接。陈毅元帅游览七星风景区后曾吟诗："七星拔地起，洞穴

腹内装。沥湖环四面,千顷恣汪洋。"生动地描绘了七星风景区的优美景色,而这种景色,达到了山水交融的极致,不用说北回归线上的地方,就是水乡泽国也是无法比拟的。

　　肇庆的另一张名片,是被人们赞誉为"北回归线上绿宝石"的鼎湖山,这里有 4000 多公顷莽莽苍苍的原始森林,从山麓到山顶依次分布着沟谷雨林、常绿阔叶林、亚热带季风常绿阔叶林等森林类型,铺缀出看不尽穿不透的无边的绿,层层叠叠,连绵起伏,庞大的绿色大家庭,显示出自然界无限丰富的多样性,因而被誉为华南生物种类"基因储存库"和"活的自然博物馆"。鼎湖山是"森林浴"的绝佳首选地,负离子含量最高达每立方厘米 105 600 个,是目前国内测定最高的负离子含量区。走进负离子最佳呼吸区,脱下鞋子,双足踏地,静躺于青青的草坪上放松身心,草是湿润的,地是湿润的,空气也是湿润的,伸手抓一把,仿佛满手也是湿润的氧气。此时此刻,欢快的鸟儿在树上婉转歌唱,清凉的溪泉叮咚地滑过脚面,阳光偶尔穿透繁茂的森林送来微笑,那种酣畅淋漓的感觉,就像走出戈壁来到绿韵盎然的水乡,像跨越沙漠后吃到冰爽的冰激凌。畅游在鼎湖山中,聆听万般泉声,倾听山泉合奏,仿佛是享受宛如天乐的绝妙音乐会。我忽然想起著名散文家谢大光"那柔曼如提琴者,是草丛中淌过的小溪;那清脆如弹拨者,是石缝间漏下的滴泉;那厚重如贝斯轰响者,应为万道细流汇于空谷;那雄浑如铜管齐鸣者,定是激流直下陡壁,飞瀑落下深潭"的比喻,真可谓生动形象,出神入化,惟妙惟肖,栩栩如生。即将走出鼎湖山的时候,阳光透过茂密的森林,在草地上画出五彩斑斓的图画,山泉合奏的美妙仍

第一篇·山川如画

020

然在山间鸣响,我不知道,这鼎湖山热情的欢送,抑或盛情的邀请!

端砚,是肇庆的另一张名片。肇庆古称端州,是一座有 2000 多年历史的古城,中国第一批历史文化名城。传说 900 多年前,艺术造诣很高的宋徽宗皇帝曾在肇庆做藩王,后来当上皇帝后,为表达对端州城的一片感激之情,特赐名端州为肇庆,意为开始喜庆吉祥之地。宋代盛行雕塑,小巧玲珑的工艺品雕刻日渐兴旺,肇庆端溪一带出产的砚材雕刻制作的石砚,石质细腻,石表温润,致密坚实,"叩之不响,墨之无声,刚而不脆,柔而不滑,宁水不耗,发墨利笔。"人们用这种上好的石材,因石构图,随形雕刻为砚,追求气韵,造型多样,题材广泛,自然界的草木花果,鸟兽虫鱼,日月风云,山川海洋,应有尽有。因质地绝佳,雕刻精美,被视为全国第一名砚,成为中国"文房四宝"(端砚、徽墨、湖笔、宣纸)之一。那一方方精致、浑厚而墨黑的砚石之中,深深凝结了中华几千年书法文化的厚重底蕴,在千百年来一代一代能工巧匠的汗水打磨和智慧濡润下,已成为中国工艺美术百花园中的一朵奇葩,成为名扬中外的艺术珍品。

刚刚走到一家端砚雕刻厂别致的大门,一种浓厚的艺术氛围扑面而来。厂长告诉我们,端砚的制作过程比较复杂,要经过采石、维料、制璞、设计、雕刻、磨光、配盒等十多道工序。要使一块天然的砚石成为一件精美的工艺品,创作设计和雕刻是最关键的两个环节。设计是放飞艺术想象力的第一步,根据砚璞的石质,因石构图,因材施艺,认真构思,将砚设计提升为综合艺术品;雕刻是落实艺术创造力,雕刻艺人综合运用文学、绘画、书法等多种手段,运用高深雕、低浮雕、细刻、线刻

和镂空等手法,展现和升华艺术想象力,做到线条清晰,玲珑浮凸,锦上添花,增加艺术价值,完成艺术创作。端砚,这些凝聚着雕刻工艺能人聪颖智慧、精湛技艺和惊人想象力的作品,包容了肇庆自然山水美的千姿百态,凝聚了肇庆人追求艺术美的精华!

绿色孕育生机,焕发生机,滋养生机,山中有绿,地上有绿,水中有绿,层层叠叠,郁郁葱葱,绿色是肇庆的灵魂,是肇庆人与自然和谐共生的最美诠释。

肇庆山水送给世人的不仅是一片绿意,更是一片感动,正如清澈的七星湖水、浓绿的鼎湖山森林和艺术的端砚,从北回归线出发,浸润地球和所有地球人之心!

海螺沟秋韵

　　寒暑刚过，虽然还有些夏的热烈，但秋的调色板已将海螺沟的山山岭岭渲染得五彩斑斓了。放眼望去，一树树、一簇簇的桦叶或枫叶，无论金黄抑或火红，如一把把火炬昂扬于原始森林之中，挺立于浓绿色调之中，漫山遍野的颜色立刻鲜和起来，层次感也极其丰富。我知道，这是秋染海螺沟彩林烂漫的最美季节。

　　海螺沟虽算不上十分著名的风景区，近年来却声名鹊起，大抵是因为冰川与温泉造就的冷热两种极致的独特魅力。但当秋天来临之时，冰川和温泉或许并不是绝对的主角，而田园和山间悬挂着的四种灯笼，恰恰是渲染海螺沟的点睛之笔，天空雾灯笼、田园柿灯笼、山顶缆灯笼、温泉红灯笼四盏灯笼，生动地展现和映照出海螺沟的醉美秋韵。

　　游览海漯沟，首先进入的是门户古镇磨西，这是唐蕃古道驿站，川藏茶马古道重镇，也是当年红军长征进入甘孜藏区的第一镇，别看这个藏在深山人未识的小镇，法国人1923年就来此修建教堂，成为西方文化在甘孜地区文化交流的窗口，使古镇别有一番风情和魅力。秋天的海螺沟，空气清新，视野极佳，早晨起来打点好行装，沐浴高原清晨

作者（前排左一）与兄弟姐妹一家人畅游海螺沟、九寨沟

的阳光，漫步在磨西古镇举目远眺，海漯沟奇特的雾会立刻吸引你的视线。白色的雾霭呈一条雾带，始终保持在一定高度，雾带之下直至大地一片清新，没有一丝杂雾。雾的下部整齐如一条直线，仿佛是高明裁缝裁出的经典之作，将一条白色的腰带缠绕在大山之腰，又如一款生动的装饰品佩戴在森林之上。雾带的上部则不同，圆圆的云朵袅袅地浮在半山之腰，贴在森林之冠，阳光透射下来，如一只、两只、无数只白色的灯笼悬在空中，随着角度变化，你还会惊奇地发现，灯笼的下方连着一条飞泻而下的细细瀑布，仿佛一条白色的细线牵着雾灯笼，细细品味，有如一位绿色精灵手握白绳牵着白色云朵，不动不静，不游不离。这样绝无仅有的景致，是其他景区无法比拟的。而这一切，皆映衬在天高云淡之下，映衬在浓绿森林之上，蔚为奇特绝妙。

　　海螺沟的沟口散布着一些田园，时下正是秋色正浓时节，田地里

的玉米棒子也早不见了，玉米秆还挺立着，叶子在阳光下泛着点点金光，顺着稀稀疏疏地缠绕在玉米秆上的瓜藤寻看，一准是金黄黄的南瓜趴在地上。玉米地的土垄边，一棵棵柿子树写满了浓浓秋韵，一些柿叶正在由绿转黄，一些柿叶全身金黄，而那些黄得通透的柿叶，正纷纷扬扬地飘落，那一片片轻盈飘摇的叶子，闪着金色的光亮铺满一地。此时的柿树上，满树挂着的全是红彤彤的果子，高低错落，疏密有致，像一只只红色的灯笼挂在树上，又像是一只只灯笼映照在田野里。同游的家人不禁笑谈，是海螺沟的乡亲们不喜欢吃柿子，还是特意留给游人的一道风景？无论如何，这是秋染海螺沟的一个亮点。

海螺沟背靠世界著名的高达 7556 米的"蜀山之王"贡嘎雪山，拥有全球可进入性最强的冰川、最雄伟的大冰瀑布、最完整的山地植被带。乘坐观光车盘旋而上，穿越原始森林，欣赏河谷风光，海拔越来越高，植物分带也越来越明显，无论是高寒针叶林、灌木林、草地，每个植物带各是一道独特风景！抵达海拔 3000 米的三号营地，漫步于原始森林，你可以与大自然亲密接触，可以与千年古树静静对话，还可以观赏很多寄生双生的生命现象。徒步行进感觉有些气喘吁吁之时，一只只来往穿梭的绿色缆灯笼来到了你的身边。信步坐进缆灯笼里，灯笼在天空滑行，人在雾中穿行，仿佛腾云驾雾飞入仙境。从空中鸟瞰海螺沟，更像是低头欣赏一幅生动的水墨画卷，林树疏密有致，彩林五彩绚烂，更有薄薄雾霭缭绕其间，一片秋韵尽收眼底，再往沟底看，皑皑白雪覆盖的雪峰和冰川仿若就在脚下。抵达四号营地的观景台，这里是近距离欣赏贡嘎雪峰的绝佳位置，可尽情观赏宽达 1100 米、落差 1080

作者兄弟姐妹及晚辈畅游海螺沟

米的大冰瀑布,那巨大而光芒四射的无数冰块组成的冰瀑布,仿佛从蓝天直泄而下的一道银河,令人叹为观止。信步行进在海拔 4000 米的高寒地带,植物已逐渐稀少,但依然有不知名的植物,举着红的、绿的、黄的、紫的、白的叶片,组成一片彩叶之林,畅游其中,恍若置身于彩叶之海。雾珠凝结在一束束粉红色的针状叶子的叶尖,白里透红,晶莹剔透,就像民族姑娘头上精心编成的发髻。一些低矮的植物,结出一些不大不小的果实,颜色形状与红籽极其相似,不同的是果实圆润,红得逗人喜爱。在彩林前面留个影,仿佛自己也成为彩林的一部分,成为海螺沟的一部分了。

从海螺沟山顶返程下山,途经一、二号营地,你会惊喜地发现,森林中隐隐约约透出淡淡的红光,越来越明亮,越来越清晰,原来是一串

串大红灯笼悬挂在森林之中,柔软的暖光从灯笼里透出来,平添几分温馨和浪漫!这大红灯笼高高悬挂的地方,竟是一处处天然温泉。不知是冰火两重天造就的极致,还是雪山之下蕴藏的秘密,海螺沟谷涌出的是十分难得的优质天然温泉,大量沸泉从地下喷涌而出,出口处水的温度高达 90 度,足可用以沏茶和煮熟鸡蛋。在沸泉近旁,修建着一个个别致的温水游泳池和一座座水温各异的浴室,沐浴在温汤之中,静心于雪峰森林之怀,尽情享受大自然的纯净之美,消除一天旅游疲劳,真是一种惬意。低头洗浴之时,你会发现池内浓荫缥缈,五彩激荡;抬头仰望,袅袅雾气升腾之处,森林如织,秋色如画,灯笼就不高不低地映照着汤池,与森林遥相呼应,与枫叶相映成趣,好一幅森林秋韵沐浴图!

海螺沟秋季的四盏灯笼,从山脚挂到山顶,从沟口挂到天空,如一个灯笼群,映照出海螺沟的醉美秋韵。真可谓"秋来海螺醉芬芳,赤橙黄绿五彩妆;柿灯点亮乡野趣,雾灯牵动瀑飞扬;绿灯览尽水墨画,冰川泻下满地霜;最是森林幽静处,泉融袅袅红烛光!"

常言道"美不尽乎于景,而在乎于心!"只要静心品味,人间处处皆美景,世间事事皆美好。海螺沟秋韵如此,春、夏、冬季或许更有韵味吧……

最后的丰碑

有人说重庆是山城,我觉得更是一座文化古城。古往今来,奔腾汹涌的嘉陵江和长江,滋养沉淀了许许多多厚重的文化,而有些文化,往往就是一座历史的丰碑!

就在重庆市西部的大足县,有一个艺术气息浓郁,历史蕴含深厚,石刻星罗棋布,雕刻工艺精湛,造像丰富完美的著名石刻,它就是蜚声天下,享誉四海,堪称石窟艺术精典和最后丰碑的大足石刻。

大足石刻始于唐永徽年间,鼎盛于两宋,上下 1300 余载,可谓历史悠久,源远流长。在宝顶山、北山、南山、石门山、石篆山等景区数 10 平方公里范围内,共刻有各类石刻雕像 5 万余尊,铭文 10 余万字,它集我国南北石窟艺术之大成,三教合一,造像生动,其保存之完好,规模之宏大,教派之融汇,造像之通俗,是全国所有石窟无法比拟的,因而被人们称为雕刻在摩崖上的古典大百科全书,是佛教文化与中国传统文化融合的典范,是我国乃至世界石窟艺术的最后一座丰碑!

石窟中的龙头凤尾

走进大足石刻,如同走进了古代石窟艺术的博物馆,其中尤以规

模宏大的北山石窟和宝顶山石窟最为耀眼。如果说北山石窟是大足石刻伟岸雄视的龙头,宝顶山石窟就是大足石刻色彩斑斓的凤尾,这分别雕刻于唐代和宋代的龙头和凤尾,成为大足石刻艺术殿堂中最庞然挺拔的支柱和耀眼夺目的明珠。

北山石窟位于大足县城之北2公里的龙岗山上,共有龛窟450余个,造像近万尊,均为佛教题材。其中以佛湾石刻最集中、最精美、最宏大。佛湾坐东面西,头南尾北,地形宛如新月,龛窟密如蜂巢。在460米宽的崖面上,雕刻有佛、菩萨、罗汉、金刚、经变相和人物造像7000余尊,以观音造像最多,这里的菩萨神韵脱离了宗教艺术的特殊要求,"人性"味浓,"神性"味淡,可谓俊俏秀丽,美神荟萃,著名的石刻杰作普贤菩萨被誉为"东方维纳斯",体现了独特的雕刻艺术风格和传神的美学效果。北山石窟既没有国外的崇拜肉感和肌肉裸露,也不同于北方粗犷豪放和气势宏伟,而是独具江南地区纤秀柔美、宁静安详的仪表特征,既有精雕细刻,又有工笔重彩,通过丰富而传神的造型手法,突出表现中国传统绘画中线与面的高度结合,以及含蓄蕴藉的东方神韵,构成独具一格的美学风貌。在袅袅飘荡的晨雾之中,北山石窟的表现出来的中国美、江南美,令人赏心悦目,陶心冶智,堪称辉煌瑰丽的石刻艺术精品!

佛国仙境宝顶山

宝顶山石窟位于大足县城东北15公里,以大佛湾为中心,如众星捧月般环围罗列分布于四周数公里,造像近万尊,这里崖谷深邃,林壑

幽寂,宛若佛国仙境。石窟开凿于 U 形的山崖上,其外形与印度佛教艺术的代表洞窟阿旃陀出奇相似,而其博大精深的思想内涵、三教合一的独特风格、兼收并蓄的艺术形式、气势磅礴的宏大场景,堪称独步天下、空前绝后的石刻艺术丰碑。

纵观国内外的各个大型石窟,大都是你一龛我一窟,为求福消灾先先后后各自独立雕刻而成,散漫无序,不成系统。而宝顶山石窟是由宋代蜀中著名僧人赵智凤为弘扬佛法一手创建而成,有规划,有系统,有内在联系,构思统一,布局严密,内容连贯,规模宏大,气势雄伟,雕刻无一雷同,整个石窟构成一个有机整体,成为我国乃至世界绝无仅有的大型石窟艺术珍品。

艺术珍品必有高超独到之处。在造像题材上,宝顶山石窟以佛教密宗为主,兼收佛教、儒学及道家思想,森罗万象,广大悉备,几乎将一代大教搜罗毕尽,形成了一个庞大而系统的石刻造像群,这在石窟艺术中是独一无二的。在表现手法上,宝顶山石窟继承创新,突破佛规,植根本土文化,在雕刻图像的同时,配以经文、颂词等,以文辅图,以图释文,图文并茂,像一幅幅挂在石壁上的生动活泼的连环画,具有浓郁的生活气息和形象直观的艺术特点,堪称我国石窟艺术民族化、生活化的典范,达到了中国化、民族化、生活化、通俗化的最高峰。

寓意深刻大佛湾

大佛湾石刻众多,每一窟都构思巧妙,寓意深刻。第 30 号龛雕刻的牧牛图,崖高 5.7 米,宽 29 米,依山崖取势凿造,从右到左刻有 10 个

牧人和 10 头牛,组成 10 组栩栩如生的图像,依次为未牧、初调、受制、回首、驯服、无碍、任运、相忘、独照、双泯,以牛比为修行者的心,以牧人比为修行者,以驯牛比喻调伏心意的禅修过程。在未牧时,牧人拉直绳子,牛仍不回头;至驯服、无碍时,两牧人攀肩并坐,依偎耳语,眉飞色舞,牛立人旁听得津津有味;至相忘时,猴子拉扯牧人的头巾已无所觉,暗寓牧人已修炼到不为红尘所动的境界;至双泯时人牛合一,修炼成功,一轮皓月当空,达到了"人牛不见杳无踪,明月光含万象空"的至高境界。该雕刻图像采用写实手法,形象逼真,生动活泼,情趣盎然,呈现出一派田园风光的景象,整个图像题材新颖,布局巧妙,禅趣浓郁,寓意深刻,在全国石窟艺术中绝无仅有,十分珍贵。

大佛湾释迦卧佛像长达 31 米,居全国古代卧佛之首。卧佛向右侧卧,头北足南,面西背东,左手平伸,膝没崖中,右半身也入地下,有意到笔伏之功,人称"无限大的卧佛"。该卧佛比例协调,雄壮浑厚,线条柔和,脸形丰满,双目微闭,神态安详。佛前刻众弟子及侍眷,均为半身,如同地中涌出,形成天迎地送的宏大场面,充满静穆崇高的庄严气氛。主像横卧,其余直立,横竖相衬,和谐优美。更有佛像前缭绕于檐际的香烟和佛腿部娑罗双树,既丰富了构图,又支撑着崖顶,具有很高的美学欣赏和力学研究价值。

大佛湾石刻的又一经典之作是千手千眼观音,高 3 米,占壁崖 88 平方米,观音双目微闭坐于仰莲上,其身前、两侧、后背和头部上方,实刻 1007 只手眼,千手表示法力无边,千眼表示智慧无边,寓意千手观音能为众生消灾除难,吉祥安康。千手更是百千其形,有的执法器,有

的作手印,屈伸离合,手势各异,参差错落,状如孔雀开屏,流光闪烁,金碧辉煌,使人心摇目眩,叹为观止。在摩崖上实刻千手千眼,且手势如此绝妙传神的观音,在全世界仅此一例,被誉为"手雕之绝"！以此为艺术原型创作上演的大型舞蹈《千手观音》蜚声世界,就不足为怪了。

尊老,是中华民族的优良传统,在石刻中定不会疏漏。大佛湾著名的父母恩重经变图,堪称石刻造像中绝无仅有的艺术精品,该经变图高7米,宽14米,雕刻了怀胎守护、临产受苦、生子忘忧、咽苦吐甘、推干就湿、哺乳养育、洗涤不尽、为造恶业、远行忆念、究竟恼悯十恩图,十组图均配以押韵经文,再现了父母含辛茹苦孕育、养育子女成长的全过程,形象生动,感人肺腑,充满儒家伦理色彩,是一幅佛教造像中国化、生活化的杰出代表,是僧人赵智凤"授儒入佛"的典型作品。

大佛湾石窟还精取许多精典神奇的故事凿成雕像,形象直观,寓意深刻。如根据九龙吐神水故事雕琢的"九龙浴太子图",上部凿九龙头,下部刻释迦初生裸体像,双手合十坐于金盆中,利用崖上天然流水经主龙之口常吐水沐浴太子,渗透着强烈的中国传统意识和审美观念,此图设计巧妙,既排泄流水,又传颂故事,被誉为古今一绝;"莲花化身童子"雕刻组图中,有的合十盘膝于莲台之上,有的嬉戏于栏杆之端,有的隐身于荷花之内,有的露半头于荷花之中,有的横吹弯笛,有的轻击手鼓,天真活泼,栩栩如生,俨如一个天真烂漫和无限欢乐的童话世界;在紧挨着的两个石窟中,着力雕刻了天堂和地狱的迥异境况,全然采用写实与夸张互补手法,形象生动,使人震悚,意寓天堂与地狱仅一步之遥,告诫众人当把握自我,律己行事,是全国石窟艺术同类题材中

规模最大、内容最丰富、保存最完好、造型雕刻生动的佳作,从某种程度上说,时至今日也具有一定的警示教育效果。

科学与艺术完美结合

在大足石刻中,有许多科学与艺术完美结合的杰作,大佛湾石刻中的圆觉洞就是其中的典型代表。该洞窟为平顶方型,高6米,宽9米,深12米,是大足石刻中最大的洞窟。从一小门入内,可见正壁刻三身佛坐像,左右各并列六尊圆觉菩萨像,坐听佛说法。窟中心供案前跪着一菩萨,表示12个圆觉菩萨轮流向佛问法,显现出有问有答的活跃场面。

该洞窟有三个显著特点,首先是照明独特。由于洞口很小,进光不足,匠师们在洞口的上方开凿一个大小适度的天窗采光,光线投射正中佛像,俨然舞台上的追光灯。由于光线的正射和反射,立足洞内片刻,顿感光线越来越明,越来越亮,石刻细微处也清晰可见。其次排水巧妙。该洞窟为帐篷式建筑结构,如果水从四壁自然下泻必将侵蚀雕像。巧匠们在洞顶部雕刻数条游龙,流水经龙身汇入龙口,又从龙口流入高高举起的钵盂之中,经钵盂自然流入暗道排出,洞内始终保持干燥清爽,雕像千年不变。再次是雕刻精细。各个造像神态各异,近乎泥塑,刀法流畅,线条柔和,浮雕的各种山崖云水、楼阁花竹、器物衣物,质感极强,特别是仿木刻供桌足可以假乱真,袍袖衣带柔软细腻如绢似绸。圆觉石窟高超地运用了力学、光学、透视学、雕刻学的原理,达到了至善至美的境界,被称为"宋代造像的顶峰之作"!

天下无双堪丰碑

　　宝顶山石窟作为精美绝伦的优秀雕刻艺术和一种历史文化形态，造像集中，规模宏大，气势磅礴，艺术精湛，堪称天下无双的绝代奇观，具有很高的游览、参观和欣赏价值；同时由于民族化、生活化、通俗化程度高，写实性强，在艺术、民俗、历史等方面具有很高的研究价值。主持宝顶山石窟营造的赵智凤以及众多能工巧匠，集南北各地石窟艺术之大成，坚忍不拔，锲而不舍，一丝不苟，精益求精，创造杰出雕刻艺术精品所表现的崇高精神境界和伟大精神力量，无疑具有巨大的鼓舞和教育作用。尊老爱幼，孝顺父母，素来是中华民族的传统美德，宝顶山石窟汲取儒家思想精华，以艺术形象生动地展现和宣传人伦观念，在当代和今后日益老年化的社会里，具有积极的社会意义。

　　特别值得一提的是，宝顶山石刻那种泱泱大国之风，那种开放共存，兼收并蓄，广纳包容，和谐协调的思想光芒和精神追求，对于正确处理民族、宗教之间的相互关系，对于东西方文化的交流与互补，乃至于对世界政治格局及世界和平与发展的导向，都具有可资借鉴的思想资源。十分庆幸的是，在"文化大革命"期间，由于大足石刻地区未通公路，交通不便，石刻未遭破坏，因而成为全国保存最完整的石刻艺术精品。1998年，大足石刻成为重庆直辖后首批公布的爱国主义教育基地和青少年教育基地，1999年12月被列为世界文化遗产。

　　宝顶山石窟是整个大足石刻和巴蜀石窟艺术的压轴之作，在宗教义理与科学性、艺术性的结合上，达到了鬼斧神工、尽善尽美的最高境

界。在宗教上佛教、道教、儒家思想三教合一，天下独有；在艺术上采取高浮雕、浅浮雕、圆雕、镂空、线刻多种技术互补兼用，写实夸张与理想追求融为一体；在科学上把天然的石崖、洞穴、水流与力学、光学、透视学、美学、雕刻学等结合得天衣无缝，无懈可击。在中外石窟艺术的发展史上，宝顶山石窟完成后，再以没有与之比肩的大型精美石窟诞生，她独步神州，冠绝中外，因而成为人类石窟艺术的绝世佳作和最后丰碑，是全国乃至全球石窟艺术史上响亮的暮钟，耀眼的晚霞。这颗人类文化遗产的珍贵宝珠，散发着一缕缕奇异扑鼻的芬芳，进射出一束束绚丽夺目的光彩，辉映古今，辉映中外。

从大足石刻返回重庆，有100多公里路程，在短短2个小时之后，我们从古代文明走进了现代文明，从一座丰碑走进了另一座丰碑。在平坦宽阔的高速公路上，我们借助于现代交通工具，仅仅花了2个小时的时间，但我们的先人们却跋涉了1300多年，每一步都凝聚着中华民族的勤劳和追求，每一步都凝聚着中华民族的智慧与才华。

站在重庆市南岸著名的一棵树景点俯瞰山城，那万家闪亮的辉煌灯火，恰如一支支高擎的现代文明的火炬，正辉映着川流不息的前进道路……

一岁的花朵

　　刚刚从美丽的成都平原向汶川出发，我的心情就开始凝重起来。透过汽车车窗，一片片绿色涌动的麦浪，如清新的山水画卷，盎然于惊痛醒来的土地，这种春天里独有的翠绿，让我的心情顿时敞亮了许多。但我的心绪还是无法平静，一年后的汶川灾区和灾区的同胞们，是否已走出伤痛，开始在5月的春风中昂然呢？

　　2008年5月12日，一个让人伤痛让人揪心的日子，一场山崩地裂的震颤，让汶川这个川西北普通县城的名字，顷刻间成为中国乃至世界关注的焦点，并成为人们心中深深的伤痛记忆。5月19～21日，举国上下为之哀悼整整三天。或许是一种巧和，刚刚一年后的这三天，2009年5月19～21日，我们刚参加完一个会议，主办方特意安排代表们去灾区走走，与其说是去灾区走走看看，不如说是实地触摸那片曾经伤痛的土地的脉搏，实地倾听那片曾经喘息的土地的声音，实地祭奠哀悼那些在瞬间山崩地裂中，永远离我们而去的同胞们。说心里话，我从心底由衷敬佩和深深感谢东道主的这次精心安排。

　　通往汶川县城的老公路，修建在大山峡谷的底部，沿岷江河左岸一路蜿蜒而上，如今已掩埋在大片大片的滑坡体下，人们只能从岷江

河岸隐约可辨的路基和依稀残存的点点路面,遥想地震灾害发生前川流不息的场面。公路两旁原来散居着不少民房和方便行人的店铺,瞬间降临的灾难,不知吞没了多少鲜活的生灵,那些被巨大滑坡体摧毁房屋的断墙残垣,以及严重损坏变形残缺的汽车,被灾难永远定格在路边,仿佛是留给后人的历史记忆和警醒。地震引发的巨大滑坡,像一群疯狂的野兽,将翠绿的植被和泥土,从山顶一直撕到河底,裸露的岩石和松散的沙土,白花花地刺痛我的双眼。原本身披一身绿装的大山,被撕出一道道白色的印痕,像是为伤痛的青山披挂的一条条白纱,又像是大山哭泣的一行行眼泪。

地震当天,温家宝总理最为牵挂的通往汶川县城的通道,如今已是一条崭新的柏油路,这是抗震救灾军民并肩携手,顽强奋斗,用最快

作者(左三)与四川地矿局朋友在成都考察采风

时间、在最困难环境中创造的奇迹。双向通行的公路上车水马龙,一辆辆装得满当当的载重汽车,正夜以继日向灾区运送各种灾后重建物资,其他车辆主动为这些载重汽车让路,让他们以最快速度把物资运到灾区。公路两边的平地上,人们正在忙碌着重建家园,一幢幢别致新颖的楼房正拔地而起,有的修到二三楼,有的已竣工入住,那些重新开张的小店挂出的招牌广告,显得格外生动活泼。望着这些坚强的身影和亲切的笑脸,泪水禁不住湿润了我的眼眶。

在目不暇接的重建家园的热闹场景中驱车前行,不知不觉到达汶川县城。汶川,这个倚傍岷江修建的江畔小城,这个让人们深深牵挂的地方,在灾难后的一年时间里,房屋不断修建,街市已恢复繁华,正一步步走出伤痛困苦,百姓逐步回归了平静安详的生活。清澈的岷江水穿城而过,淙淙流淌的江水声有如摇篮曲,夜夜不停地为曾经受惊的乡亲们送来安抚和温馨。对口支援的广东省人民,正用爱心、智慧和力量,在高高耸立的一座座脚手架上,创造新的"深圳速度"和少数民族地区可持续发展模式;县城四周高耸的大山,从山脚到山腰激扬着治理滑坡的民工号子,我仔细聆听,仿佛又听到了川江号子独特的高亢旋律。

映秀,不仅有着非常诗意的名字,更有与这个名字一样贴切的秀美景色,弯弯流淌的小河绕镇而过,映衬出风景如画、依山傍水的秀美。然而,汶川县映秀镇不仅未能逃过地震的厄运,还十分不幸地成为这次大地震的中心。

地震中心,无疑是受灾最严重、最惨烈、最悲壮的地方,地震使整

 个小镇几乎夷为平地，一片废墟。在进入映秀镇入口处的小块平地上，一块巨大的不圆不方的多边形岩石，头重脚轻地倒插路边，正当大家疑惑时，同行的地质专家告诉我们，这块重达几十吨的巨型岩石，并非人为所立，而是地震爆发瞬间的强大力量，从地震震源点牛眠沟附近弹掷出来，仿佛天外飞石般头重脚轻地扎在这里，人们在岩石上雕刻了"5.12震中映秀"几个大字，并涂上红色，这红红的大字让人震撼和铭记。

　　走进映秀镇内，残垣断壁让人十分震颤。最让人痛心的是映秀镇中学、小学和幼儿园，这些开放祖国花朵们最集中的地方，成为当时乡亲们心中最为伤痛的焦点。就在灾后几天，这片被爱心浸润的土地上，这片活跃着抗震救灾军民和志愿者忙碌身影的土地上，一幢幢整齐划一的安置板房如雨后春笋不断建成，乡亲们不但迅速得到妥善安置，还通过房顶上的一个个圆形电视信号接收机，感受到全国各地涌动的爱心春潮，更加坚定了一颗颗受伤心灵，坚强不息走出伤痛的信心。站在一排排绿色的安置板房旁放眼回望，整洁的安置房与满目疮痍的故土形成鲜明对比，这种对比让人感受到沐浴暖暖的阳光，这是祖国大家庭的温暖和中华儿女的真情。

　　迎着5月清晨的阳光，我们来到受灾严重的映秀漩口中学，来到整栋教学楼倒塌只剩下一根旗杆，旗杆上还飘扬着国旗的教学楼前，这个大山中的象牙塔倒塌而成的废墟，已被铁丝网墙围在里面。我知道，这面墙很独特，人们可以透过墙和里面的一切交流，但不能跨越墙去惊动长眠的魂灵，他们在这次灾难中承受的惊骇实在太大了，大得

一岁的花朵

039

无法比拟,大得不忍回首。教学楼前刚刚树立的一座洁白的石钟雕塑,已将5.12那个时刻永远定格,教学楼前刚刚树立的一座抗震救灾的英雄雕像,已将精神永远铭刻!我们轻轻地从废墟前走过,以一种静默的方式,默默地追悼那些死难的同胞,默默地祈祷那些逝去的灵魂。我虽然不是汶川的亲人,但在那段非常的日子里,我用手中的笔深情呼喊过,用微薄的力尽心支持过,所以我相信,祖国所有儿女的心,都是和灾区一起跳动的,这就是希望和力量。背对废墟向漩口中学正前方望去,在距废墟10米远的地方,映秀小学里鲜艳的五星红旗又在阳光下高高飘扬,孩子们正高举右手,向着红旗放声歌唱……

即将离开映秀漩口中学的时候,我看见一位当地老大娘,正在漩口中学废墟前的人行道上,忙碌着清扫卫生,上前询问得知,她是在这里义务清扫卫生的。地震灾害使她失去了三位亲人,仅受了点轻伤的孙子和孙女,又开始上学读书了,校园是她最寄托希望的地方,所以,她每天来这里做点力所能及的事。

告别老大娘的时候,我忽然发现在她的身后,在漩口中学地震遗迹的废墟里,有一束细细的野菊花,正静静地开放着。我知道,这里原本就是一片美丽的花园,是祖国的花朵盛开的地方。但一年以后的今天,这里生长的也不是这种花儿了,原来灿灿生长的花儿没有了,许多花儿都没有了,只有这束刚满一岁的花朵,孤单单地在风中摇曳。我分明看见,这束刚满一岁的小菊花朵,水灵灵地开放着,花朵上像是饱蘸着晶亮晶亮的露珠,在5月清晨的阳光下,显得那样鲜嫩,那样灿烂,那样生动!

我想,这束刚满一岁的花朵上的露珠,一定是人们缅怀的泪滴和真诚的祝福吧!那就让露珠静静地滋润这刚刚一岁的花朵吧,或许两年、三年……若干年后,这束花朵会成长一片美丽的花园,成长为参天大树,抑或一片茂密的森林!

｜烟雨莫愁

雨季，是一个特别的季节。

这个季节的雨，仿佛怀着某种心事，带着某种情绪，一会儿雷鸣电闪，劈头盖脸；一会儿淅淅沥沥，如泣如诉。雨不是孤芳自赏地表演，也不会在意花草树叶嘀嘀嗒嗒的掌声，仿佛是故意表演给人看的。人和雨仿佛也有一种莫名的微妙默契，雨的这些心事和情绪，常常不知不觉地让人束手就擒。古往今来，概莫能外。

刚到南京上学时，雨季刚刚过去，正逢秋高气爽时节。爽爽的天气，爽爽的青春时光，每逢周末几位同学便激情相约，骑着自行车，一路欢歌笑语，仅仅半年时间，已将"六朝古都"南京的玄武湖、秦淮河、中山陵、雨花台、长江大桥等风景名胜游历一尽。不知是名字的缘故，还是时间的关系，一直未去过莫愁湖。

暑假假期，仿佛天生就和雨季结伴而行。清晨尚在梦里，也闻斜雨敲窗，叮咚奏乐。不知是不是突发奇想，来自河北的同学忽然提议，去莫愁湖走走！"梧桐更兼细雨，到黄昏，点点滴滴。这次第，怎一个愁字了的！"正在热读李清照《声声慢·寻寻觅觅》的文学愤青们，个个不以为然"秋雨，愁雨，莫愁，全都是愁字了的？""诸君有所不知，莫愁确有

其人,来自河南的才女淑女,我的'半个老乡',烟雨莫愁,劝君莫愁,'江南第一名湖',走吧!"既然从未去过,大伙也就随水推舟,迎着细雨上了路。

位于南京秦淮河西的莫愁湖,是历史馈赠给南京的一份厚重礼物,一座历史悠久的江南古典名园,自古就有"江南第一名湖""金陵第一名胜"之美誉,并以"莫愁烟雨"列为"金陵四十八景"之首。举目望去,楼榭亭轩错落有致,曲径回廊掩映绿荫,沥沥细雨之中,湖面碧波荡漾,堤岸垂柳依依,处处繁花吐妍,一派"欲将西子莫愁比,难向烟波判是非。但觉西湖输一着,江帆云外拍云飞"的宜人景色,难怪扬州才子:郑板桥曾经深情赞叹:"湖柳如烟,湖云似梦,湖浪浓于酒"。

大伙疑惑不解,这样"湖浪浓于酒"的名园胜景,为何与"愁"字关联呢?河北同学卖起了关子:"这要从我的半个老乡谈起!"相传1500年前,一位芳龄15岁、芳名莫愁的洛阳少女,因父母双亡,被江南富商卢员外从中原带回南京,住在如今莫愁湖位置的卢府里。尽管远离故土,举目无亲,心中满是浓浓离别感伤和思乡愁苦,但文静聪明的莫愁姑娘,很快融入陌生的环境和卢家诗书墨香、温情儒雅的家庭氛围,得到卢家公子的爱慕,喜结良缘。她不仅悉心相夫教子,还用父亲传下的医术,为周围百姓把脉治病,百姓病痛焦愁,她笑迎诊疗,百姓病愈欢颜,她仍是笑容满面,人们从此称她为"莫愁姑娘"。我不知道,这位来自洛阳古都的文静俏丽女子,是否将年少学会的采桑、养蚕、纺织、刺绣本领教予后人,为江南的苏绣、云锦奉献绵薄之力?也不知道,她向父亲学到的采药治病的本领,帮助救治了多少穷苦病人?但从她治病

救人后露出的快慰笑容中,我知道,她是一位天使,老百姓有了病啊痛啊,见了她就能治好,老百姓有什么忧呀愁呀,看到她的笑容就什么也没了。或许她的笑容就是一剂良药!

我也见到了莫愁姑娘,端庄而亭亭玉立于荷花之中,如若刚刚采桑归来的女子,又若翩翩下凡的仙女。我不是去看病的,也可以说是去看病的,看千百年来人们心头挥之不去的因雨而生愁绪的痼疾,看万千生灵唯有人最受外界纷扰而情绪起伏的根源,求调节心绪安宁淡定的良药。然而,莫愁姑娘没有给我答案,也没给出处方,只是甜甜地微笑着,微笑着。

烟雨蒙蒙中,湖畔传来悠扬的歌声,"莫愁湖边走,秋夜月当头,欢歌伴短笛,笑语满湖流,自古人生多风浪,何须愁白少年头,啊莫愁,啊莫愁,劝君莫忧愁……"这是著名的《莫愁啊莫愁》,歌词真情质朴,旋律婉转优美,深深打动了我的心,也消除了大伙清晨出发前的惆怅情绪。我禁不住回头仔细端详凝望面带笑容的莫愁姑娘,那笑容仿佛温婉地告诉我,微笑与忧愁,幸福与苦处,其实都在别人之外,都在自己心中,正所谓冷暖自知。良药,其实也在每个人自己心里!

细雨还在纷纷扬扬地下,我的心境却格外爽朗,一种从未有过的淡定与从容,宁静与幽雅,盎然于我的全身。我将这样的情绪,通过目光传递到烟雨蒙蒙的湖面,满湖田田的荷叶与潇潇的雨滴顿时携手而舞,此起彼伏,好不热闹;雨滴在湖中绽开圆圆的笑脸,与圆圆的荷叶那样相似,如同双胞胎姐妹一样灿灿的笑脸,又如莫愁女一样甜美的笑容。此时,仿佛还有爽朗的笑声,从一圈圈涟漪和一片片荷叶中间传

来……

傍晚时分,烟雨渐渐模糊了莫愁湖,模糊了莫愁姑娘的笑容。雨是潇潇洒洒、飘飘舞舞地下着的,全然不是李清照笔下"到黄昏,点点滴滴"的样子。即将离开的时候,我带着一种真诚而期待的目光,确切地说就像学生请教于老师的眼神,希望能再次阅读莫愁姑娘的笑容。虽然雕塑轮廓早已模糊在昏暗夜色之中,但我依然读到了莫愁姑娘的笑容,那么甜美,那么真切。那是一种源于心境,发自内心的笑容,从来没有改变过。

这让我忽然想起,阳光也好,斜雨也罢,昨天去了,今天又来,一天接着一天,从不停歇脚步,日子是从来不会改变的,唯一改变的是我们自己……

｜凤凰古城

匆匆忙忙的时光中，放下繁忙的工作，抽出时间踏上心仪已久的旅行，不是件容易的事。就像站在历史与未来衔接处的人，往往分不清谁的分量更重。

难得一个短暂的假期，乘坐汽车从铜仁出发，一路飞驰疾驶，仅一个多小时便抵达"中国最美的小城"凤凰。怀着憧憬已久的心情，踏上这片神秘土地，虽然正是清晨繁忙喧闹时分，一幢幢古屋，一块块青石板，一座座吊脚楼……扑面而来的氛围，已将我带进一种宁静悠远的情怀。

而这种悠远，更被一些传说故事滋养着。同行的朋友介绍，凤凰流传着一个古老而美丽的传说，相传很久以前，一队凤凰飞过这里，其中一只停下来休息，看到当地的山水美景，便不想再走。恰巧这时，被一位仙人看见，用手轻轻一指，这只凤凰便变成一块凤凰石。石头沐浴天地精华，历经岁月滋养，越长越大，越长越丰满，成为今天的凤凰山，山下的小镇便得名凤凰城。

传说只是口述的历史，凤凰古城却是一座再现和正在书写的历史。走在古城的小巷，一栋栋古老建筑，展示着凤凰的悠久质朴；一块块青

石板,印刻着凤凰的风雨历程。那古巷深处的一家家匾额古朴的老字号手工作坊,无论是手工银饰,还是书画雕刻,无论是手工捏泥,还是糕点酒肆,凝结的尽是凤凰人的勤劳与智慧。那悠扬婉转的琴声,飘溢小巷的墨香,让这古老的小城浸润在诗情画意之中,也让无数像我一样的追梦人,沿着沈从文先生《边城》的扉页,来到这里领略边城的秀丽风光,感悟小城的文化魅力。怀着崇敬的心情,走进沈从文先生故居,说心里话,我并不期望在这里找到《边城》的某个片段,抑或翠翠姑娘的身影,我只想在先生的故居,感受启蒙教化的某种力量。故居是一座典型的南方四合古院,正中为一天井,用方块的红岩石板铺成,天井四周为砖木结构的古屋,正屋三间,厢房四间。古屋古色古香,精巧别致,雕花的木窗带有明显的湘西特色,透着浓浓的文化气息。一拨拨参观的人,来来往往,络绎不绝。我暗自思悟,沈先生年少时,他家这样的殷实大户,也断然不会如今天这般门庭若市的。古屋还是这栋古屋,却从沈先生的笔下,生出一段新的繁华,新的历史,书写一道新的亮丽风景!

走出沈先生故居,走过幽深的古巷,来到沱江边上,但见江水清澈舒缓,清新宁静,就像这座城市的生活。沱江静静地流淌着,宛如一位湘西女子,总是那么恬静淡然地,相伴凤凰的每一天。江面建有通行汽车的桥,但我们没有选择桥,而是跨越江上的一个个石头跳墩,步行抵达沱江对岸。栉比鳞次的一栋栋房屋,依山而建,古朴整洁,家家户户都经营着生意。一些细心的主人,在庭前树立各自的标牌,或方或圆,或心形或怪异,大都是为了指路或揽客。在一栋满院开着鲜花的木屋

门前，挂着一块形状独特的标牌，"今生今世"的酒吧名字，立刻吸引我驻足观看。寻着大门望进去，一位年逾古稀的老人，正戴着老花镜，捧着一本厚厚的书，坐在庭院的靠背竹椅上，悠闲地读着。晚霞映照着满院的鲜花，映照着老人脸上的皱纹，也映照着惬意的生活，好一幅优雅闲适的画面。正当我拿出手机准备按下快门的一刹那，老人抬起头来，向我微笑着点点头，我也赶紧向老人家回应微笑，一边问候一边悄悄收起手机。此时，我知道不需要拍照了，老人捧着书冲我的那个微笑，不必短暂地留在手机中，而是永久留在了我心底。

不知不觉，月亮已悄悄露出脸来，我与同行的老朋友通廷一行，共坐在临近沱江的酒店小楼的二楼上，依着打开的雕花窗户，一边饮酒叙谈，一边欣赏沱江江面渐次展开的热闹。今夜的月亮很圆很满，水中的倒影也很丰盈，但她不是今夜沱江的主角，而是被淹没在满江的绯红之中。家家户户临江悬挂的红红灯笼，有的一串，有的一只，有的一排，在江中倒影成一团团柔柔的火焰，水波推动着，顷刻间荡漾成一朵朵富有动感的灯火，若隐若现，像是隔着纱幔看到的火炬，一朵，二朵……数不清的灯火沿江延伸，沱江便像成了一条半透明的龙，悠然游弋在小城脚下，更伴有轻吟浅唱的韵律，为夜里的小城平添了几分温婉与妩媚。不远处的吊脚楼上，传来此起彼伏的卡拉 OK 声，像是昼夜不息的鼓乐，为这条透明的龙加油助威。我忽然想起离小城不远的机场频繁起降的那些飞机，想起清晨路过的小城郊外，一栋栋正在兴建的古色古香的新式楼宇，正隐约传来悦耳的共鸣声，像是一阵阵激越的号子。宁静与繁华，现代与悠远，在这一时刻得到充分融合。

　　曾听朋友说:如果你不了解历史,就别去凤凰,因为那里的一切你无法真正看懂。确实,从厚重历史背景中走来的凤凰,凤凰的山,凤凰的水,凤凰的人物,凤凰的文化,有厚度,有温度,有沉淀,有生长,不是短时间能够轻易读懂的,但从凤凰正在书写的历史中,我仿佛又读到了什么。

　　我向来比较推崇,去美丽的乡村或小城走走,那里有广阔丰沃的大地,有宁静清新的空间,有丰厚养人的文化,有历史与现代的包容。无数次匆匆的乡村旅行,真正读懂的东西实在太少太少,但在"中国最美的小城"凤凰,我至少读懂了一点,今天从丰厚的历史中走来,明天又将开创新的历史,总是这样生动地延续着、发展着……

新疆写意

　　从大自然中感受博大，除了大海和草原，还有资格的当数新疆了！常听人们说："不到新疆，不知道祖国有多大！"前些日子，有幸去了一趟新疆，使我真正感受了这句话的贴切。

　　飞抵乌鲁木齐，在昆仑宾馆住下。家住乌市的朋友便过来告诉我："第一次到新疆，先给你说文解字吧！'疆'是象形文字，就是'三山夹两盆'的地理格局。右边的上中下三'横'分别代表阿尔泰山、天山、昆仑山，中间的两'田'分别代表准噶尔盆地、塔里木盆地。"朋友这番激情飞扬的解说，不仅十分形象，更让初来乍到的我立刻明白了新疆的概貌。朋友接着打比方，对新疆人来说，横贯东西全境的天山山脉就像新疆的脊梁，对旅游者来说，天山像一条蜿蜒的绸带，把山脚下神奇优美、数不胜数的各个景点，串连成一条光彩夺目的珍珠长链，熠熠闪烁耀眼的光芒，吸引全世界为之喝彩的目光……

　　宽阔辽远的新疆，选择自助旅游是不太现实的。于是我早早选择加入宾馆楼下旅行社的团队，期待第二天早些出发。然而，到了晚上八点，人们才开始吃晚饭，深夜十一二点，整个城市还处于兴奋状态，大街小巷全是熙熙攘攘的人群，原来新疆的经纬度与我居住的贵阳不同，

天黑时间推迟了两三个小时。

第二天清晨,心驰神往的新疆之旅,首先从吐鲁番拉开序幕。通往吐鲁番的公路像一条绸缎,在天山脚下一路向南蜿蜒。车行不久,公路两旁耸立着一排排风力发电机,叶片在风中飞快旋转,在空旷辽阔的蓝天下,俨如一个巨大的风车世界,这是我国目前最大的大坂城风力发电厂。车行一个多小时,到达著名的"大坂城",我没有看到大坂城迷人的姑娘,也没有看到王洛宾的身影,但感受到故事的美丽和音乐的魅力。就在"大坂城"城边,一群漂亮的维吾尔族姑娘正在激情表演,一台台摄像机围着拍摄,原来是天山电影制片厂正在拍摄电影。

吐鲁番,是天山的陷落盆地,是中国最热的地方,也是中国地势最低的地方,盆地中部的艾丁湖面,比海平面还低 154 米。导游小姐介绍说,吐鲁番年降水量与蒸发量相差极大,降的只有 16 毫米,蒸发的却高达 3000 毫米,几百倍的差距,使人们想都不敢想象。车停火焰山脚下,从凉爽的空调车上走下来,一股股热浪立刻包围全身,踩在炙热的沙土上,脚底很快发烫。火焰山的山体并不高,上部多褶皱,山色殷红,寸草不生,火辣辣的烈日暴晒着,就像一团团燃烧的火焰。《西游记》中唐玄奘西天取经路过这里,孙悟空借来芭蕉扇扇灭满山的熊熊烈焰,重新踏上取经征程。或许正因为这个美丽传说,火焰山声名远播,游客络绎不绝。在火焰山景区的地宫中心,竖立着一根高达 12 米的巨型温度计,酷似孙悟空的"金箍棒",堪称世界之最,曾获大世界吉尼斯纪录,可以实测摄氏 100 度内的地表和空气温度,2004 年建成,10 多年来测定的最高温度近 70 度,足见火焰山之热。

吐鲁番是中国最干旱的地方,水十分珍贵。天山雪峰融化的丰富雪水,如果经地表流动,裸露暴晒在阳光下,将会被迅速蒸发。这难不倒聪明的中国人,二千年前,西域人发明了坎儿井,通过竖井、地下渠把融化的雪水引向山下人家,每条坎儿井长短不同,最长的达 2 万米,最短的只有 100 米,潺潺的水流通过地下沟渠源源不断流到山下,滋养了吐鲁番的绿洲沃野,呈现出"山上烈焰熊熊,山下绿树荫荫"的奇特景象。葡萄沟是游客必去之地,走进葡萄沟的一瞬间,我恍若走进了江南水乡,清澈的溪流绕村流淌,青翠的草木绿韵欲滴,更有一串串翡翠般的葡萄,悬挂在满目葱绿的庭院里,悬挂在浓浓的树荫下,身边流水潺潺,满地瓜果飘香,品味葡萄香甜,欣赏舞姿蹁跹,好一派江南田园诗情画意。中国不缺水的地方很多,为何吐鲁番的葡萄这般美味?导游介绍说,吐鲁番虽然很热,但日照时间长,无霜期长,丰富的热量和光能,为喜温喜光作物如瓜果、棉花等创造了得天独厚的条件。有得必有失,有失必有得,世间万物概莫能外。走进村子中一户两层楼的维吾尔族家中,庭院宽敞干净,一位小姑娘羞答答地站在家门口,我微笑着询问会不会跳舞?小姑娘回答说"会。"不需要音乐,她立刻欢快地跳起舞来,动脖、耸肩、旋转等维吾尔族舞蹈独特的动作十分熟练,舞蹈结束时,左手还牵起鲜丽的裙子一角,摆一个婀娜多姿的造型,赢得客人阵阵热烈掌声。从这位小姑娘身上,我真正见识了维吾尔族是一个能歌善舞的民族,他们在歌舞中生活,在歌舞中收获,并将一粒粒饱含歌舞情韵的甜美,分享给祖国各地的人们。

吐鲁番不仅有自然的神奇,也有历史人文的丰厚,最能彰显的便

是高昌故城。离火焰山不远的高昌故城,是历史上高昌王国所在地,丝绸之路上的历史名城,也是迄今中国保存最完整的古城遗址之一。乘坐慢悠悠的游览驴车前往,一辆辆驴车相距很远,这并不是驴的力气差别大,而是漫天飞舞的尘土让人睁不开眼。走进故城,四处断壁残垣,满目黄沙废墟。一位来自南方的游友有些失望:沙土有什么好看的?也许他并不知晓,这是盛唐中华的重要见证,是全国重点文物保护单位! 高昌故城周长 5000 米,占地面积 220 万平方米,呈不规则正方形,城内建筑布局与当时长安城十分相似,是我国古代西域地区政治、经济、文化中心之一。透过那些断壁残垣,依稀可见当年城市的面貌和繁荣,栉比鳞次的建筑、街道、作坊、民居应有尽有。最吸引人的是残存的唐僧"讲经堂"遗址,微微高突的圆形黄泥墙垒上,早也空空如也,既无墙体,也无屋盖,唯有唐僧讲经的泥垒座位,至今清晰可辨。站在黄沙茫茫的故城中,四望或高或低,或存或残,或倒或立的黄泥垒墙,遥想盛唐中华的强盛,遥想丝绸之路的繁荣,遥想文化开放的气度,我的心中吟出"高昌故国马蹄远,黄沙飞扬警人寰"的诗句,环境与生态问题,的确是任何时代都无法回避的。吐鲁番一日游,既感受火焰山的炙热,又感受葡萄沟的清凉;既走进烫脚的山上,也走进凉爽的坎中;既看到现代文明的风力发电,也看到黄沙淹没的故国。时间虽然短暂,但对比强烈的反差,让我感觉第一天就收获满满!

天山是新疆的脊梁,也是新疆的生命之源。这源泉就是堪称"固体水库"的天山冰川,6000 多条冰川,俨如 6000 多条玉龙,飞舞于寒山空谷之中,融流出源源不断的水源,孕育了大美新疆的湖泊和河流,草原

和绿洲,文明与繁荣,这是怎样的一种壮观呀!

如果说吐鲁番是炙热的火盆,天池就是天然的冰池,天山冰川融化孕育的大冰池。通往天池的公路并不宽,沿着公路一路盘旋而上,路边的植被分界十分明显,越到高处,植物越稀少,下密上疏的景象,犹如不断攀山的队伍。即将抵达天池时,空气越来越冰凉,我知道这弥漫的全是雪山融化的寒气。刚抵达天池湖边时,太阳还露在天空,但不要期望用阳光取暖,那只是一种心理安慰。带着冰雪凉气的寒风,在天池湖面加速后,嗖嗖地满湖狂奔,让人瑟瑟发抖,牙齿更是不听使唤直打架。鼓起勇气在湖边的"定海神针"树旁拍了几张照片,赶紧躲到一块避风的石头后面,风小了许多,情绪也稳定下来,举目天池四周的一座座山峰,冰光映日,洁白无瑕。我不禁感叹这一座座"固体水库"的作用,没有它,不会诞生"高山出平湖"的美景,不会有南坡草原的翠绿,也不会有大美至极的新疆!

三天的旅行很快结束,对于辽阔的新疆来说,或许我只迈了一小步,或许我只读了一个字。就像朋友所说,新疆是一个辽阔美丽的地方,需要用一生来品读,来感悟,来创造。我的心底油然而生一种敬仰,由衷地敬佩和羡慕,那些一代代奋斗和享受在新疆热土上的各族儿女……

北戴河印象

　　南国四月芳菲尽,北国桃花始盛开! 在南方一派百花吐艳、桃李芬芳的时节,北方刚刚迎来花蕾含苞、绿染枝头的融融春意。在这样芬芳沁人的春色里,从南国林城来到北方的海滨城市秦皇岛北戴河,凭临大海读辽阔,漫步海岸听波涛,实为一件惬意的事。

　　早在上小学的时候,就已经熟背毛泽东主席大气磅礴、意境深远的《浪淘沙·北戴河》,词中写到"秦皇岛外打渔船,一片汪洋都不见……"这样的悠远壮美,一直令我心中深深向往。我经常在无比激动和兴奋的心情中,想象海面上红日喷薄而出的壮观,想象渤海海面白浪滔天的豪迈,想象点点渔船悠然游弋的韵致,想象海滨之城如诗如画的浪漫。今年春天,有幸参加在秦皇岛市北戴河举办的一个培训班,多年的向往终于梦想成真。

　　秦皇岛地处河北省东北部,是中国著名的历史文化名城和旅游避暑胜地。这个总面积 7800 多平方公里,居住着 280 万人口的海滨城市,注定和万里长城紧紧联系在一起。

　　人们常把万里长城比喻成东方巨龙,这条巨龙的龙头就在秦皇岛,名曰"老龙头"。老龙头位于渤海之滨,是明代长城的东部起点,是一座

名副其实的海陆军事要塞和防御城堡,老龙头的龙头叫入海石城,一半位于海平面上,一半则浸在海平面下,伸入大海20多米,且全用石块砌成,这是明代抗倭名将戚继光所筑。远远望去,海浪拍击,气势宏伟。入海石城、靖虏台、南海口、澄海楼、宁海城等景点,使人想起当年烽烟四起的战事。老龙头的最高点是全木结构的澄海楼,康熙、乾隆皇帝曾在此奉天祭祖,登楼观海,饮酒赋诗,城楼上的"澄海楼"匾额就是乾隆帝御笔亲书。登上澄海楼极目远眺,南可见波涛汹涌,北可观长城蜿蜒,雄伟壮观。距老龙头5公里的地方,有一个遐迩闻名、老幼皆知的重要关口——山海关,北依燕山,南临渤海,是建造在北山南海之间的一座雄关,故名山海关。这座建于明朝洪武十四年的关口,是一座防御体系十分完备的重要军事要塞,因此被誉为"天下第一关"!关口城门高13米,分为上下两层,造型美观大方,雄壮威严,登上城楼,一边是碧波荡漾的大海,一边是蜿蜒连绵的长城,令人顿生豪情。

秦皇岛不仅历史悠久,海滨风光也十分美丽。我们这次培训的地点就在风光秀丽的北戴河海边,距当年毛泽东主席激情作诗的鸽子窝公园三四分钟路程,看海观潮很是方便。在紧张学习之余,沐着晚霞来到海边,把目光久久地停留在以海为中心的地方,可以仔细品读海滨城市的婉约,细心体会大海汹涌的魅力。每天早晨五点多钟,站在培训中心宿舍的窗前,推开窗户,极目远眺,红红的太阳从渤海海面缓缓升起,金色的朝霞映在海面上,大海顿时一片火红灿烂,不断滚动的波浪闪烁金色波光,蔚为壮观。此时,放眼朝霞中的北戴河,宁静壮美,清新怡人。这种宁静与清新,写满海滨城市的每一个地方!青青的草坪仿

佛刚出浴的天使,舒展的尽是水灵灵的绿韵;草坪上的柳树正爆出细细的嫩芽,犹如一双双绿色的眼睛,在晨光中欢快俏皮地微笑;海边的沙滩和公路两旁,挺立着一排排高大的杨树,繁茂的叶子在清爽的晨风中迎风而舞,翠绿的叶子摇曳着,不断折射和反射太阳的光芒,跳动着绿色沁润的清新与生机。在这样的美妙中打开每天清新的第一页,海滨之城着实名不虚传!

迎着傍晚的霞光走近海边,细细领略渤海海湾的风采,那又是另一番美景。此时的能见度很好,极尽目光所能眺望大海最远的地方,海天一色,山水空蒙,让人不由赞叹大海的宽阔和伟岸;浩瀚的大海中间波涛涌动,碧水如画,点点渔船,若隐若现;近处是浪花滚动,波光闪烁,让人感受到大海就在自己触手可及的身边;而更近的海边则是波涛拍岸,气势磅礴,不经意间,浪花已漫进了你的鞋里,吻湿了你的脚丫。赶紧回身向岸边跑去,转身回眸大海时发出的爽朗笑声,或许就是北戴河给予你最好的礼物!

面对大海,一如面对生活,鲜红灿烂的太阳下,辽阔恢宏的大海坦荡千里,清澈透明;俯首看海,细心注视往往被人们忽略的浪花,一朵朵平凡渺小的浪花,我看见,它永远欢笑于大海的怀抱,永远奔跑在波涛的前列,永远歌唱于激越的潮头。

如果大海是一首诗,它蕴含的是一种启迪灵魂的哲理与思想;如果大海是一幅画,它展开的是一种气势磅礴的魅力和气魄。那就让我们做一朵浪花,在大海宽阔宏大的怀抱中,永远追赶时代的潮头!

| 六进北京

细细数来,我已是第六次来到首都北京了。

2008 年举办奥运会之前,曾经去过四五次,还曾在郊外的昌平区参加过半个多月的学习培训。按理说进京的次数并不算少,对从小向往的首都北京应该有比较深的感受,但实话实说,前几次都没给我留下太深刻的感触,更没有想写点什么的激情和冲动。而那些古代皇宫的庞大建筑群,在灰蒙蒙的天空下,留给我的大多是单调和冰冷的印象。

去年初秋时节,有幸到北京参加中国国土资源作家协会第四届理事会,因为独自前往,下了飞机,我便选择乘坐巴士。坐上从机场到市区的大巴,高速公路两旁排列的整齐高大的杨树,一溜儿飞动在我的视野里,二十多米高的大树,茂密的树冠浓荫蔽日,大巴车行进在道路上,俨然行驶在原始森林开辟的一条通道里,那种绿意盎然的清新和舒畅,立刻使我的情绪振奋起来。

到达北京正是下午四五点钟,晚霞正在天边燃烧,火红的霞光照耀在北京城的各类建筑物上,更照耀在一片片绿茵茵的树木和草地上,照耀在北京的每一个角落,展现出古代文明、现代文明和生态文明交

相辉映的美妙景致。此时此刻，我强烈地感受到，这些经过绿色反射或透射的光线，清新而柔和，生动而亲切，全然不像以前大多从琉璃瓦反射的光线那么生硬和刺眼，这种感觉是前几次从来没有过的，让我对北京城近年的变化兴奋起来。

灿灿的霞光中，古代建筑和现代建筑被勾画成一幅幅剪影，而这些剪影之下，各类高低错落的绿色植物，把北京城装点得十分亲切。高处是杨树、柳树、银杏树，如同撑开一把把绿色的伞，为川流不息的车流人流遮荫蔽雨，乘坐在巴士车上，仿佛伸手就能摘下一把绿韵；中间是万年青、桂花等各类植物，造型各异，仪态万千，有的直，有的圆，有的方，一眼就能看出，这些优美的造型是花费不少工夫的。最下面是青青的草坪和盛开的鲜花，在一些面积较大的绿草地上，还摆放着几盆花卉加以点缀。高低错落的绿色植物，层次分明，色彩丰富，相得益彰，好一幅绿色的立体画卷！

巴士靠站的时候，注目机关单位的大门口，大多摆放着一串红、菊花等生机盎然的花草，有的还精心摆放成各种文字和图案造型，透射出的不仅是对生活的热爱，更是对绿色的关注。街道干净整洁，行人井然有序，穿梭在公路上的各种公交汽车，不像是在载客运行，而像是在绿色海洋中航行。这是奥运会带来的绿色成果，是环境意识的提升，是时代的进步，是品质的生活，是首都人民倡导和引领的方向。

下了巴士，一路闪动奔跑在眼前的绿意，如同胶卷上感光的图画，深深印记在我的脑海里。我有一种意犹未尽的感觉，于是特意选择三环内一家临街的酒店住下，希望继续领略抑或阅读这些绿意，不断加

六进北京

深感光的程度。

　　如愿住进酒店二十二楼临街的房间后,我迫不及待地走到窗户边,推开窗户的一刹那,窗帘翩翩起舞,一阵清新爽朗的风涌了进来。站在窗前放目远眺,湛蓝的碧空下,从一环到五环,像是一条条绿色走廊,又仿佛五条绿色的花环,绿荫之中耸高楼,高楼四周荡绿韵,高楼与绿树,相依相伴,相映成趣,好一幅生机盎然的首都绿韵图!

　　近看酒店四周,楼与树组合而成的画面是那样的自然和谐,没有一丝矫揉造作之感。更有些藤蔓爬到房屋顶上,仿佛与蓝天对话;"上下车儿跑,行人如浪潮"的立交桥上,一束束绿色的藤蔓,俏皮地从护栏两边爬上去,像是一个个绿色键盘,为川流不息的车辆演奏。道路两旁的草地,绿茵茵的草地,整齐得像是筛选过一样,没有一株杂草,也没有一片落叶,匆匆的行人也像是在青草地上徜徉。草地中间大多是一片片的鲜花,有的自然生长在草地上,有开放在花盆中,花儿静静地开放着,红、黄、橙、粉红,五彩缤纷,就像秋天里层林尽染的山野。许多城市的行道树是不会种植柳树的,北京不仅有,在这个季节依然葱茏,长长的柳丝从树上垂吊下来,俨然迎风而舞的女子,婀娜动人。

　　文明是一种物质,也是一种精神;文明是一种思想,也是一种行动;文明是一种传承,更是一种创造。第六次来到首都北京,让我读到了古代文明、现代文明和生态文明交相辉映的深刻内涵。

　　从窗外移目房内,我忽然看到,桌上有一个玻璃瓶,一株鲜嫩的植物,舒展翠绿的叶片,盎然于玻璃瓶的水中,水清清的,根须长长的……

世外桃源夏威夷

> 阳光是快乐的心境，
>
> 沙滩是诗意的舞台；
>
> 碧浪是激情的舞蹈，
>
> 和平是最美的阳光。

如果有人问，世界最美的岛屿在哪里？世界最浪漫的海滨浴场在哪里？世界最美的人间天堂在哪里？著名作家马克·吐温会告诉你答案，他说，夏威夷是大洋中最美的岛屿，也是海洋中最可爱的岛屿舰队。

夏威夷，是美丽和浪漫的化身，是闻名世界的人间天堂。在这里，不仅能欣赏到世界最美的岛屿，更能感悟风光之外的另一种美：和平是最美的阳光！

从万米高空俯视夏威夷群岛，火山爆发形成的大大小小的岛屿，有如一颗颗珍珠点缀在太平洋上。随着飞机高度的下降，越来越清晰的小岛组成新月形岛链，弯弯地镶嵌在海洋中心，有如碧蓝的天空中挂着的弯月。夏威夷由8个大岛及124个小岛组成，总面积6425平方英里，是一个孤立于太平洋中的群岛之州。公元4世纪前后，一批波利尼西亚人乘独木舟来到这里并在此定居，为这片岛屿起名夏威夷，意

为"原来的家"。最早"发现"夏威夷的是西班牙人胡安·盖塔诺,而真正使夏威夷为世人所知的是英国航海家库克船长,他于1778年登上夏威夷群岛,打开了夏威夷对西方文明技术与知识的认知之门。1795年,卡米哈米哈酋长征服了其他部落,建立夏威夷王国,19世纪末沦为美国的属地,1959年成为美国第50个州。夏威夷火山群岛的天然环境非常迷人,地质结构变化很大且独一无二,有全世界最活跃的活火山,也有最大的死火山;有洁白美丽的海滩,也有黑色的沙滩;有低地沙漠,也有高耸山峰;有贫瘠火山岩,也有热带雨林区……在夏威夷群岛上,奇特的地质结构让游客一饱眼福。

夏威夷地处太平洋中心,是全世界位置最孤立的岛群。因此正因为这样的孤立,使她保持着完整自然的生态,阳光、空气和水很少受到污染,加之常年有季风调节和凉流吹过,一年四季的气候都非常舒适宜人,温度在20摄氏度至31度,通常大白天的阵雨来得急,去得也快,阵雨后马上就是雨过天晴,天空中还会出现绚丽的彩虹。夏威夷没有烈日,没有酷暑,没有台风,没有海啸,唯有的是美丽的沙滩、明媚的阳光、充足的雨水、爽朗的天气,因此被人们称为人间天堂和世外桃源,世界各地的游客络绎不绝,那里的旅游业非常的发达。闻名于世的海基基海滩白沙绵延,碧波涌动,无论白天还是晚上,总是挤满了人。夏威夷是一个休闲旅游胜地,没有工业和农业,但盛产的黑珍珠、绿宝石、红玛瑙三大特产,让游客爱不释手,岛上长年居住100余万人,每年要接待800多万游客,一名当地人平均一年要接待八名游客,足见旅游业之火爆。

作者（左二）与哥哥何友奎、大姐何友莲、妹妹何敏芬畅游海边

有人说夏威夷是彩色的，有人说夏威夷是蓝色的，这些话都各有道理。站在一个恰当的地方放眼欧胡岛，从上到下依此呈现黑、绿、白、蓝四种颜色，山上是黑色的火山石，山下是一片片葱绿的树林和草地、洁白的沙滩、碧蓝的海水，彩色夏威夷名不虚传。山下的绿地是打高尔夫球的好地方，仅欧胡岛上就有十八洞的标准高尔夫球场40多个，绿地之多可见一斑！夏威夷的海面不准捕鱼，看不见一艘渔船，海面显得十分宁静和悠远，由近到远，海水逐渐由白色到浅绿，由浅绿到深绿，由深绿到深蓝，深蓝深蓝的海面一直延伸到天边，蓝色夏威夷当之无愧！在天然海泉喷口，你可以看见蓝色和白色交替变化的壮观场面，海风吹动深绿色的海水，层层叠叠涌到岸边，渐成白色的海浪。海风首先从海泉喷口吹过，发出呼呼的声音并喷出白色的雾气，海浪随即激荡

而至,以雷霆万钧之力,从海泉喷口喷射而出,十几米高的特大喷泉,气势宏大,撼人心魄。

　　夏威夷独特的地理位置、生态环境和气候特点,使她成为动植物的王国! 在这里的上千种动植物种类,有不少在地球上其他地方已经看不到。就在山脚绿荫掩映之中,碧蓝海水之岸,一幢幢别墅式的建筑依稀可见,别墅的窗户和屋顶挂满各种绿色,人们就居住在这优美的环境里,你不敢相信这是在一个火山群岛上。最早居住在夏威夷岛上的波利尼西亚人,目前仅剩下七万,美国政府给他们的福利待遇十分优厚,为他们设立了专门的居住区,背靠群山,面临大海,一条宽敞的海边公路直通家家户户,像别墅一样独立成幢的房屋,虽然说不上漂亮,但显得安谧宁静,这些住房每月只需一美元的租金,吃饭和医疗都是免费,全由政府承担。如果出生小孩,政府每月给予 500 美元的补贴,并免费送其上学读书,一直读到不想再读为止。

　　夏威夷是东西方民族的大熔炉,也是东西方文化的大熔炉,她汇集了来自南太平洋各种族的多种岛屿文化。这个世界旅游业最发达的地方之一,吸引游客的魅力并非名胜古迹,而是它得天独厚的美丽环境,以及夏威夷人传统的热情友善。夏威夷风光明媚,海滩迷人,晴空下美丽的海基基海滩阳伞如花,晚霞中岸边蕉林椰树为情侣们轻吟低唱,月光下波利尼西亚人在草席上载歌载舞。夏威夷的花之音,海之韵,为游客们奏出一支优美的浪漫曲。夏威夷人纯朴好客,当观光轮船接近夏威夷外海时,便有一大群热情如火的夏威夷女郎,驾着小舟靠近轮船,把一串串五颜六色的花环送给游客,且不断地说着"阿罗哈",

充分表达她们最真挚的欢迎之意。"阿罗哈"是当地土语,是表示友好和祝福的欢迎、你好的意思,每个来到夏威夷的人都学会这句话。花环叫"蕾伊",夏威夷人总是手拿蕾伊欢迎或欢送客人,就好像我们见面握手一样。草裙舞给游客的印象很深,草裙舞又名"呼啦舞",是一种注重手脚和腰部动作的舞。月光如水之夜,凉风习习的椰林中,穿夏威夷衫的青年,抱着吉他,弹着优美的乐曲,用低沉的歌声,倾诉心中的恋情。跳舞的女郎,挂着蕾伊,穿着金色的草裙,配合音乐旋律和节奏,跳动优美的舞蹈。纯洁的感情,如诗的气氛,如画的情调,令人陶醉。最让游客感兴趣的还有夏威夷的服饰,无论什么场合和时间,一律身着布制的夏威夷衫。男性穿的叫阿罗哈衫,女性的花衫叫"慕",就连当地麦当劳店里,也把夏威夷衫当作装饰品挂在墙上。

　　遐迩闻名的夏威夷群岛,有三个最大的岛屿,分别是大岛、茂宜岛和欧胡岛,欧胡岛是夏威夷群岛中的第三大岛,总面积 608 平方英里。位于欧胡岛上的州首府檀香山,因从前盛产檀香木而被华侨称为檀香山,是夏威夷州的政治、经济、文化和金融中心,居住人口达 84 万,占夏威夷总人口的八分之一以上。欧胡岛上不仅有世界闻名的旅游胜地威基基海滩,还有现代都市檀香山、恐龙湾、珍珠港,以及总长 50 多英里的漂亮优美的海岸线。檀香山建在海边,高楼大厦林立,道路四通八达,海边修建了一条近两公里的海滨路,绿荫掩映,车水马龙,路的一边是白色的沙滩和一望无际的大海,另一边是林立的商场和酒店,我们居住的酒店就在海边,推窗迎来的全是椰风海韵,到海滩十分方便。夏威夷正方体结构的州政府大楼并不算高,但充分展现了夏威夷的特

点。大楼以黑色为基调，象征夏威夷是一个火山石群岛；大楼两边有水，象征夏威夷是太平洋中的岛屿；大楼前后两方均有 8 棵椰子树形状的柱子，象征 8 个居住人的岛屿；椰子树形柱子的下面有 124 棵小柱，象征 124 个尚无人居住的岛屿，真可谓构思奇特，独具匠心，给我们留下深刻印象。恐龙湾是著名的旅游胜地，是一个优美的海湾，海湾左边的山脊俨然庞大的恐龙爬在海里，弯曲的身躯栩栩如生；海湾右边则像一头水牛，正张口喝着海水。

　　由火山岛组成的一个新月形的夏威夷，孤立地静泊在太平洋中部水域，东距美国旧金山 3000 多公里，西距日本东京 6000 多公里，距最近的北美也要飞行 5 个小时。由于远离欧亚大陆，因而是太平洋地区的海空运输枢纽，有"太平洋的十字路口"和"美国通往亚太的门户"之称，美国海空军基地就驻防在驰名世界的珍珠港。太平洋地区武装部队司令部的办公大楼很有特点，黑色的大楼除了进出口的大门以外，整幢大楼没有一个门，没有一个窗户，就像一个黑色的方形铁桶，不知是不是象征坚不可摧。司令部不远处即是第二次世界大战中日军偷袭珍珠港原址，1941 年 12 月 7 日清晨，闻名世界的"珍珠港事件"爆发，日军偷袭珍珠港炸毁美军 21 艘军舰，2388 人死亡，太平洋舰队最大的战舰亚利桑那也被炸毁，至今依然沉没在水中。为铭记这次血腥事件，美国在沉没的亚利桑那舰上修建了很有创意的纪念馆，一个白色的长方形建筑物横在舰上。导游介绍说代表了三层含义，一是长方形纪念馆和沉没在水中的战舰组成十字架，以悼念在事件中死难的人们；二是长方形纪念馆像海军的帽檐，以纪念事件中牺牲的海军；三是长方

形纪念馆两头略高中间略低,远看像一个枕头,以纪念长眠在海水中的灵魂。我们观看了20分钟的全面记录珍珠港事件的纪录片后,乘坐游艇参观横在舰上的纪念馆。纪念馆很简单,左右和顶上均有7个窗口,三面共21个,象征最高礼仪的21响礼炮!在纪念馆里俯视水面,可清晰看见沉没在水中的亚利桑那战舰残骸,舰内仍不时冒出小小的油珠。

夏威夷是一个美丽的岛,也是一本纯粹的书,读后感触很多!所谓人间天堂,是人们公认最美的地方,她不仅仅是自然的产物,更是人类精心保护的结果。和平是世界上最美的阳光,只有在和平的阳光下,才会有人间天堂永远的美丽和浪漫……

冰雪加拿大

出生南方的人,对冰雪都有一种特殊感情。小时候,总希望冬天早点来临,与雪花一起飞舞,与雪人一起激情,即便手脚冻得通红,呵呵气又玩起雪仗。长大后,格外珍惜每次去北方出差的机会,即便是炎炎夏日,也期盼一觉醒来有意外的惊喜,窗外变成白茫茫的冰雪世界,在雪地上滑行,在雾凇下留影……

冰雪,是南方人心中的激情向往。如同北方人喜欢水乡泽国,喜欢吴侬软语一样。因为不能时时拥有,人们会格外珍惜和期待。

临去加拿大之前,十分期待这次枫叶之国的旅行,想象那一片片、一树树燃烧的火炬,该有多么艳美。更重要的是,我想利用这次出行,感悟枫叶在加拿大人心中,是怎样的一种情怀,将一片枫叶火辣辣的定格在国旗中央,成为一个国家的标志。

每年十月至次年四月,是加拿大长达半年的漫漫冬季。我们到达的三月初,正是春寒料峭的时节,冬天还未离去,春天尚未到来,所有的枫树光着身子站在雪中,极少见到一片枫叶的影子。虽然未能领略枫叶的风采,不失为一种遗憾,却意外感受到加拿大国旗中的另一个元素,茫茫无边、洁白无瑕的冰雪世界,美美地满足一个南方人儿时的

梦想!

十多个小时长途飞行,终于抵达加拿大最大的城市多伦多上空。贴着飞机舷窗俯视大地,即便在几千米高空,也能清晰地分辨大地,除了少数灰色的建筑和道路之外,全是白茫茫一片,这是怎样的一幅银装素裹、千里冰封的美景呀,后来我知道,这就是加拿大国旗中,衬托枫叶的那片白色! 枫叶和冰雪,应该是加拿大人心中的两个最爱。

步出机场大门,嘴里呼出的丝丝热气,已经显示零度以下的低温。乘坐轻轨到达露天停车场,夜幕徐徐降临,但丝毫不影响大家观赏冰雪的激情,从高楼到地面,从街道到远山,目光所及的视野里,全然一片洁白的冰雪世界。偌大的停车场,除了汽车碾压的车道外,全被冰雪覆盖,简约的路灯,将淡淡的银光泻在雪地上,弥漫着空旷寂寥的寒意! 俯身拾起一把雪,硬硬的,冰冰的,不像故乡冬天里飘飞的雪花那么松软,那么柔和,那么细腻。"冰冻三尺,非一日之寒",这显然不是刚下的雪,而是积淀几个月甚至半年的冰晶了。

汽车行驶在多伦多市区,如一只只萤火虫在雪地里一闪一闪,不一会抵达郊外的酒店。郊外的房屋很少,星星点点的灯光,勾画出一幅醉美的原野冰雪画。迫不急待走出酒店,行走在空旷的雪地里,身后是一串串兴奋的脚印,每留下一个脚印,便是一个脆嘣嘣的声响,脚步越来越缓,声音越来越小,最后迈不开脚步,膝盖也淹没在雪中了。在零下 10 多度的低温中,玩一张 45 度自拍,人和雪,心境和环境,都在这一刻纯洁绽放。虽然照片不够鲜艳,只是单调的白色冰雪,仍然颇有味道。一些看似普通平淡的事物,实则淡中有味,就像薄雾笼罩的远山,

雾里藏有万千风景。

作为贵州人，常常以家乡三件宝"一瓶酒、一幢房、一棵树"为荣，这棵树就是世界著名的黄果树大瀑布，其高度堪称俯视世界，无与伦比。横挂在美国和加拿大边界上的美国瀑布、新娘面纱瀑布、马蹄瀑布三个瀑布群组合而成的尼亚加拉大瀑布，就高度而言，它是需要仰视家乡的"一棵树"的，但一千多米的宽度则位居世界第一。尼亚加拉河浩荡奔涌而来，被河床绝壁上的公羊岛一剖为二，美国一边称美国瀑布，瀑布旁边的鲁纳岛再次将水流分出细细的一缕，飞落化雾如同一位带着面纱的新娘，因而增添了一个"新娘面纱瀑布"，由于湖底全是凹凸不平的岩石，"美国瀑布"和"面纱瀑布"跌落在硕大的岩石上，银练舞绝壁，卷涌千堆雪，银花飞溅的迷人景色，似一片月光柔和地洒在绝壁之上。加拿大一侧是最大的马蹄瀑布，以雷霆万钧、波涛万顷之势直泻而下，溅起的浪花和水雾高达百米，湖水在瀑布口挂成翠绿色的裙裾，泻到瀑底则呈青蓝色的绸缎，蔚为壮观。

苏轼游历庐山时吟唱出"横看成岭侧成峰，远近高低各不同"的千古佳句，深切地感悟到观赏角度不同，景致会截然不同。八年前秋色如画的时节，曾出访美国观赏过尼亚加拉大瀑布，那是从美国一边乘游艇，与漫天水雾亲密接触。今年不同，不仅在瀑布另一边，且是春寒料峭的时节，角度和季节不同，景致果然大相径庭。同一水源，同一归宿的瀑布，上面是雾气蒙蒙，中间是激流飞泻，下面是冰雪皑皑，水的三种状态，在这里天然地融为一体，仿佛大自然书写的水的同题作文，又仿佛大自然进行着水的三种赋存试验，这是怎样的一幅美景呀？尼亚加拉河宽阔的河道两岸,长满茂密的森林,树上覆盖着厚厚的白雪,隐约可见林中的一幢欧式建筑,像漂浮在蔚蓝河水的一艘船,远远望去,白雪、瀑布、森林、帆船,组成了一幅绝美的油画,这又是怎样的一幅美景呀?其实这些不仅仅是美景,是人与自然共同完成的一种造化,如同人生的造化一样,如果你到达一种境界,必定出神入化……

尼亚加拉瀑布口旁边,有一个不大的别墅区,静谧而优雅,除了不断飞泻的瀑布声,没有一丝喧闹和繁杂。别墅小区的道路上,身着滑雪衫的工人,微笑着开动扫雪机,清扫厚厚的积雪,寒冷的空气中,清晰可见他嘴里吱吱喷出的白气,透过车窗,我看见工人并未戴手套,真担心这个太阳很少的季节,会冻着他的双手。听说在月亮满月之夜,瀑布水雾中会出现月光彩虹,我们不是夜晚游览,我想断然不会欣赏到月光彩虹倩影的。就在浮想联翩的时刻,艳艳的太阳跳出天空,雾气升腾

的峡谷中,一道七彩霓虹如初生婴儿悄然降临,越来越亮,越来越明,仿佛一条七彩飞龙,乘坐仙雾下凡戏水,而这条飞龙不仅映衬蓝蓝的瀑布里,更映衬在皑皑的白雪中,这是一生难得一见的绝妙景色。平凡和神奇两种境界,温暖和寒冷两种状态,在这里完美地融合了。

抵达加拿大首都渥太华,正值中午时分,天空飘着小雨。议会大厦前的空地上,积着晶莹剔透的冰,仔细观察看不见冰里有一点杂质。雾在天上变成水,水到地上变成冰,在穿过天空和洒落地面的两个过程中,均未沾染杂质,城市的空气质量令人感叹。渥太华不是加拿大最大的城市,但是一个优雅的城市,挺立在冰雪中的一幢幢古老建筑,虽覆盖积雪看不清全貌,但依然能从墙体和构造上,感受到历史的悠远。议会大厦不远处的街景花园,空旷幽静,雪树一色,厚厚的积雪覆盖在高低起伏的草坪上,积雪也随之波浪起伏,如一幅庞大的雪景展览!花园一角建有一座别致而简单的木质雕塑,旋转发散的线条造型,仿佛刚从河里打捞的贝壳,又如正在演奏的竖琴,真不知是为花园脚下深情款款的渥太华河演奏,还是为千里冰封的渥太华河叫好,抑或是渥太华人快乐奔放的旋律?

从渥太华前往蒙特利尔,汽车刚刚驶出市区,便是一片茫茫沃野,幢幢洋楼点缀着田园,仿佛城市就在村中,乡村就在城里,没有分界,没有距离,没有差异。汽车在茫茫沃野快速奔驰,一片片田园从车窗边飞掠而过。成百上千亩平坦开阔的庄稼地,在白雪的装点下,俨如巨大的滑冰场!那些被条块分割耕作的庄稼地则不同,地里只是星星点点的雪,像是画家随意画上的寥寥几笔白色,而地块之间的条沟里,却积

满很深的结雪,与耕地形成强烈对比,犹如一条条素雅的白色绸缎,铺展在空旷的沃野上!庄稼收割后留下的小麦桩,稍稍高出积雪,一行行一排排竖在雪上,恰似一排排整齐合奏的琴盘!

冰雪季节的加拿大处处是景,冰封的河流更不例外。我不知道,春寒料峭的时节,冰封的河面之下是否河水涌流,但尚未开封的河面之上,绝对是又大又平的滑冰场,它与耕地四四方方的冰场不同,形状随河道更变,弯弯曲曲、蜿蜿蜒蜒。在河流拐弯的地方,河道开始变窄,乍看疑似前方已无通途。但只要拐过弯去,前方又是宽阔河面,一个平平整整、渺渺茫茫的冰场,数百米乃至数千米,甚至一眼望不到边!在这样的冰场滑冰,不知是一种什么样的享受!

其实,河道弯弯曲曲的变化如此,一个国家的发展也大抵如此。经济也好,环境也罢,一切文明成果都不会是一条笔直的道路,不会一蹴而就,须历经多少困难,战罢多少挑战,甚至走过不少弯路,方能进入最佳轨道。人生际遇也莫不过如此,在艰难困惑的弯道上,切莫沮丧畏难,拿出足够的勇气和耐力,挺过去,坚持挺过去,前方将是一片崭新的天地!

冰雪加拿大,让我在冰天雪地里酣畅淋漓了整整八天,不仅圆了一个南方人儿时的梦想,更让我真正读懂了白雪。白是最纯的颜色,淡是最真的味道,大凡朴实平淡后面,一定有厚重的内涵……

大象妈妈

非洲，一片神奇美丽的土地。

肯尼亚，一个名声显赫的国家。

这个位于非洲东部赤道线上的国度，不仅是人类的发源地之一，更因为著名的安博塞利草原及世界上最大的大象而闻名于世。而这些生活在草原的大象，带给我们的不仅仅是憨厚可爱，还有关于母爱的感人至深的故事。

安博塞利草原是一片宽广的平原，一望无垠。从飞机上俯视，草原像一片巨大的绿色树叶，覆盖在非洲大地上，动物奔跑踩踏的路线，就像树叶的一条条茎脉，在绿叶上自然伸展。走进 400 平方公里的草原，你只能看见地平线一直向地极伸展，直到与天边合成一线。但无论站在草原的哪个角落，都能远眺白雪皑皑的乞力马扎罗山，每当黎明到来的时候，雪山呈现妙不可言的美景，红色的曙光照射到白雪上，山脉呈深紫色，白雪显现若隐若现的粉红。就在这时，山下成群的大象低头前行，山上山下组成的唯美画面，几乎成为世人对肯尼亚乃至非洲永久的印象，深深定格在脑海之中。

安博塞利草原是大象的天堂，生活在这里的非洲草原象，是世界

上最大的陆地哺乳动物，它们以草、草根、树芽、灌木、树皮、水果和蔬菜为食，每天还要喝 30~50 加仑水。也许是因为母爱，也许是因为 22 个月漫长的孕育周期，孕育小象十分不易，成群结对生活的大象非常注意保护小象，总是让小象躲在城墙般的成年大象身体中间，防御受到攻击，而这些小象也不像其他动物幼崽那样顽劣，总是静静地、温柔地、甚至害羞地依偎着父母身旁行走。这片广阔的平原不只是大象的家园，还有最为剽悍的动物之王狮子的家族，以及成群的野牛、羚羊和斑马……每当太阳从东方徐徐升起，动物生灵们生机勃勃的一天开始了，它们或游走或进食，或跳跃或飞翔，或狂奔或静候……一拨动物成群迁徙，扬起漫天沙尘，一拨动物又追随而来。它们在这片美丽的草原上，一会儿潇洒地来，一会儿潇洒地走，俨然一个个跳跃的精灵，为草原谱写着一曲充满生机与活力的交响乐。

安博塞利草原是一片干旱的平原。如遇极度的干旱气候，所有动物都会面临严峻挑战，作为草原上最大的动物，大象更是如此。就在前几年，安博塞利草原遭遇前所未有的三年严酷干旱，草原上所有的植物都枯黄凋零，唯一剩下的是满眼黄沙，以及在风中抖动的孤零零的树枝和枯草。龙卷风像一个发飙的怪物，用巨大的旋转魔爪，把仅剩的枯草连根拔起，掷向高空，掀起漫天沙尘，一片迷茫。

没有草，没有水，象群和其他动物一样，不得不顶着漫天飞扬的沙尘，踏上艰难的迁徙之路。因为无水无食，每天需要喝 30 以上加仑水的大象，皮肤干燥松弛，早没有了过去的油亮光滑，犹如疲惫不堪的病人，在漫天沙尘中缓慢前行，每一步都是那样艰难。大象妈妈尽量让小

象走在中间,用身体组成避风墙,抵挡龙卷风和沙尘对小象的袭击。象妈妈一边行走,一边细心观察脚下,不时用脚踢开沙土,再用鼻子扯起草根,放入嘴里慢慢咀嚼,后来连干枯的草根也没有了,象妈妈就拔起干枯的树根,放入嘴中一口口艰难咀嚼……我仿佛看见,大象妈妈的嘴角已干燥破裂,每咽一口都是那样的艰难。这并不是大象妈妈们太饥饿,而是因为它们深深懂得,作为正在喂养孩子的母亲,必须保存一定的奶水,让小象能够活下来,坚持走出这个困境!这是多么伟大的母爱呀,有人说母爱是一片蓝天,有人说母爱是一片绿荫,有人说母爱是一种温暖,我想说,母爱是天下最无私的付出!

即便大象妈妈尽了最大的努力,一头小象还是因过度虚弱倒下了。大象妈妈立即停下脚步,围着小象慢慢走动,那眼神和语言,一定是在安慰孩子"怎么了孩子,有妈妈在,不要怕",接着又用鼻子不停地抚摸小象的身体,仿佛在鼓励孩子"快站起来,我们一起走出去!"在妈妈的鼓励下,小象几次试图站起来,但都没能成功。妈妈不断鼓励,小象终于颤颤地撑起前半个身子,就在后半身即将站起的刹那,小象的身子剧烈晃动,最后还是倒在了黄沙之上……

这时候,象群已经渐渐走远,这里只剩下象妈妈和象孩子母子俩,远处不断传来一声声狼嚎,危机四伏。大象妈妈明白此时的危险处境,它必须迅速作出艰难而痛苦的抉择,是撇下孩子,自己去追赶象群?还是留下来,陪伴和鼓励孩子?大象妈妈没有丝毫犹豫,它坚定地选择了后者!继续用鼻子安抚鼓励奄奄一息的孩子,不断用脚掌帮助孩子站起来,并试图跪下身去让小象吃点奶水……但是,小象太虚弱了,一个

多小时的努力,最终没能换来小象的站立,也没能阻挡小象走到生命的终点,象妈妈唯一能做到的,就是守护和陪伴孩子,送它走到生命的最后一刻。

看着躺在黄沙之中双目紧闭的孩子,大象妈妈流下了伤心的眼泪,那双悲伤的眼睛张了又闭,闭了又张,仿佛是无声地谴责自己,没能照顾好孩子!它将鼻子高高地扬在空中,仰天大吼一声,然后徐徐垂下鼻子,卷起身边的一些黄沙,撒在小象身上,又从附近卷来几株枯黄的小草,轻轻地覆盖在孩子身上。而后,无可奈何而又依依不舍地,挪动了前行的脚步,那步履缓慢而沉重,远远望去,犹如一位渐行渐远的孤独老人,慢慢消失在苍凉的地平线上……

水啊,生命之源的水,生命因缺少你而凋零,生命因拥有你而灿烂。除了水,除了太阳,没有任何力量能够主宰世界,包括这片非洲草原!在肯尼亚著名的赤道雪山肯尼亚山,山上生长着一种著名的兰花,这是现代肯尼亚的国花——肯山兰。这种兰花叶片宽大厚实,油润光亮,像碧玉雕琢而成的一条条玉带,六片椭圆花瓣组成娇小洁白的花朵,花朵中心有一个娇媚的小红点,花朵微微下垂,清新悠然,展示着肯山兰独特的魅力。我们可以想象,如果没有水的滋养,这些美丽的兰花将会如何,会不会像那头年幼的小象那样凋零?其实不仅仅是动物和植物,人类亦然,如果我们缺乏对水的敬畏和对环境的保护,我们最终也会成为那头身处险境的小象,甚至更惨烈!值得欣慰的是,在干旱后的几年间,充沛的雨水使安博塞利草原绿草繁茂,生机勃勃,相继出生了220多头小象,掀开了草原崭新的一页。

水和太阳,主宰着世界的一切!

非洲是神奇的,是水和太阳缔造了这种神奇。据说,撒哈拉沙漠有一种神奇的树球,在太阳的暴晒下,树枝干枯时会自然弯曲抱成一团,外观极似圆球,在沙漠中随风滚动翻飞。这种即便已经枯萎了几十年甚至上百年的植物,只需要一场暴雨,便会产生神奇!如遇暴雨并在水中浸泡一定时间,就会慢慢舒展开来,扎根水中,长出新芽新枝,一片生机盎然。再遇严酷干旱,它又会干枯变成树球,循环往复而执着地坚守在这片沙漠之中。我想,人是做不到这样坚守的,我们需要的是另一种坚守!

在大自然面前,一切生物都是那样的脆弱和渺小。小小兰花如此,细圆的树球如此,重达数吨的大象也不例外!它们虽然无法逃避或对抗大自然的力量,但它们演绎了一个个用生命书写的感人故事,给予我们很多的启迪,特别是大象妈妈,大写在非洲安博塞利草原上——伟大的母爱!

第二篇　故土情深

故乡，是风筝飞翔牵系的细线；

故乡，是游子心中温柔的记忆。

那些沉淀在心灵深处的一人一事，一山一水，

一草一木，在岁月中发酵成美丽的乡愁。

故乡主色调

春天的午后温润而恬静。风儿暖暖的，牵着窗前柳枝纤细的手，轻轻柔柔地舞动，微微泛绿的柳芽，像孩子们一双双眼睛，在枝头俏皮地笑。

在这样的时光中，捧一杯清茶，与朋友闲坐在遵义古城的茶楼里，天南海北地聊，思绪亦如茶香袅袅飘飞。我的座位正对窗外，精致的黔北民居，优雅地展示在视线里，这使我想到久久萦绕于怀的故乡主色调话题。

遵义是我的故乡。小时候，少年的梦想很多，但几乎都与走出去看看外面的精彩世界有关。无论是月儿高悬的夜晚，还是朝阳初升的清晨，目光和憧憬总是飞得很高很远。说实话，那时的脑海里，满满的全是想象故乡之外的模样，很少关注脚下这片生养自己的土地，更不会思考故乡主色调问题。后来走出故乡，考到南京求学，再后来参加工作，忙忙碌碌，亲近故乡的日子不多，也常有机会到遵义出差，但大多朝至暮返，行色匆匆。对于生养自己的故乡，我仿佛变成一个脚步匆匆的外人，亦如漂漂渺渺的浮萍。难得这样一个春意暖融的时节，午后闲暇的时光，与朋友静坐小憩在故乡一隅，细细品味故乡，在纷繁的思维

和视觉里,聚焦主色调这个话题,确实让人谈兴甚浓!

遵义的主色调是什么?话题一出,瞬间像油锅炸开,沸沸腾腾。有人说绿色,有人说蓝色,有人说五彩,有人说黑白相间……黑白相间是黔北民居的基调,大娄山麓的崇山峻岭之中,一幢幢白墙青砖青瓦的黔北民居,或依山傍水,或偎依田园,或绿荫掩映,着实鲜亮而生动。富在农家、学在农家、乐在农家、美在农家,"四在农家"成为遵义新农村文明建设代名词,走上《人民日报》头版头条,成为全国典范,引领美丽乡村的优美环境和高雅情趣。虽然大伙讨论热烈,结果毫无悬念,大家的看法不约而同,红色——故乡遵义主色调!

遵义古称播州,毗邻重庆,长期受巴蜀文化熏陶影响,文化底蕴丰厚,但这与红色并无多少关联。真正使遵义结缘红色,并声名远播,是大家熟知的遵义会议,并成为生死攸关的转折点,载入党的光辉史册!这缕红色,一头连着红色浸润的江西瑞金,一头连着黔北重镇遵义!第五次反"围剿"失败,红军从江西瑞金出发,踏上二万五千里漫漫长征。1935年1月7日清晨,犹如一支利箭的红军先头部队兵临遵义,以摧枯拉朽之势,一举夺取这座黔北重镇。八天后,在老城一座两层楼的二楼,召开举世闻名的遵义会议,确立了毛泽东在红军和党中央的领导地位,挽救了党,挽救了红军,挽救了中国革命。遵义会议如一缕红色曙光,从这座黔北古城冉冉升起,从此照耀中国革命前程,普照中国大地。坐在遵义古城的茶楼里,已看不到当年红军刷写的标语,但"红军是穷苦人自己的队伍",会让故乡人牢记一辈子,这不是口号,而是第一次挺直脊梁的真切感受!遵义会议陈列馆门厅有一组遵义会议人物

雕塑,用目光与他们对话,那坚毅炯炯的眼神,使人联想到一支支红色火炬。这些火炬来自江西瑞金,在遵义点燃后,一路所向披靡,点燃四渡赤水的磅礴,点燃新中国的未来。站在陈列馆"四渡赤水"实景沙盘前,声光电技术展现的一渡、二渡、三渡、四渡的宏大场面,撼人心魄,震慑灵魂。我仿佛看见,一道道射向敌军的红色火舌,吞噬着黑夜里的苦难;八角帽上的一枚枚红五星,照亮着黎明前的黑暗。小时候经常传唱一首歌曲,至今久久不忘:"遵义城头金光闪,霞光万道照群山,驱散乌云向红日,拨正船头扬风帆!"正是这万道霞光,正是这红日初升,使遵义与红色永远结缘,成为红色之都,转折之城。红色作为遵义主色调,名副其实,当之无愧!

红色,的确与遵义有缘。

如果说遵义会议是历史的机缘,那么,赤水河就是大自然赐予遵义的礼物。我仔细查阅《辞典》,"赤"的第一解释是红色,用红色命名一条河,而且这样含蓄地命名,并不多见。不同的季节去到赤水河边,你会惊喜地发现,这条河流独特而神秘:春冬季节,河水蔚蓝如织,清澈见底;汛期到来,整条河水变成赤红,湍急飞奔。其实,河水变红的原因简单又不简单。简单的是,汛期水流夹带丹霞地貌的红色土壤,使河水变成赤红。不简单的是,一千余平方公里浩浩荡荡的丹霞地貌,得天独厚,绝无仅有。艳丽鲜红的丹霞赤壁,拔地而起的孤峰窄脊,恢宏壮观的岩廊洞穴,仪态万千的奇山异石,与绿色竹海、飞瀑流泉相映成趣,2010年成功入选世界自然遗产。

悠悠流淌几千年,绵绵蜿蜒八百里,一路汇集千百条溪流涧水,这

条红色的河,流到一个叫茅台的古镇,创造了世界奇迹! 先不说这是什么奇迹,带你去茅台镇上走走,你会发现,未进镇前,茅台与其他河边的小镇并没有什么特别的地方。走进镇里,情况就大不一样了,满街林立的酒行、酒庄的招牌让人目不暇接,浓浓的酒香盈盈飘飞,仿佛伸手一抓,放到嘴边就让人醉了。显然,这是一个滋润在酒中的古镇,生活在这里的人们活得有滋有味,因为河,因为酒,而改变和风光了这个古镇。能改变一个地方命运的,绝不是一般的河,更不是一般的酒。如果你是知酒懂酒爱酒的人,无论听觉、味觉还是嗅觉,一定亲身感知感受过这条时而清澈、时而赤红的河,这就是赤水河酿造的奇迹——"国酒茅台"!

有这样两句古话"养在深闺人未识","酒好不怕巷子深",仿佛说的就是早年的茅台酒。有一个故事,虽然过去了整整一百年,但每每谈

及,人们依然津津乐道!那是1915年,美国举办万国博览会,买酒的,卖酒的,品酒的,洋人们摩肩接踵,热闹非凡。人们似乎并未发现首次参赛,来自东方中国赤水河畔的一种叫"华茅"的酱香美酒,"华茅"就是茅台酒的前身。参赛主人机智果断,摔坏酒瓶,顿时芬芳四溢,醇香四座,众人纷至询问品尝,赞不绝口,一举夺得博览会金奖,从此扬名世界。这段佳话的真假未去考证,但茅台酒与英国苏格兰威士忌、法国柯涅克白兰地联袂携手,荣登"世界三大名酒"宝座,为祖国争得荣誉,这是不争的事实!

茅台酒为何如此醇香美味,醉倾世界?得益于这条赤水河,得益于河畔独特的地理、气候、空气、水文和微生物环境。如果你质疑太过玄乎神奇,听听这样一个故事吧。中华人民共和国成立后,为加大茅台酒产量,曾在遵义郊外开展异地生产试验,酒很快酿造出来,但没有茅台酒独特的味道和口感。有人说是窖池问题,有人说是水质问题,于是从茅台酒厂运来"原汁原味"的原料和水,再次试验,结果可想而知,异地生产只好作罢。失败的原因,如同茅台酒如此醇香的原因一样,其实很简单,赤水河—茅台镇—茅台酒"三位一体",谁也离不开谁,就像鱼儿离不开水,禾苗离不开太阳。离开赤水河畔茅台镇独特的地理、空气和微生物环境,酿造的一定不是国酒茅台!

生产茅台酒不仅需要独特环境,还需要固定生产周期,从原料进厂到成品出厂,至少需要五年时间。五年,只是人生中短暂的时间,但六十年如一日,坚守一个小镇,坚持一份事业,这需要对这份事业极大的执着和热爱!去年夏天,我曾经坐在茅台集团宽敞明亮的"道德讲

堂"，以十分崇敬的心情，聆听"国酒大师"季克良的道德报告。季大师没有介绍"九次蒸煮（馏），八次发酵，七次取酒"的制酒过程，也没有讲解他们创造的高温制曲、高温发酵、高温接酒的独特工艺，更没有炫耀茅台酒为中国白酒行业做出的重大贡献。他像是打开一瓶陈年茅台老窖，娓娓倒出几十年心灵的沉淀，大学毕业刚进厂的故事也好，坚守茅台一起成长的故事也罢，清新如美酒一样沁人心脾。我感觉畅饮了一杯精神的茅台，讲堂内如潮的掌声，让所有聆听者同样酣畅淋漓。抬头眺望窗外，讲堂不远处的赤水河，正奔涌如潮，飞腾不息。

赤水河，一条独特神奇的红水河。其实，坚守在赤水河畔的茅台人，身上也流淌着一条河，同样是一条红色的河！当赤红奔涌的河水遇到鲜红滚烫的血液，两条河交融聚集一起，不创造奇迹都难。正是这两条奔腾不息的河流，共同浇灌培育了国酒茅台，共同创造了世界奇迹！六十多年来，一群像季大师一样"身上流淌着一条河"的人们，从一个小小酿酒作坊出发，凭着对工艺质量的严苛，凭着创业守业的执着，凭着对国酒的热爱，将茅台一步步推向全球白酒行业霸主地位，成为全球上市企业500强，"贵州茅台酒"——成为全球单品销售收入最高的品牌，这是茅台人塑造的民族品牌，是赤水河哺育的另一条河！

人人都有故乡，人人的故乡都有独特鲜明的主色调，昂扬于游子的内心，渲染着故乡的名片！朋友们越谈越激动，越谈越自豪，在万紫千红的色彩中，红色成为遵义主色调，这是故乡的幸运，也是故乡的必然！这种朝气蓬勃的颜色，是中华民族几千年的最爱，象征着喜庆，象征着激情，象征着永恒。你看，遵义城头升起的红色霞光，照耀着中国

大地,恩泽着中华民族,永不褪色。你品,赤水河的红色河水,哺育出中华品牌,诞生了世界奇迹,香飘万里。

从这个角度说,红色——不仅是遵义的幸运,也是中国的幸运,世界的幸运。红色——不仅是遵义的主色调,更是中国的主色调,世界的主色调……

悠然茶乡

汽车行驶在茶园盘山公路,画出一条优美的上升曲线,就像跳动在茶海中的音符,时而跃动在绿波卷涌的茶浪之尖,时而淹没在层层叠叠的茶海深处,不一会便抵达一半是蓝天一半是茶园连接处的象山之巅,这不是一般的山头,而是"中国现代茶业第一园",不到这里,算不上真正懂茶爱茶的人。

站在象山之巅俯瞰山下,清清的湄江河宛如一条玉带环绕县城,清澈的水面倒影绿白相间的线条,绿色的是一排排一层层的茶树,白色的则是蜿蜒的公路和摩天的楼宇。小城舞玉带,茶海涌绿浪,田园叠五彩,四处溢清香。这里,便是遐迩闻名的"中国名茶之乡"——湄潭!

湄潭,素有"云贵小江南"的美誉。土地肥沃,气候温和,物产丰富,人杰地灵。千百年来生息繁衍在这片土地上的湄潭人,书写了盐茶古道、茶酒辉映、喜迎浙大等一篇篇瑰丽华章。近几年,他们又用勤劳、智慧、胆识和对这片热土的深深情感,做足土地这篇大文章,谱写了茶粮并举相得益彰等辉煌篇章。50万人口,50万亩茶园,这无与伦比的两个简单数字,注定湄潭与茶结下深深情缘,它展现出茶乡悠久的历史和演绎出优美动人的故事!

　　湄潭与茶结情缘，悠久历史堪源远。中国是茶的故乡，茶的原产地，是世界上最早发现茶树的国家，茶文化源远流长。数千年来，中国茶叶源源不断地传播到世界各地，成为世界三大饮料之一，深刻地影响着全世界人们的生活和品质。大量史料和研究证明，贵州、云南等地不仅是茶树的原产地，而且品质极佳。唐代茶圣陆羽在《茶经》中记载："茶者，南方之嘉木也，叶如栀子……黔中生思州、播州、费州、夷州，往往得之，其味极佳。"夷州即现在的湄潭、凤岗一带。湄潭种茶制茶的历史悠久，品质也十分上乘，早在明清时期，湄潭茶叶成为与川盐的交换物品，川盐入黔，返程带回的大多以茶叶为代表的土产，盐茶互市，培育出金沙打鼓、湄潭永兴、遵义鸭溪、仁怀茅台四大商业重镇，至今仍然是繁华的黔北商业重镇。正是这一片片小小的茶叶，架起了与外界沟通的桥梁，促进了商品交流和商业繁华。绵延于崇山峻岭中的茶马古道贵州段旧址，被国务院列为第七批全国重大文物保护单位，那些弯弯曲曲的山道，光溜圆润的石板，深深浅浅的马蹄印，无声地述说着茶叶创造的辉煌和荣光！

　　真正使湄潭茶叶品质和制作工艺得到飞跃发展，浙江大学西迁功不可没。1937年，日寇侵略的战火弥漫中华半壁江山，杭州沦陷，在这国难当头，民族危亡的紧急关头，1939年6月，著名科学家、教育家竺可桢带领浙大师生，怀着"教育救国，科学兴邦"的理想，顶着纷飞的战火，踏上漫漫西迁之路，他们穿越六省，历时两年，行程五千多里，历经六次辗转迁徙，终于在1940年抵达山水秀丽的遵义湄潭，谱写了一曲感天动地的"文军长征"壮歌。据介绍，两千多名浙大师生抵达湄潭时，

两千多名乡亲夹道欢迎,场面感人而悲壮。从那一时刻起,命运和机缘将浙大与湄潭紧紧连在了一起,他们共同生活在这片热情而肥沃的土地上,七年相濡以沫,七年共度时艰,七年共同发展。在湄潭的七年里,浙大学科得到扩展和完善,学生由 600 多人增加到 2000 多人,为中华民族保留和培育了一大批科学精英,被誉为"东方剑桥"。英国教授李约瑟这样评价:"在那里,有世界一流的气象学家,地理学家,数学家,原子能物理学家,是中国科学事业的希望。"新中国成立后,西迁湄潭的师生中,王淦昌等 51 位科学家先后受聘为中国科学院、中国工程院院士,他们是中国的科学泰斗,是中国的坚强脊梁!

就在浙江大学西迁的 1939 年,中国茶叶史上发生一个重大事件,国民政府在湄潭成立中央实验茶场,标志着中国第一个国家级茶叶科研生产机构落户湄潭,首次开展试验示范规范化种植,推开了现代茶叶发展的第一扇大门! 西迁湄潭的浙江大学师生,与中央实验茶场开展广泛合作,联合成立茶叶科研机构,开展茶叶种植和加工技术研究,实验茶场首任场长刘淦芝兼任浙江大学农学院教授,学校帮助实验茶场分析茶叶理化指标,参与茶树害虫调查,联合创办西南地区最早的实用职业学校,开设茶叶专业,为贵州培育茶叶专业人才 100 多名,而湄潭可谓"近水楼台先得月"。浙江大学在西迁湄潭的七年里,为黔北山区播下了科学文明的种子,浙江大学、实验茶场与湄潭人民一起携手探索,极大地提升了湄潭茶叶的品质、规模和制作工艺,促进了湄潭茶业的发展。

为了永远铭记这段共度时艰、水乳交融的深厚情感,湄潭县在浙

江大学西迁时曾经居住的文庙设立了"浙江大学西迁历史陈列馆"。陈列馆周一并不开放,县国土资源局唐书秀书记精心安排,让我们有幸前往参观。小小的四合院内,既有教室,也有图书馆,既有教授办公室,也有外国留学生卧室,那些栩栩如生的蜡像,图文并茂的画面,字字铿锵的毕业歌……让我们对那段历史肃然起敬。清纯靓丽的陈列馆解说员罗娅,犹如一片清新的湄潭茶叶,用心用情的详细解说和浙江大学校歌的深情演唱,深深地打动了采风团的每一位成员,我们纷纷在陈列馆前跪拜,表达对文化先辈和科学泰斗们的无限崇敬和景仰,以及他们为湄潭茶乡所做出的千秋功绩!

湄潭与茶结情缘,优秀作为绘画卷。土地是农民生存的根本,也是致富的希望,如何使粮和茶有机结合,湄潭人在这片沃土上绘就了优秀的画卷! 50万人口,50万亩茶园,人均一亩茶园,湄潭人做足了"茶"

茶乡湄潭茶海

这篇致富的大文章。站在永兴万亩茶园的高处放眼望去,秋茗叠翠,高低起伏,错落有致,万亩茶海犹如镌刻在大地的一本本茶典,行行排排,字字句句,书写的尽是茶的诗篇。细细观赏,一排排茶树又如一条条静卧山冈的巨龙,排列整齐,跃跃欲动,气势磅礴,撼人心魄。万亩茶园的茶典抑或茶龙,仅仅是湄潭50万亩茶园的一个缩影,正是这些茶园,为人们带来了致富的希望。我不知道,清明时节湄潭茶海的采茶图,是怎样的一幅动人美景,却忽然想起电影《刘三姐》中的一首歌"采茶的姑娘,茶山走,茶歌飞到白云头……"我想,在茶乡湄潭采茶,一定会有更加美丽的心情。茶,是湄潭的根,是湄潭的魂,是湄潭的宝。因为最大茶园面积、最多茶企业、最大茶叶产值、最优茶品牌、茶文化等优势,湄潭当之无愧地登上"贵州茶业第一县"宝座!

湄潭是一片富饶的土地,但全县耕地面积仅80余万亩,利用有限的土地上做好种茶、种粮这篇大文章,压力可谓不小。县国土资源局局长魏晓强、副局长王元方自有妙招:"宜耕则耕,宜茶则茶,茶粮并举,相得益彰"。这一招同样优秀。他们以土地整治为突破口,把村庄规划、乡村旅游规划、农田建设用地结合起来,摸索综合整治、精准扶贫的新路子。过去是省级一类贫困村的两路口村,95%的农户将土地交给集体经营,成立5个农村专业合作社,农民人均年收入增加5200元,不仅促进了农民增收致富,同时助推了"四在农家"美丽乡村建设。走过茶园和土地整治现场,来到两路口村,优美的田园风情画卷让我们眼前一亮,虽然时令也是金秋,但绿荫掩映的村庄前,连片的田田荷叶迎风摇曳,路边的小花袅娜开放,清清的溪流绕村而过,一会儿激越

欢歌,一会儿浅唱低吟,溪水从轱辘辘转动的水车上飞跃而下,转眼潜入小桥下绿幽幽的河潭,一群叽叽喳喳的小男孩在河边打闹嬉戏,惊起扑腾腾的一河小鸭……好一幅小桥流水人家的诗情画意!在"两路口模式"示范带动下,核桃坝、偏岩糖、官堰等一个个美丽乡村不断涌现。湄潭国土人用智慧和汗水,在茶乡沃土书写出"山上森林,山间茶园,山脚民居,坝上良田"的美丽乡村画卷!

湄潭与茶结情缘,优美文化如海瀚。我不知道茶叶刚出产时,是否与文化有关,但自从有了"品茗""茶道"这些茶文化术语之后,仅一个茶字,便浸透着浓浓的文化气息。走进湄潭,仿佛走进了茶文化殿堂,茶文化城、茶陈列馆、茶博物馆、茶壶、茶店、茶艺壁画、茶园摄影……处处散发着浓郁的茶文化气息,令人眼花缭乱,应接不暇。中科院原院长路甬祥题写的"中国茶城",堪称中国最大的茶文化城,用大量珍贵实物和图文,翔实系统地展示了茶起源、茶发展、茶功能、茶器具、茶文化等茶史茶情,即便不懂茶不爱茶的人,到茶城走上一遭,大抵也会成为爱茶之人。在"茶情茶韵"展厅,图文并茂地展现了黔北地区茶文化的茶数、茶礼和茶习俗,茶不仅与饮食紧密相连,而且衍生出"三幺台""三回九转"等具有强大生命力和影响力的茶习俗。在我的家乡黔北道真仡佬族苗族自治县,仡佬族同胞创造的"三幺台",就是一种独特的茶习俗。"三幺台"就是分三台吃完的宴席,第一台便是茶席,一米见方的餐桌中央,摆满米粑、麻饼、糖果等10多种素食,每人面前一碗"油茶",油茶是用捣碎的茶叶与猪油、油渣及各种佐料等精心煎制后,加入泉水、食盐等烹制而成的茶汤,既有茶的清香,又有猪油的芳香,香

脆可口，令人叫绝，第一台茶席结束后，接着才开始酒席、饭席。"茶情茶韵"展厅一角的墙上，悬挂着用牛头、牛骨、葫芦、竹筒等制作的乐器，这是当地人闲暇时光相聚品茗唱歌时，合奏的民间弹奏乐器，采风团成员不约而同地围坐一起，徐崎副主席随手取下一把形似琵琶的乐器轻拢慢弹，大伙且歌且舞，真可谓"未成曲调先有情"！偌大的"中国茶城"，不仅是茶文化陈列馆，更是西部地区茶产品交易的重要平台，城中悬挂着一个巨大的电子显示屏，不断闪烁跳动着西部地区农产品交易行情，刚刚从米兰世博会上双双捧回金奖的"湄潭翠芽""遵义红"赫然其中，成为茶乡的骄傲，成功上市走向全国，走向世界，在家门口就能买卖交易。漫步在充满黔北民居特色和现代时尚气息的茶文化城中，一个个茶行装修清新，各类茶品一应俱全，最吸引我的是一个个颇有文化品位的店名：仙人品、怡人香、天壶味、七碗茶、甲天下……仅仅欣赏这些雅致店名，便觉茶行满屋生辉，茶香习习沁人。别小看这些小小店铺，在贵州茶博会期间，每个店铺的日销售额都在万元以上！湄潭有一条著名的广告语"一生只等一壶茶"，曾有朋友颇为不解："一生碌碌无为，就等这壶茶？"家住茶乡、在县国土资源局工作的老同学熊光莲风趣地解释道："恰恰相反，人生功成名就，才能等到这壶茶，因为这是天下最好的茶！"在茶乡湄潭，不仅人人是茶的享用者、受益者和宣传者，更是品茶、谈茶、论茶的高手，县国土资源局一位司机出了一幅上联"一草一木人人爱品茗"，这一草一木一人组合在一起，人居其中，就是"茶"字，既是一幅字联，更有地域产品特点，采风团作家们费尽心思，直到离开湄潭也没能想出最佳下联，湄潭的茶文化底蕴和湄潭人

的茶文化修养可见一斑！

　　为了打造浓郁的茶文化氛围，湄潭人独具匠心，在县城的东面和西面，分别建造巨大的地标建筑——茶壶，一大一小，一动一静，一直一斜，遥相呼应，栩栩如生。城东山顶上的"天下第一壶"，堪称世界最大的茶文化博物馆，高 73.8 米，直径 24 米，体积 2 万多立方米，是目前世界上最大的茶壶实体造型，2006 年被上海大世界吉尼斯总部认证为"大世界吉尼斯之最"，也是世界第一个融茶文化酒店、茶知识科普、茶文化休闲、茶产品展示、茶文化娱乐等为一体的综合性茶文化主题公园，站在茶壶之顶，湄潭县城尽收眼底。城西的杭瑞高速公路湄潭入口处，茶壶、茶碗组成的茶文化造型独特别致，不沾天不沾地高悬于空中的硕大茶壶，昼夜不停地往茶碗中注水，哗哗流淌的水声，仿佛升腾着热气，飘逸着茶香，刚进湄潭，就浸润在茶香里了。不仅仅城东城西，城中还有若干个青花茶壶、紫砂茶壶雕塑，就连公路两边的壁画也大都是茶园、茶饮、茶道等图案，怎能不使湄潭充满幽幽茶香，怎能不使湄潭成为悠然茶乡？

　　湄潭县城边最高的山叫象山，是国民政府中央实验茶场落户湄潭时开垦的第一个示范茶园，是中国茶叶历史上的里程碑，被人们称为"中国现代茶业第一园"！即将离开湄潭的中午，县国土资源局领导盛情邀请我们采风团一行来到"第一园"的象山之顶的茶庄，在满目拥翠的茶园中间，第一次品尝"全茶宴"：凉拌茶叶、油炸茶饼、茶叶饺子、茶叶豆花、茶杆腊猪脚、茶叶鱼……就连香喷喷的米饭也是用茶水蒸煮的，如不是在茶乡湄潭，要吃上这样的"全茶宴"，恐怕连想都不敢

想象！

　　悠久的历史，优秀的作为，优美的文化。种的是茶，吃的是茶，喝的是茶，谈的是茶，唱的是茶，画的是茶，做的是茶。湄潭，是中国乃至世界当之无愧的悠然茶乡！因为，

　　茶，已经融入湄潭人生活的所有细节。

　　茶，已经孕育湄潭人生活的高雅品位。

　　茶，正在展现湄潭人生活的美化未来……

苗乡绣娘

　　南方的冬日不同于北方，入冬以后，太阳总喜欢躲进浓雾和云层里不肯露面。一个周末的早晨，刚刚睁开眼睛，一束光带着温暖泻进屋来，正欲推开窗户享受冬日里难得的阳光，小伙伴们电话来了，提议也十分独特，开车去黔东南的苗乡走走，看看冬日阳光里"美人靠"上绣花的绣娘，和她们飞针走线织出的精彩作品。

　　在我的记忆里，飞针走线的绣花技艺是十分了不起的。记得小时候，在黔北极地仡佬族山乡的老家，那些尚未出嫁的大姐姐们，每人手拿一件绣花的手绢或鞋垫，经常聚在一起说说笑笑，一会窃窃私语，一会笑声朗朗，对于一个懵懂少年，我不知道她们谈论的话题是在比谁的花绣得好，还是绣花礼物今后要赠送的人，也不知道该称呼这些待字闺房的姐姐们"绣娘"还是"绣姑"，但从她们开心的笑声和绯红的脸庞上，我知道这是年轻女子用心用情绣出的，对爱情和美好生活的向往与憧憬。

　　长大后走出仡佬山乡到云锦故乡南京上学，先后游历了苏州、杭州、成都、长沙、广州等都市，亲手触摸和欣赏到"中国四大名绣"苏绣、蜀绣、湘绣、粤绣美轮美奂的作品，才知道"天下女子皆善绣"，绣花的

学问其实很深。毕业后回到贵州工作,耳濡目染不同于"中国四大名绣"的独特的苗族刺绣,无论是舞台上靓丽的服饰,还是商城里精致的产品,那浓厚的苗族文化特色,独特的民族风格,美观夸张的构图,丰富多彩的色彩,栩栩如生的造型,仿佛是苗乡女子心中流淌出的热爱生活的诗歌,仿佛是苗乡绣娘一针一线织就的智慧勤劳的画卷,而这些诗与画,浸润着厚重的苗族文化养分,令我对这些心灵手巧的苗乡绣娘油然而生钦佩。因此,当沐浴暖暖的阳光走进苗乡时,我的内心是十分亲切和激动的。

车进千户苗寨,已远远传来苗族少女悠扬的歌声。循声望去,四五位身着盛装的苗族绣娘正倚在"美人靠"上忙着刺绣的活计,嘴里歌声飞扬,手中飞针走线,苗族盛装在阳光下有如霓裳,随着针线飞舞忽高忽低的纤纤细手,恰如翩翩起舞的优美舞姿,好一幅苗族绣娘能歌善舞的生动画面。从这幅画里,我分明感受到苗乡绣娘不同于苏绣、蜀绣、湘绣、粤绣的绣娘,也不同于老家绣花姑娘的独特民族风格和文化气质。苗族刺绣艺术,是苗族人民用勤劳智慧创造的一部"无字史书",蕴含着深厚的文化内涵,折射出苗族历史演进和南迁的过程。传说有一位叫兰娟的女首领,为了记住从北向南迁徙跋涉的路途经历,想出用彩线记事的办法,过黄河绣一条黄线,过长江绣一条蓝线,翻山越岭也绣个符号标记,最后抵达落脚的聚居地时,从衣领、衣角到裤脚已绣满色彩斑斓的各种图案,从此,苗族同胞继承和发扬刺绣的习惯,以纪念这位聪慧英勇的前辈和她开创的这份美丽。

千户苗寨中坐落着"贵州苗族博物馆",是苗乡规模很大的博物馆

之一，馆里的刺绣艺术品令人目不暇接。站在一幅《苗乡春色》的刺绣前久久凝视，那阳光明媚，春色如画，百鸟欢唱，男耕女织的生动画面，栩栩如生，惟妙惟肖。为何刺绣中没有苗乡绣娘自己的身影呢？在另一幅《苗女》的刺绣艺术品中，我找到了答案。一位年轻漂亮的苗家女子，挑着一担颤悠悠的箩筐，从稻秧如织、绿韵荡漾的田间走来，箩筐里装满嫩绿绿的青草，草尖上仿佛还挂着晶莹的露珠，姑娘的脸上写满笑意，身后还跟着一群可爱的小鸭，这不正是苗乡绣娘自己的倩影吗？我忽然感到，这一幅幅美景不仅在刺绣中，更是在窗外，在这座数百年的苗寨里，苗乡的每一个女子都是出色的绣娘，她们有的在家中绣，有的在田间绣，有的在地头绣，有的在商场绣……共同绘就心中的美好生活，我感觉自己就在这幅画中，我的心正和苗乡的节拍一起律动。也许，从苗族刺绣诞生的那一天起，刺绣就不仅仅是一门技艺，如同歌声一样，是苗族绣娘们表达思想和追求的最好形式，她们用一针一线描绘生活，描绘憧憬，把苗乡的一切都绣进了作品里，绣娘们既是画的作者，也是画中的主角，这样绝妙结合的画，不醉倾观众都难！

苗族喜爱刺绣，就像喜爱唱歌一样，几乎视若生命的一部分。往往四五岁开始，女孩子就跟着母亲、姐姐学习刺绣，历经几年磨炼，到了七八岁，大多掌握了刺绣技能，成为一名绣娘，绣品也可以镶织在自己或别人的衣裙上了，难怪人们常常称赞苗乡"人人会绣花，个个是绣娘"，阿依绣娘就是一位远近闻名的刺绣高手。跟随阿依来到她的家里，两层纯木结构的苗族传统民居收拾得干净整洁，阿依绣娘的爸爸见有客人进屋，立刻端来一碗醇香的自制米酒，热情地招呼我们品尝。

就在喝酒时刻,我发现琳琅满目的刺绣工艺品挂满四壁,阿依绣娘高兴地告诉我们,她三岁学习刺绣,六岁已熟练掌握各种刺绣技术,还多次参加全国、全省苗族刺绣大赛,拿过不少大奖,墙上的作品全都出自她的手。听说我们专门为了解苗族刺绣而来,阿依绣娘像打开话匣子,滔滔不绝地介绍开了:苗族刺绣的种类很多,从色彩上分为单色绣和彩色绣两种,单色绣以青线为主,刺绣手法比较单一,其作品典雅凝重,朴素大方;彩色绣用七彩丝线绣织,手法比较复杂,或平绣或盘绣或挑绣,刺绣图案以花、鸟、虫、龙、蝴蝶、鱼为主,色调多种多样,以红、蓝、粉红、紫、青等颜色为主。苗族刺绣的最大特点,就是借助色彩的搭配和图案的组合,达到视觉上的多维效果,每一个刺绣图案都有一个来历或传说,深含着苗族的民族文化和民族情感,这些精致的图案和色彩绣在衣服上,表现了人们对生活的热爱和对自然宇宙的崇敬。听说"挑花"是苗族特有的技艺,我刚说出口,阿依就接过了话,挑花是很难的工艺,利用布的经纬线挑绣,反挑正取,形成各种几何纹样,借助色彩和不规则几何纹样的搭配,形成多视角图案和立体视觉效果,很多作品技术高超,造型奇特,想象丰富,色调强烈,风格古朴,艺术大师刘海粟也高度评价我们苗族刺绣工艺是"缕云裁月,苗女巧夺天工"呢!

　　苗族姑娘未出嫁前,都要亲手绣一套嫁妆,从开始绣到完成一般需要三至五年,这套良辰美景大喜之日才能亮相的绣品,浸透着苗家姑娘浓浓的情感和最高的技艺。阿依姑娘害羞地告诉我们,她的嫁妆早已做好了。我想,以阿依绣娘人人称赞的高超技艺,她为自己绣刺的

嫁妆一定是非常华丽精致的。听说龙是苗族同胞崇拜的图腾，我问阿依绣娘有没有绣刺这样题材的作品，她立刻从闺房里取出一幅色彩鲜艳的飞龙刺绣，那率真稚气、热烈奔放、坚强勇敢的神态，不正是苗族同胞自己的写照吗？一位十几岁的苗乡绣娘，不仅练就了高超的刺绣本领，还懂得如此丰厚的刺绣知识和理论，不禁让我肃然起敬。我想，苗族刺绣之所以代表着中国少数民族刺绣的最高水平，原因大抵是独特的苗族文化和民族风格的精髓，已深深融入一代又一代心灵手巧的苗乡绣娘的血液里，绣娘在描绘生活，生活在滋养绣娘，通过一针一线流淌出来，通过一件件绣品结合出来，成为巧夺天工的艺术佳品！

回程途中，大伙争相展开自己购买的刺绣工艺品炫耀夸赞。在我看来，这些刺绣作品是没有好差优劣之分的，都是苗乡绣娘们一针一线对美好生活的描绘，都是苗乡绣娘们对刺绣艺术的执着，都是苗乡绣娘们对民族传统文化的坚守，都是对多彩贵州的诠释。回望苗寨，我忽然发现，生机盎然的苗寨其实就是一幅巨大的刺绣作品，是绣娘和她的亲人们用一砖一瓦、一土一木绘就的，生动地镌刻在多彩贵州和祖国的版图上……

故乡的老屋

关于故乡,关于乡愁,如同爱情一样,一直是文学的永恒话题。

有人说,故乡是祖辈漂泊时最后的落脚地;有人说,故乡是自己问候人生的第一个地方。但是无论如何,故乡是你曾经生活过,而现在已经离开的那个地方。对于这样一个地方,现实中具有距离感,心灵上具有慰藉感,情感上具有温馨感,记忆里具有美丽感。故乡那些留在记忆深处的、印象深刻的一人一事,一山一水,一草一木,如此等等,都会永远沉淀在本人的思念深处,成为一种美丽的乡愁。

我的故乡,位于黔北大娄山麓崇山峻岭中,一个叫高家沟的小村庄。故乡的老屋依山而建,四周沃土田畴,屋旁绿树成荫,这座古朴庄重的黔北民居,虽然被刀切斧削般的大山和深切的河谷所阻隔,世世代代隐藏在群山深处,但它永远阻隔不了我对她浓烈的思恋。

故乡的老屋,是一部厚重的历史。层层叠叠的苍松翠竹,掩映着这座古朴民居,却掩映不住老屋悠久的历史和雕梁画栋的精彩,总让人想去抹开尘封的面纱,感受老屋青石台阶里沉淀着的,祖辈奋斗的艰辛和家族的荣光。据家谱记载,祖辈从江西宁江长途迁徙到重庆后,再辗转迁徙到黔北道真骡过峡,清同治年间,当地匪患频繁,八世祖何崇

清勇作中流之砥柱,时代之英豪,招募英贤,平息匪患,救济民众,威震方圆数百里。因屡建奇功,受到清播州府正安州主嘉奖,三宪保举都阃府职,赏花翎,赐银票300两。祖辈用奖励的银票培修了两幢房屋,老屋就是其中的一幢,距今已有150年历史。老屋位于龙门山脚下,歇山顶全木结构,坐东北向西南。一般民居的屋基与坝子齐平,故乡老屋最与众不同的是,雕龙刻凤的青石台阶砌成高高的屋基,高出庭院的坝子足有八十厘米,显得十分气势宏伟,大气磅礴。窗户上雕刻的花鸟图案栩栩如生,屋基石上雕琢的狮子等动物惟妙惟肖,堂屋大门上方有一块4米宽,2米高的匾额,正安知州为曾祖母六十寿辰题赠的"德寿骈臻"四个金色大字,苍劲有力,熠熠生辉。老屋正面房屋五间,侧面厢房各两间,屋檐下是遮阳避雨的宽敞门阶,门阶下是一个大大的庭院,两个篮球场大的宽阔坝子边,左右排列着两个花园,花园边是十余米长的围墙。花园里一年四季鲜花盛开,鸟语花香,花园外绿荫掩映的鱼塘边,桃李满园,瓜果飘香。老屋两侧各矗立两根2米高的石围子(石柱),呈圆弧形的上部凿有半米见方的正方形孔,据说,这石围子是祖辈考中武秀才而立,站在远处观看,犹如四个威严的武士日夜守护着故乡老屋。一百多年的岁月沉淀和风雨浸润,故乡的老屋越来越显得古朴厚重,那些硕壮的房柱、雕花的窗户、金色的题匾和青青的石阶,散发出的不仅是家族曾经的艰辛和荣光,更是训导和启迪后生做人做事的生动教材。

故乡的老屋,是童年美好的记忆。从老屋出生到15岁到外地上学,我的童年时光都是在老屋中度过的,她带给我无穷无尽的欢笑和

乐趣。早春三月，是故乡最美的时节，当蒙蒙细雨飘飞，春的讯息悄悄爬上枝头，绿韵一点点荡漾之后，故乡的老屋仿佛掩映在一幅山水画卷之中，那么清新生动，那么悠然雅致；而在老屋的庭院里，迎春花、芍药、牡丹、月季次第盛开，庭院外的桃花、李花、杏花、梨花争奇斗艳，故乡的老屋俨然挺立在一个大花园中，那么如诗如画，那么情趣盎然。每逢春雨来临，是老屋最恬静温馨的时刻，坐在屋檐下的门阶里，细看飘飘洒洒的雨珠，叮叮当当地敲打屋顶，而后在屋檐口挂成一条雨帘，飞快地垂落在庭院里，活蹦乱跳的雨滴，溅起一个个圆圆的水泡，在此起彼伏的清脆蛙声中，慢慢地向远处游去。夜幕降临，我经常坐在大门前的石狮子上，听奶奶讲嫦娥奔月、孙悟空三打白骨精的故事，一边听故事一边抚摸那些雕刻精湛、栩栩如生的狮子、老虎等动物，总是幻想自己骑着翱翔天空；邻居小朋友来了，一起在庭院里跳格子，一阵阵欢声笑语之后，才依依不舍地来到煤油灯下写作业，煤油灯光线昏暗，不一会就会睡意蒙眬，就在这困倦的时候，一抬头就会看见老屋的墙上，母亲为我们张贴的一张张奖状，正在上小学的姊妹三人，个个都不敢懈怠，总是争先恐后认真写作业，我想，这或许是故乡老屋和长辈给我的一种约束和激励。老屋的房间多，门自然很多，一道未关就如同"张家口"。每当写完作业，我都会主动拿着油灯，仔细检查30多道门是否关好，穿梭在漆黑的房间里检查一遍，至少需要十多分钟不说，有时走得太快灯被吹熄，伸手不见五指，心里便有些紧张和害怕，天天坚持如此，的确不是一件容易的事，每每得到奶奶和妈妈的夸奖，心里便乐开了花，其实我想得到的不仅仅是长辈的夸奖，更是锻炼自己持之以恒

始建于清同治年间的故乡祖屋,距今已150年

的坚持和耐心,我想,这或许是故乡老屋给我的一个启迪和教诲。每当放学回家,我会跑到老屋厨房的火坑里,取上一个奶奶早为我们烧熟的红薯,带上几本小人书,骑着牛到山上放牧,站在高高的山冈上远眺,故乡的老屋炊烟袅袅,一派生机勃勃……

故乡的老屋,是一种心灵的牵挂。一百多年来,这幢祖祖辈辈安居乐业的老屋,晚辈们一代代地传承着,其实传承的已不是一份财产,而是一种沉甸甸的亲情和责任。自我有记忆以来,父母亲十分爱惜老屋,不断添砖加瓦,维修粉刷,至今完好如新。我们兄弟姊妹五人,都在这故乡的老屋里长硬翅膀,如小鸟般一个个飞走了,飞到了城市,飞到了异乡,奶奶用慈祥而欣慰的目光,倚着故乡的老屋,送走一个个远走高飞的孙子孙女之后,安详地走了,故乡的老屋只剩下退休返乡的父亲和年逾花甲的母亲。为了解决故乡老屋一带与外界的交通问题,父亲出钱出地出力,不分白天黑夜,带领邻里乡亲开山劈岭,费尽千辛万

苦,终于修通了连接故乡的公路,宽敞的公路方便了乡亲,父亲的身体却因劳累过度每况愈下,十多年前也从故乡的老屋走了。老屋就剩下年迈的母亲一人,兄妹五人都劝她到城里来住,想住哪里住哪里,想住多久住多久,并轮流陪同她老人家游览五彩云南、桂林山水,同时商量着陪她去首都北京看看天安门。母亲也按照我们的请求在城里住了一些日子,但过不多久总是念叨"祖上传承下来的房子,天天没人看管,我这心里放不下呀",执意要回故乡的老屋住一段,已是八十多岁高龄的母亲一人在家,儿女们都不放心,大哥、大姐和二姐轮流回到老屋陪她,妹妹还请来保姆帮助她料理家务,勤劳一辈子的母亲总是闲不住,每天把房前屋后打扫得干干净净,热情招呼赶集路过的乡亲们进屋歇歇脚,喝水喝茶唠唠家常,还悄悄下地种菜割草,就在 2012 年 10 月清理老屋旁边的杂草时不慎摔伤,从此便再没能站起来,永远离开了故乡的老屋⋯⋯

　　光阴荏苒,岁月如歌。故乡老屋,如今已是大门紧锁,成为我们兄妹五人心中深深的牵挂。每逢春节,不管有多忙,兄妹五家人都不约而同地回到老家,打开老屋的大门,打扫卫生,擦亮窗户,杀猪宰羊,张灯结彩,每人撰写一副对联,表达一份自己的心意,张贴在老屋的门上,开开心心过一个温馨幸福的团圆年;即便只有一天假期的清明节,兄弟姐妹五家人也要赶回老家,一起踏青扫墓,祭奠祖辈,清理老屋。那些并不全部在故乡老屋中出生长大的我们的孩子们,也兴高采烈地陪同回去,感受那份家的温馨。最近两年,五兄妹出钱出力,按照黔北民居格调略加修缮,并将屋内进行装修,故乡老屋立刻焕然一新,十分气

派。故乡的老屋,已成为全家人心中永远的牵挂,因为我们知道,这份牵挂是故乡的召唤,是亲情的流淌,是美丽的乡愁,是文化的传承!

悠悠岁月像一条河,随着时代的发展和社会的进步,随着城镇化的脚步踏歌而来,人们逐渐从乡村的老屋中走出来,走进了喧闹嘈杂的都市,住进了宽敞舒适的高楼大厦。站在城市的高楼回望故乡,那些如珍珠般散布在华夏大地,挺立在漫漫风雨岁月,承载着祖辈奋斗的汗水,曾经为祖辈遮风挡雨,安居乐业,生息繁衍的乡村老屋,正逐渐失去过去的热闹,渐渐淡出人们的视野,有的大门紧锁,有的风雨飘摇,有的黯然倒塌,有的则被新潮气派的民居替而代之。其实渐渐淡出人们的视野的,不仅仅是乡村的一幢幢老屋,有的整个村子也一起消失了……

故乡的老屋,是一种温馨的记忆,是一种历史的记载!老屋或村子的存在和消失,都是历史发展的必然。随着时间的流逝,我们抑或我们的下一代、再下一代,可能会忘记故乡的老屋,但这段历史是不能忘记的,因为忘记过去,就不会珍惜今天,更不会有美好的明天……

青岩之美

现代人的闲暇时间,几乎被铺天盖地的微信、微博、QQ所拥占,静下心来好好读点书,真不是一件容易的事。

乘坐航班飞上蓝天,没有手机响,没有汽车吵,没有事务忙,正是一段适合读书的清闲时光。但在我的印象里,飞机读物里大多是精美广告和旅游篇什,而这些旅游文字,往往介绍遐迩闻名的名山大川,很少见到有关于贵州的只言片语。

今年初春,有幸前往加拿大考察,十多个小时的飞行百无聊赖,随手翻阅一本航空读物,青岩古镇——四个大字标题,立刻像吸铁石一样吸引我的目光。关于青岩古镇的这篇美文,虽然只是短短两页文字配搭几张照片,但一个古朴优美的古镇已跃然纸上。坦率地说,我是逐字逐句细细品读完的,直至飞机降落在异国他乡,目光也未曾离开那些精美图片。这不仅仅因为第一次在蓝天之上,为故乡倍感自豪,更重要的是如青岩古镇这样沉淀几百年的贵州厚重历史文化,终于插上现代媒介的翅膀,走出地理位置的局限,走进人们关注的目光和视野。

古镇,是千年浩荡历史长河中凝结的一朵浪花,是千年悠悠文明

进程中留下的一个扣结,古朴幽美,风采各具,成为悠远历史的物质缩影和厚重文化的精神缩影。无论在水乡泽国的乌镇抑或高原边陲的丽江,古镇就像一面面镜子,浓缩了历史演进和社会发展的印迹,折射出地域文化的独特魅力。地处西南边陲的青岩古镇,能够搭乘国际航班周游列国,显然是独特文化和深厚历史的体现。从这个角度说,与黔东南镇远古镇、赤水丙安古镇和锦屏隆里古镇一起,并称为贵州四大古镇的贵阳青岩古镇,应该是彰显贵州文化的美丽天使!

古镇青岩之美,内涵在于何处?

青岩之美,在于古朴。六百多年前,一位名叫班麟贵的布依族土司,历时三年兴建青岩土城。该城位于由桂入筑门户主驿道中段,便于控制川、滇、湘、桂驿道及西南边陲,特殊的地理位置使之逐渐成为军事要塞,后有大批军队进入黔中腹地驻下屯田,逐渐发展为军民同驻的"青岩堡"。数百年来,古镇多次修缮扩建,并将土城垣改为石砌城墙。城墙大多用青色巨石修筑,圆圆的环绕古镇一周,东、西、南、北各建一座城门,从高处俯瞰,古镇犹如一幅栩栩如生的太极图,圆形的城墙如同太极图的圆周,城内蜿蜿蜒蜒的小巷恰似黑白两方的分界。不仅城墙用青石建造,街巷里的院墙、院坝、街路也用青黑色石板铺砌,古镇据此而得名青岩,可谓名副其实。岁月在古镇的每一个细节沉淀出古老质朴的韵味,独具特色的一条条石板巷,历经几百年风雨岁月冲刷,承载川流不息的车马人流磨砺,一块块青石板溜溜光滑,俨如镜面般泛着青幽幽的光,行走在石板街巷,仿佛穿时空隧道,走进悠久历史的深处。窄窄的街巷两边,一片片青黑石板垒砌的民居院墙,足足

超越人头,石板层层叠叠,整整齐齐,如叠放在家门口的一部部古雅书典,我不知道,这是古镇古朴韵致的体现,还是崇尚文化的象征。但有一点可以肯定,漫步于幽静的石板小巷,一定会有翠绿绿的植物抑或沉甸甸的果实,从院墙里探出头来,在风的带领下,热情地冲你点头微笑。

青岩之美,在于厚重。大凡古镇,都有自己独特深厚的文化底蕴,浸透在一座座古建筑、一栋栋民居之中。青岩古镇也不例外,古建筑比比皆是,三平方公里的古镇内,九寺、八庙、五阁、二祠、二宫、一院、一楼、石牌坊、城墙等文物景点多达一百余处,无不体现小镇的厚重文化。古镇青石街巷两边,层层叠叠的石板院墙内,栉比鳞次密布着民居建筑,大多为歇山式木质结构,庄重而具品位,典雅而不张扬,民居的门窗挑梁,常见各式木雕、浮雕、透雕等雕刻工艺,雕工精细,造型生动,尽显古代工匠的精湛技艺,那些飞檐翘角和雕窗刻柱中透出的浓郁气息,使人对古代工匠文化和高超智慧肃然起敬。古镇内有一条贯穿南北的主街道,位于南面的称南街,位于北面的称北街,这是过镇的古驿道,临街的民居大多开店设铺,为遮风挡雨方便营里,屋檐下增修了一道稍低而外突的眉檐,犹如人的眉毛保护眼睛,设计精巧,工艺精细,成为古镇深厚历史背景的民居特点。

浸透古镇浓厚历史文化内涵的另一种古建筑,非石牌坊莫属,古镇内外多达八座,这些清朝风格的石牌坊,均为四柱三间三楼式造型,静静挺立于百年风雨中,生动地展现着古镇的历史厚重。赵家是青岩古镇的大家族,人丁兴旺,四年内连出两位百岁老人,清道光十九年,

为庆贺赵彩章老人百岁大寿,修建了最早的赵彩章百寿坊,四年后堂弟赵理伦也高寿百岁,又立赵理伦百寿坊。特别值得关注的是赵理伦百寿坊,制作工艺精细,雕刻装饰华美,柱板相连,丝丝入扣,庄重肃然,堪称天衣无缝的建筑工艺精品,集建筑学、楹联学、书法学、雕刻学为一身的杰作,艺术大师刘海粟也称赞"实属罕见而不可多得的艺术精品"。赵家不仅养生有术,教子重学也十分有方,距赵家立百岁坊仅仅47年后,晚辈赵以炯为代表的兄弟四人,不仅为赵家门第增光添彩,光宗耀祖,也让边陲人民扬眉吐气。赵以炯兄弟四人聪颖好学,一人中举人,三人中进士。赵以炯幼年时寄养在书香门第的外公家,居住在贵阳南明河甲秀楼旁的宿儒名贤聚集区,从小受到良好教育和文化熏陶,清光绪五年成为举人,十二年进京会试,题目为《取诸人以为善,是与人为善者也。故君子莫大乎与人为善》,赵以炯所作之文本房批语为"扬之高华,按之沈实,坚光切响,无懈或攻",在会试中成为进士并获得殿试资格。据传当年在保和殿参加殿试时,光绪帝出上联"东津明,西长庚,南箕北斗,谁能为摘星汉?"赵以炯巧对下联"春牡丹,夏芍药,秋菊冬梅,臣愿作探花郎"的千古佳句,深得皇帝赏识,在殿试中获一甲第一名,状元及第,成为云贵两省第一个文状元夺魁天下。远眺赵以炯故居状元府,正好位于古镇太极图的白中黑点位置,府第坐南朝北,两进四合院,信步走进院内,但见院门内墙书有各类字体"百寿图"残迹,传说乃赵以炯曾曾祖父赵理伦百岁时所题,院内绿树婆娑,竹影点点,雕梁画栋,一派书香风范。

青岩古镇,作为贵州省级历史文化古镇,她不仅是古朴优雅的,更

作者儿子何骁（右一）在青岩参加贵州银行电视专题片拍摄

是清新自然的如一幅历经百年风雨的水墨丹青，昂扬于峥嵘岁月，灿烂于人们视野，芬芳于人们赞美。就在离古镇不远处的龙井村里，流淌着一泓清泉，清冽冽的泉水从古树下的石缝间涌流出来，水位恒流不升不降，四季恒温不凉不热，一位位美丽的农家姑娘在泉水边浣水洗衣，泉水映照着的秀美脸庞，瞬间被泉眼冒出的气泡荡漾开去，浸透笑容的泉水流淌而去，灌溉千顷沃野，万亩良田，滋养着山水秀美的黔中古镇。难怪青岩古镇还获得中国最具魅力小镇、国家 AAAA 级旅游区等诸多称号。今年初秋，著作等身的著名作家正万老弟，热情邀约青剑、荣钊、童洁等作家再赴青岩走走，同行的花溪区文联主席石文辉、作协主席戴佳村激情飞扬地告诉我们，当地政府正投资数十亿元精心打造古镇，一个靓丽的国家级五 A 级旅游区，仿佛一轮红日，呼之欲出。

　　最近读到一位同事在省外上大学的女儿刚创作的散文《黔之印象》，表达的大抵是因为地处高原边陲的地理缘由，外界很少了解贵州，更谈不上熟悉贵州，知名度远不及其他省份，字里行间透露出对故乡的挚爱之情和满满信心。正如这位青年学子的感受一样，对于"长在深山人少识"的贵州，外界的确知之甚少。且不别说国酒茅台、黄果树瀑布、遵义会议会址这些"黔名片"，多彩贵州更具有悠久历史和厚重文化，青岩古镇这样的古城镇和古建筑，就是熠熠闪烁的亮点。

　　有人说距离是一种美，对于旅游来说，跨越距离来一趟实地旅游，才是真正的美。只要你到青岩走一遭，无论是跟随舞龙的队伍，还是驻足唱戏的舞台，无论是倾听傩戏的唱腔，还是欣赏手工的绝技，把自己融进这座古镇里，用心感受古镇之美，拍拍照片，尝尝美食，唰唰微信，发发微博，你和你的伙伴们，一定会被这座高原古镇深深吸引和征服的……

醉在香纸沟

在素有多彩贵州、天然公园美誉的贵州高原,选择旅游去处是一件极其简单的事。确定去香纸沟的那一瞬间,我的心里充满了平静的感觉。或许正是这样一种平淡随意的心境,使我有幸走进清新自然的香纸沟,走进山、水、林、竹组成的原始神韵,并深深地醉在其中。

汽车从森林之城贵阳的东北方向出发,在诗意般的田园中划了一串优美的曲线,抵达一半是溪水一半是山谷的地方,便是香纸沟了。轻纱般的晨雾从沟的入口处袅袅地涌出来,不知是羞涩的问候还是温柔的邀请? 仿佛在不经意之间,我已经穿过晨雾走进如梦如幻的境界了。

深邃幽静的龙井湾山谷,一眼望不到深深的底。此时冉冉的晨光已经杳无踪影,原来它很难穿透这层层叠叠、密密匝匝的浓荫,因而浓荫便如绿色的巨伞,撑出山谷中一片清爽无比的世界。石头铺设的山径有如珍珠项链,镶嵌在翠绿之中,绿白相间,若隐若现,九曲十折,蜿蜒伸展。徜徉在山径上细细聆听,我仿佛听到树叶均匀的呼吸,仿佛听到微小生命轻轻地心跳。湿润而清新的空气,在山谷中爽朗地流动着,吸一口,仿佛全是氧气泡泡;抓一把,仿佛满手都是莹莹水珠,从头到脚沁透了整个身体。而风就在这恰当的时候徐徐而来,亲切地拂动竹

枝树叶,或许是叶子过于茂密的缘故,头顶上的几棚叶子仅轻轻颤动几下,便悄然停息了,山谷里依然是那么宁静清新。透过眼前微微颤动的叶子,但见一股山溪从绿荫深处潺潺而来,或为池潭,或为山涧;或为溪流,或为飞瀑;或叮咚流淌,或婉转低唱。身旁那些清澈宁静的池潭里,满池尽是绿茵茵的水草,真不知它的绿源于自我还是映自山谷。挂在高处的瀑布飘坠成白茫茫的银练,往往只在下泻的中间,便飞珠碎银般跌落散挂在苔藓上,晶亮晶亮。其实,山谷中的这些溪流和飞瀑并非迢迢而来,细心俯视身旁和脚下,到处都是涓涓流淌的泉眼。阳光山外照,清泉石上流,徜徉山水间,激情逍遥游,在激情难抑的时候,可千万不要碰着身边的竹林,因为那枝头掉下的露珠儿,会洒满一池潭的碎银。只有在此时,微微荡漾的波纹中,便会出现鱼虾快乐游弋的身影!我想,喧闹的都市阳台上,那些玻璃缸中的金鱼,是无论如何也感受不了这种快乐的!

仅仅在锅底箐的入口地带,我们就目不暇接了。循着一串串石碾声放眼望去,山溪边错落点缀着一点点的瓦房或茅房,哗哗的溪水既在茅房的脚下流淌,又在房子的檐边飞溅,古朴自然,优美有加。踏着溪水和石碾组成的交响曲走近茅房,原来这里是古老而原始的造纸房。一捆捆竹枝,一池池竹浆,以及一沓沓散发着竹香的草纸,使我在这一瞬间已经感受到古代文明的悠远与芬芳,感受到香纸沟的由来与贴切。古法造纸术是我国的四大发明之一,这些看似简单和平常的房屋,是全省乃至全国保存下来的为数不多的造纸房,诠释着历史文明的古朴悠远和生动魅力,2006年被列入中国非物质文化遗产名录。

　　走进锅底箐山谷深处,全然是一幅原始森林的图画!苍劲的古树悬生在峭壁陡崖之上,茂林修竹繁生于悠悠山谷之中,竹林如海,绿色苍茫。步行于尺许宽的盘行山道之上,古朴粗壮的藤蔓常常会牵扯衣裳,回首的瞬间我才发现,挽留抑或问候我的并不仅仅是藤蔓,还有藤蔓周围那些知名或不知名的绿色植物的盈盈笑脸!绝美绝伦的锅底箐景区,是对山高水高最有力的佐证,有山必有泉,有泉必有溪,有溪必有瀑。就在山峰最高处的峭壁边缘,悬挂着一块硕大的伞状钟乳石,巨伞四周哗哗地流泻着悬泉飞瀑,银练飞坠,雾气弥漫。而伞下是唯一的绝壁山路,要想继续前行,就不得不穿过飞瀑,痛痛快快地洗一次山泉浴!酣畅淋漓的沐浴之后,敞开胸怀和心扉,让湿漉漉的身体展露在山风之中,放眼香纸沟原始的山谷、清澈的溪水、茂密的植被、葱茏的竹海,我发现自己灵魂深处的门已经打开,吹进了一串串关于绿色的诗句和警句,而这些句子,居然像高原盛产的茅台酒一样醇香和醉人!

　　清新的香纸沟,自然的香纸沟!高原因你而锦绣,你因高原而秀美,这种相生相息的辩证哲理是何等崇高和神圣呵!虽然你仅仅是故乡高原俊秀风光中的一个部分,一个小小的部分!

　　醉在香纸沟绿色的怀抱之中,真是一种幸福,一种自豪!

阿栗杨梅飘香时

风来绿叶动,风去露果丛,满山飘香处,正是杨梅红。

盛夏时节,迎着晨曦走进乌当区阿栗村杨梅园,布满露珠的杨梅已在绿叶中露出红彤彤的笑脸,阵阵清新的果香扑鼻而来。放眼望去,一枝,两枝,一树,两树,一片,两片,一山、两山……满山遍野的杨梅辍弯枝头,在晨曦中泛着紫红紫红的亮光,好一派硕果累累的喜人景色。

阿栗杨梅园位于贵阳市乌当区阿栗民族村,近万亩杨梅园,是贵阳市乃至全省最大的科技杨梅基地。每到夏季杨梅成熟的时节,色泽鲜艳、果大味甜的杨梅缀满枝头,煞是诱人。不知是丰收的喜讯传递得快,还是城里的人们闻到了果香,杨梅刚刚成熟,一辆辆漂亮的小车,鸣着悠然欢快的喇叭,载着寻杨梅而来的人们,争先恐后开进了杨梅园。

来自城里的人们三五成群,兴高采烈地穿梭在山上茂密葱茏的杨梅林中,有的手提篮子,站在树下精心挑选采摘,有的爬上树枝,美滋滋饱尝新鲜,与果农分享丰收的喜悦。身着漂亮的民族服饰的苗家姑娘,热情地陪伴身边,一会儿为你介绍挑选采摘杨梅的技巧,一会儿为你接果装筐。城里的人们一边采摘一边品尝,欢声笑语不断;果农们看

着满山的硕果,以及不断涌来采摘杨梅的客人,美得合不拢嘴;忽儿,从远处飘来袅袅甜甜的歌声,歌声穿过密匝匝的杨梅林,穿过红彤彤的杨梅果,穿过连绵不断的杨梅园,仿佛高山上飞泻的青泉那般清澈,又如杨梅酿造的美酒那么醇厚。循声望去,山山人头攒动,处处欢声笑语,人人笑逐颜开,真辨不清歌声来自何方……万亩杨梅园中,歌声飘荡,杨梅飘香,阿栗杨梅园成了一片欢快的海洋,好一片丰收的喜悦和情趣!

杨梅山脚下,则是另一番热闹非凡的景象。刚从树上采摘下来的新鲜欲滴的杨梅,一筐筐摆满公路两旁。走近细瞧,一片片青翠的叶子覆盖着的杨梅果子上,分明还有晶莹透亮的露珠,仅这一看,你就禁不住想尝一尝。这满山满树的杨梅果子,不就是给大家栽种的吗?有朋自远方来,不管相识与否,都是为着杨梅而来,热情大方的果农们,当即捧上一大把给你"吃吧,看上哪颗尝哪颗!"随手拣一颗放进嘴里,细细咀嚼,竟像蜜一般甜。不吃不知道,吃了舍不掉,你只需尝尝一两颗,便不由自主地开始掏钱购买了。更多的是南来北往的商贩,他们正在和果农们讨价还价,争相订购。不等果农运上市场,几十万公斤杨梅在这山脚下就销售一空了。往日宁静的果园,以及这山脚下蜿蜒伸展的公路上,全部融进了卖杨梅、品杨梅、买杨梅的热闹之中。

来自城里的人们笑了,南来北往的商贩笑了,阿栗村的果农也笑了,一张张笑脸像红彤彤的杨梅,那么甜蜜,那么开心!

杨梅是我国江南特产,也是我国栽种历史最悠久的果树之一。杨梅分为四个品种,果实呈白色或近白色的称水晶杨梅,果实呈红色的

称荔枝杨梅,果实粉红或淡红的称糖酸杨梅,果实成熟前红色、成熟后为浓紫色或紫黑色的称乌杨梅。阿栗杨梅大多属乌杨梅,色泽鲜艳,肉厚核小,果大味甜,清香多汁,不仅受到全市、全省人们的喜爱,并走出贵州,在成都、重庆、昆明等周边省市受到一致的好评,成为畅销省内外的绿色食品,并获得贵州省优质农产品名牌产品称号。

谈到杨梅,阿栗村党支部书记的话匣子就打开了,1985 年,贵阳市农科所的科技人员,从堪称我国产杨梅之冠的浙江引进试种成功,经过不断扩大种植,如今全村已有科技杨梅近万亩,并以"阿栗杨梅"注册,成为农产品中的品牌产品,成为闻名遐迩的绿色杨梅。党支书自豪地说,阿栗村有 835 户,2600 多口人。未种杨梅之前,人均年现金纯收入没有超过 400 元。现在人均年现金纯收入近万元,告别了茅草房,住进了小别墅。

昔日长在深山人未识的阿栗杨梅,如今成为闻名遐迩的名牌产品。阿栗杨梅写下了一个个传奇,欠丰年总产量在 70 万公斤左右,产值超过 300 万元;丰年的总产量达 100 万公斤以上,年收入可达 500 多万元。有 5 户杨梅种植大户,每年收入达到 10 万元以上! 这就是特色农产品带给农民朋友的惊喜和收获,这就是特色农产品品牌效应的魅力,这就是实施品牌战略,发展特色农业,精心打造特色农产品迈出的可喜步伐!

如今的阿栗村,已不再是一个平凡的小山村,而是全省乃至西南地区瞩目的名村! 每年 6 月中下旬,阿栗村都要举办隆重热烈、声势浩大的杨梅节,为四面八方喜爱杨梅的人们,搭起观杨梅、摘杨梅、品杨

梅、买杨梅、唱杨梅、摄杨梅、画杨梅、写杨梅的舞台,让杨梅与文化一起飞翔。他们还让杨梅园和风景如画的情人谷携手,统一规划开发,形成自然山水风光和特色农产品的完美结合,集旅游、休闲、品尝为一体,让喜欢郊游的市民,到阿栗村享受摘杨梅、农家乐、品农家饭的果园恬静生活。他们还准备在贵阳机场设立销售窗口,让外省、甚至外国人当天就能吃上新鲜的阿栗杨梅……

这的确是一个令人欣喜的起点!

这的确是一个令人鼓舞的目标!

阿栗杨梅,人与科技共同创造的奇迹!

阿栗杨梅,特色农业结出的丰硕成果!

愿这一串串珍珠般的硕果,在科技的彩练上,闪耀更加光彩照人的绿色光芒……

安龙荷塘

初夏的早晨,晨雾中的安龙荷塘,仿佛披上一层素洁淡雅的轻纱,又仿佛在乳白色的乳汁里浸过一般,那么优美,那么清新动人。

晨雾中,走来两位年近花甲的老人,他们站在荷塘边上,面对满目荷叶田田、十里荷花飘香的优美景致,禁不住感慨万千,喜极而泣。为了"十里荷香"的美景重现,他们从几岁的孩子一直盼成年近花甲的老人,渴盼了半个世纪!

安龙,是贵州高原腹地一个风光秀丽的小城。城郊的千顷沃野本是大自然赐予的粮仓,却也是水患频繁之地。每逢雨季,山洪呼啸而下,茫茫田畴顿成汪洋大海,锦绣而富饶的家园饱受洪水的肆虐。为了根治水患,古人在城郊的千顷田园中间修筑了一道堤坝,堤之南仍为千顷粮仓,堤之北则为蓄积洪水的池塘。池塘占地百余亩,而且水量充盈,非常适合水本植物的栽培和生长,于是人们从水乡引来荷花,植荷于池塘之中,种柳于晓岸之上,并在塘边修建了醉荷亭、半山亭等人文景观,安龙荷塘遂成为秀丽的风景区,遐迩闻名于毗邻的西南三省。

荷花在静静地生长,厄运却在悄悄地来临。20世纪50年代中期,人们在震天价响的口号声中,破堤放水,围湖造田,十里荷塘变成了十

里稻田,粮食没有增收几粒,水患却时有发生。更令人痛心的是,一朵朵荷花和一缕缕荷香消失了,优美而独特的高原荷塘消失了,锦绣的家园受到了自然和人类的双重摧残。干枯的荷塘俨如一面镜子,折射出一个时代的悲剧,浓缩成一种浮躁的代价!

历史的价值在于给人们反思和借鉴,而这需要一定的时间跨度来沉淀。半个世纪后的今天,安龙人恢复"十里荷塘"的梦想,在保护自然环境的春风中发芽,在对历史进行深刻而理性的反思后,他们把珍爱自然和保护环境的旗帜,又一次高擎在安龙荷塘上!于是,人们倾其所有的激情和努力,大力恢复十里荷香的原始风貌和秀丽风景,退田还湖、退耕还荷。在进行系统科学的整体规划之后,投资近百万元,修建了纵横2万米的堤埂工程,湖种荷500多亩,引进籽莲、藕莲、花莲等多个品种分带种植,荷花面积达到1000余亩,十里荷塘的美景重放光彩,半个世纪的梦想变成了现实!

走进今天的安龙荷塘,仿佛走进了江南水乡,真可谓"接天莲叶无穷碧,映日荷花别样红"。放眼望去,满眼尽是无边无际、摇红舞翠的荷花,绵延十余里,浩荡天地间。高处廊桥曲折,亭台辉映,杨柳依依,绿韵盎然;低处荷叶田田,如墨如烟,鱼虾成群,水绿波清;好一幅"把钓人来,一蓑碧荷,采莲舟去,双桨摇红"的水乡画卷。勤劳而智慧的乡亲们,饱蘸荷塘水,挥笔大市场,已经在这片荷塘里书写了种莲大户、养鱼大户、旅游大户的激情与潇洒。一朵朵绿茵茵的小伞举在荷塘上,举出了独特的高原景色,举出了厚重的荷文化,举出了改善环境、促进旅游、拉动经济一箭三雕的新亮点。她优美的景色、清秀的神韵、独特的

功能,在历经半个世纪的兴衰沉浮之后,得到了最完美的展现与释放,并成为苗岭高原一道独特而亮丽的风景线,吸引了无数观湖赏荷的中外游客纷至沓来。

人类珍爱自然,自然养育人类,这是何等至高无上的境界呵!而这种境界,需要人类理性的思维和行动来维持,这是安龙荷塘为我们诠释的生命哲学的全部内涵和真切含义。荷塘里的一枝枝婀娜多姿的荷叶,宛如一篇篇绿莹莹的书页,写满了人类理性抉择的诗章,熠熠闪耀在锦绣的苗岭高原,闪耀在人们心中……

筑城广场的灯

"华灯点亮都市夜,孤灯独伴乡野眠"。如果有人问,城市和乡村之夜最大的差别是什么,我想,最大的差别当属夜晚的灯光了。

城市的夜晚,流淌着灯火点亮的激情,闪烁着流光溢彩的浪漫,都市的繁华与喧闹,都在这灯火辉煌中渐次展开。行走在都市的大街小巷,举目全是五彩斑斓的灯光,有的如行云流水般大气磅礴,有的如五彩云霞般绚丽多姿,有的如冰雕玉琢般晶莹剔透,有的如玉宇琼楼般典雅醉人。在素有森林之城美誉"爽爽的贵阳",最为丰富多彩、最让人印象深刻的,当属筑城广场的灯!

每当夜幕降临,华灯初上的时刻,走进位于贵阳市热闹繁华地段遵义路上的筑城广场,仿佛置身于火树银花的灯的世界。信步徜徉在筑城广场的每一个角落,你会欣喜地发现,眼前尽是灯的海洋。从广场中央到四周,从建筑物到行道树,从天空到草坪,立体组合的各式灯光,霓虹灯、瀑布灯、轮廓灯、泛光灯、射光灯、流苏灯、草坪灯、道路灯、广告灯……把广场照亮得如同白昼,璀璨夺目,流光溢彩,美轮美奂,目不暇接。

在筑城广场中央,耸立着气势宏伟的"筑韵"主体雕塑群,别具一格的四组芦笙造型的顶部和中部,正是各类灯光的用武之地。射光灯

从芦笙的中间透出光芒，不知疲倦地自动变化着各种绚丽，泛光灯在地面不同的方位，转动着闪烁着红、黄、蓝、绿的浪漫，这些光芒辉映着托举着金灿灿的芦笙，一会儿冰雕玉镂，一会儿通体透明，一会儿金光闪闪，使人想起金秋时节，悠然动人的芦笙旋律中的那些累累硕果！

"筑韵"主体雕塑前方两侧，依次排列二十四节气的灯柱，从左至右两两并列，均为直径一米、高三十有余的硕大圆柱，底部装有射光灯，照射出圆柱的挺拔；中间有三道灯环，展示圆柱的粗壮；圆柱的最大亮点在中部，雕刻着立春、雨水、芒种、夏至等二十四节气对应的农事习俗，每一幅栩栩如生的图画，都是人们生活的写照，那些甜甜的荷叶仿佛是自己花园的模样，那些插秧的人仿佛就是自己，二十四节气依次排列展开，仿佛就是老百姓共同打开的日历图画。圆柱顶部有红色的泛光灯，透过镂空的花纹，泛出柔美的粉红，远远望去，二十四颗灯柱犹如二十四节气的灯盏，又如二十四支透明的火炬……

筑城广场四周种植了各种树木，树下安装了千姿百态、色彩绚丽的庭院灯或射光灯，柔美的灯辉勾勒出绿树的轮廓，每当微风徐来，绿树轻轻摇动，恍如绿波荡漾，楚楚动人。树下的小草和花儿，在光的照耀下，显得格外生动水灵。市民们三三两两坐在灯影婆娑的树下，或带着小孩玩耍，或聊天下棋，或纳凉观景，好一派闲情逸致、安乐祥和的景象。广场四周高耸着四支巨型花柱灯，闪耀着五彩斑斓的光，蜿蜒排列的圆柱灯，不断变化着灯色，显得温婉柔美，令人目不暇接，美不胜收。广场四周的边缘安装着一排排地灯，从脚底下射出光芒，柔柔的，暖暖的，将广场上休闲纳凉的人，映衬出一幅幅优美的人物剪影，在广场中嬉戏玩耍的小孩，恰是一个个在灯海里奔跑跳动的可爱小精灵！

筑城广场三面环水,悠悠南明河如一条玉带,缠绕在广场的北、西、南三方,每至夜晚,广场河畔便成为灯火辉煌的海洋,高高低低,层层叠叠,色彩丰富,错落有致,岸边有河堤灯,岸上有路灯、街灯、房廓灯、房顶灯……这些灯光投影在南明河里,河里也有同样层次的灯,立体丰富而又空阔悠远,筑城广场俨然九天银河中众星簇拥的璀璨明珠!就连连接广场的桥梁,也装扮得灯光绚丽,造型别致,不断闪烁的灯光,又如一个变幻莫测的时光隧道,外形酷似一列动感十足的高铁列车,正向筑城广场开来……

筑城广场布满了各式各样的灯,放眼四周的建筑群,也是灯的海洋。广场西面建筑群屋顶上的广告灯,透过"筑韵"主体雕塑变换七彩颜色,使雕塑更加迷人。广场东面的灯光,别具一番趣味,毛主席雕像四周的乳黄色泛光灯,将这座十多米高的大理石雕像照耀得十分清晰,庄严伟岸。北面朝阳桥头直立着一排镭射灯,仿佛一个个小太阳,从高空泻下一片灿烂的光,将广场中央照得一片绚烂。广场南面的贵州广播电视大楼和贵阳广电大楼,巨型 LED 电子显示屏,不断变化着五颜六色的电视节目和广告画面,闪耀着丰富的色彩和光芒,把广场映衬得五彩斑斓,流光溢彩。

人们常说,华灯是城市的名片,灯火辉煌耀盛世,火树银花不夜天。灯火绚烂的筑城广场,不仅蕴含着丰富的人文历史背景,也给市民提供了休闲的好去处。她更像一个硕大的万花筒,折射出"爽爽的贵阳""森林之城"都市之夜的繁华与温馨,展现着贵阳人民的生活品质和美好未来……

黄莲歌舞"好花红"

黄莲歌舞「好花红」

　　千姿百态的峰峦四面环抱，层层叠叠的梯田挂在山腰，林荫掩映的村寨散居山谷，远远望去，布依山村犹如一朵盛开的莲花。每逢金秋时节，山峦的枫叶、山腰的稻子、山谷的银杏，把整个山村染成一片醉人的金黄。这个神奇、美丽、醉人的布依族山村，歌舞优美，名声远扬。这就是"好花红"之乡黄莲村。

　　黄莲村位于贵阳市乌当区东北部，距贵阳市中心城区 45 公里，是一个具有丰厚文化底蕴和浓郁民族风情的布依山寨。这里居住的两千多布依族同胞，人人是民歌好手，个个是舞蹈行家，他们祖祖辈辈生活在这如诗如画的秀丽山水之间，承历史之悠久，挟山水之灵韵，撷生活之激情，运用布依人民的勤劳、智慧和灵感，自创自唱无数悦耳动听的布依民歌，自编自演许多优美动人的布依歌舞，成为一个远近闻名的歌舞之村。走进黄莲，俨如走进了布依民族歌舞的海洋，"好花红，好花红，好花生在百花丛……"他们根据这首著名的布依族民歌组建的"好花红民族歌舞队"，遐迩闻名，蜚声全省！黄莲，堪称贵阳市乌当区民族歌舞第一村！

　　每年农历六月六日，黄莲村都要举办"六月六布依民族风情节"。

一个小小的布依山村举办民族风情节,这在全市、全省乃至全国都是不多见的!汽车从羊昌镇出发,越过一片碧绿的田园,翻过一道山口,公路像一条飘带在山间蜿蜒而下,视野顿时开阔起来,坐落在莲花之中的布依山寨尽收眼底。在山村中部的黄莲小学操场上,彩旗飘动,热闹非凡,身着民族盛装的布依族少男少女,把风情节装扮得五彩缤纷!

这是何等热烈、欢快、浪漫的场面呵!你听,"满山红花向阳开,各位朋友远方来,布依人民欢迎您,欢迎您到黄莲来!"随着一曲热情欢快的《迎宾歌》,布依风情节徐徐拉开帷幕。从年逾古稀的老艺人到稚气未尽的小孩童,一个个争先恐后,踊跃登台表演。民歌独唱、民歌对唱、民歌合唱、小品、腰鼓舞、粑棒舞、背扇舞等三十多个丰富多彩、独具特色的民族歌舞节目,令人交口称赞、击掌叫绝!台上的歌手深情演唱,台下的人们高声应合,台上台下连成一片歌舞的海洋,此时此刻,已分不清哪里是台上哪里是台下,置身在这片欢乐的海洋中间,真让人热血沸腾,激情难抑,这就是民族歌舞第一村的魅力!他们用青山绿水孕育的纯美嗓音和轻盈身段,秉承布依歌舞源远流长的传统精华,倾注满腔激情和真情,将一字一句唱得圆润悠扬,将一节一拍跳得翩跹柔美,或自由奔放,节奏明快,或旋律优美,温婉缠绵,每一个节目都充满浓郁的乡土气息和芬芳,那歌声仿佛山间泉水玲琮流淌,那舞蹈恰似田园莲花袅娜开放。欣赏这雅俗共赏的黄莲布依民族歌舞,使人感受到天资与技巧浑然一体的空灵,感受到音乐与舞蹈合二为一的壮美,感受到人类和自然相生相长的伟大。他们最精彩最著名的布依民族歌舞《好花红》,运用独特的"三滴水"曲调编排,不仅旋律优美,而且

内涵深厚,充分表达了布依人民歌颂党、歌颂民族团结的真挚感情。

好花红,好花红,

各族人民来享红;

党的阳光来照耀,

朵朵向阳朵朵红。

好花红,好花红,

五十六朵共一蓬;

人民好比花一束,

朵朵向阳朵朵红……

走进黄莲这片民族歌舞的热土,您会发现,原生的自然文化,原始的自然生态,原创的自然歌舞,孕育了布依族同胞歌之舞之的激情,歌舞已成为他们生活中不可或缺的重要组成部分!他们根据每个时期的中心工作、重大活动、民族节日,经常自编自演如丰富多彩的民族歌舞节目,内容涉及计划生育、尊老爱幼、医疗进村、勤劳致富等,旋律优美而生动,感情真挚而激昂。"三个代表暖心窝,人民过上好生活;计划生育搞得好,大人高兴小孩乐;合作医疗人人夸,不缺医来不缺药;文明村寨树新风,尊老爱幼有传说。"这是年届半百的布依族女歌手陈文彩自编自唱的一首民歌,她用轻快优美的旋律,表达了布依人民对"三个代表"的衷心拥护和支持;"黄莲是个好地方,青山美来河水长;河水弯弯归大海,公路弯弯通贵阳。各级政府来帮助,布依人民奔小康;感谢党的政策好,穷山变成鱼米乡!"这是公路修进黄莲村后,布依同胞唱出的心里话。在党的十七大召开之际,他们立即用优美的"三滴水"曲

调,编排了一首《布依人民歌唱十七大》,迅速唱遍全村。"绿水青山笑呵呵,布依人民爱唱歌;歌唱党的十七大,歌唱布依新生活。我们向您报喜讯,人民过上好生活;瀑布脚下好美景,公路修过瀑布脚。家家安上自来水,户户用上电饭锅;电视电话家家有,国家大事记心窝!"村党支部书记罗启芬、村长李昌昌激动地说,黄莲村源远流长的民族歌舞,是全村精神文明的载体,既宣传了党的方针政策,活跃了民族地区文化生活,又增进了民族团结,促进了民族歌舞艺术的提高。黄莲村民族歌舞队先后多次参加了省、市、区的民族歌舞表演和比赛,获得了许多奖励和荣誉,一本本金灿灿的获奖证书,记载着黄莲村布依儿女在民族歌舞艺术之路上的辉煌成果和不懈追求!

黄莲,一方民族歌舞的热土,一片民族歌舞的海洋!是什么神奇的力量哺育着这方热土源源不断的艺术灵感?我放眼山寨细心寻觅,只看见——

四面环抱的山峰之上,自然大师浓墨写意的一幅幅美妙图案,组合成天然的岩石画卷,绵延千米,气势恢宏。岩石画的脚下,一股股清凛的泉水自山间潺潺而来,叮咚悦耳,好一首磅礴而婉约的山水交响曲!

美丽峡谷的山腰,层层叠叠的梯田谷浪翻卷,满目金黄,俨然大自然展开的一部曲谱,那一串串金色的谷穗仿佛一串串音符,大写在收获的田野上,闪亮着布依山村的林茂粮丰的喜悦乐章!

簇拥山寨的600多年树龄的古银杏,满树诱人的金黄。暖暖的秋风轻轻拂过,挂在枝头的一枚枚果子,以及随风飘舞的一枚枚树叶,仿佛向人们生动地展现着什么,我不知道,那是舞蹈的风采还是音乐的

旋律？

呵，黄莲布依山寨，一个如诗如画、如歌如舞的民族歌舞村！走进黄莲，人人都会醉在浓浓的歌舞韵律之中。心醉情醉之后就会深深感悟到，音乐和舞蹈，是人类生活中快乐、智慧的朋友！她带给我们生活的激情，带给我们思维的空间，带给我们飞翔的翅膀。而唯有民族的，才是最美的、最独特的、最永恒的！

平塘三奇

未到平塘之前,望文生义,一直以为是平平的坝子中点缀些池塘浅湖的地方,这种高原盆地的景色,在贵州是屡见不鲜的。去年中秋佳节,有幸参加在平塘县召开的贵州省散文诗研讨会,几位文友相约走进平塘,在月光融融的中秋之夜,细细品读这颗镶嵌在贵州南部旅游黄金线上的璀璨明珠,我不禁被她天然去雕饰的独特地质自然奇观深深地倾倒和折服了!

平塘位于贵州南缘中部,是一个山川秀丽、风景迷人的地方,拥有"山水园林生态旅游县"的美称!亿万年前的地质造山运动,为这里留下了重峦叠嶂、峰林遍地、河谷深切、瀑布飞悬的独特地形地貌,加之平舟河、槽渡河、霸王河三条主要水系,呈"川"字形由北向南流过全县,滋润和哺养这些鬼斧神工的地形地貌,山水相融,山绿水美,平塘这颗璀璨明珠便更加水灵和俊俏了。尤其是"玉水金盆""藏字石""甲茶竹廊"三大自然景观,堪称天下三奇!

平塘县城不算很大,但其独特的"玉水金盆"地质景观,堪称天下奇观。一条清澈见底的河水,在平坦开阔的田坝中蜿蜒穿行,在县城地区,清凌凌的河流划出一道半圆形的弧线,把县城围在半圆形的河岸

上，远远望去，河水碧蓝如玉，河岸圆绕如盆，玉水浮起金盆，栩栩如生，实乃天下之奇观，令人叫绝！恰逢秋天的夜晚，月盘圆圆的挂在天穹，文友们把酒对月，以圆吟诗，"玉水金盆"的平塘因呈圆形，自然成为诗的主角。有人把她描绘成地上的月亮，秋夜正牵动着人们对她的无限感怀；有人把她吟唱成地上的太阳，称新世纪的平塘，正在火热地创造一个又一个辉煌！诗人们的吟唱是美妙的诗，其实平塘本身就是一首绝妙的诗！她以现代城市建筑与山水自然风光融为一体，呈现出天下独特的"玉水金盆"的诗意风光，倾倒了四海宾朋，2000年被命名为贵州省级风景名胜区！

掌布峡谷风景区的"藏字石"，堪称盖世无双的天下奇观！景区内碧水清澈，植被葱茏，古树参天，藤蔓垂吊，溶洞密布，在这独特的原始生态环境中，山中有洞，洞中有山，林中有水，水中有林，独具特色的山水风光让人赏心悦目。最令人叫绝的是河谷中的"藏字石"，在一块风化坐地一分为二的石头右边的断面上部，显现"中国共产党"五个刚劲有力的凸型大字，五个大字从左至右横向排列，字迹工整，字距相当，大小一致，极易辨认，实为世界之奇观，中国之瑰宝，令人叹为观止，吸引众多专家前往详细考证研究。有学者称"中国共产党"五个凸型大字是经溶蚀和差异风化形成的奇特地质现象，距今已有二亿多年，是一种小概率的偶然现象，自然天成，绝非人为，因而堪称举世无双的天下奇观！有人认为是人力诱导差异风化作用所致，是一种人为地质作用现象，目前尚无定论，有待进一步考证。平塘县文联的朋友介绍说，由于掌布峡谷为原始生态环境，山高谷深，人迹罕至，这奇特的地质现象

一直藏在深山无人知,直到 2002 年该县进行大规模旅游资源调查,才使这盖世无双的天下奇观得以发现,消息传出,轰动一时,慕名参观者络绎不绝,不到一年时间已吸引全国各地数万人前往参观。

美丽如画的甲茶风景名胜区,是贵州乃至全国罕见的亚热带绝妙风光,自然生成的茫茫竹海,一棵挨一棵,一丛挤一丛,沿河绿两岸,绵延翠十里,不是桂林,胜似桂林,不是漓江,甚是漓江,堪称天下一奇!风景区水、瀑、竹、石、泉融为一体,俊、秀、奇、幽、美汇于一身,数十个景物景点,各自呈现鲜明的特点,清盈秀丽的瀑布,成林成带的刺竹,四季常翠的藤竹,清澈碧蓝的河水,粒粒金黄的河沙,神秘幽深的溶洞,陡峭俊秀的峡谷,以及掩映在苍翠欲滴的竹海中的布依村寨和浓郁的民俗风情,给这片清秀而美丽的土地增添了迷人的魅力!最令人叫绝的是甲茶河两岸,自然生长着四季葱茏、高大挺拔的刺竹,宛如两条翠绿的绸缎,飘荡在甲茶河两岸。这些自然生长的刺竹,已有上百年的历史,有的高扬数十米,势如撑天;有的粗如碗口大,坐如巨松。更有一丛丛竹林簇拥天空,跨河相交,为河道架起一道天然的绿色竹篷,浓荫蔽日,雾霭弥漫,即便是骄阳似火的正午,阳光透过竹叶泻下的也仅仅是一丝丝金线,河面清幽凉爽,河水清澈见底,荡舟其间,似若水中仙景,又如绿色走廊,两岸翠竹如画,沿河石碾声声,传统手工造纸工艺生产出的草纸,散发出阵阵竹香和纸香,此情此景,恍若人间仙境,令人流连忘返!

世界之美,在于丰富多彩;世界之最美,在于独具特色,唯有独具特色的,才既是自己的也是世界的!平塘的"玉水金盆""藏字石""甲茶

竹廊"三大自然景观,正是在于她的独树一帜,在于她的天下无双,因而被人们称为独步天下的自然奇观,清新自然而又无与伦比地丰富着世界之最美。因此我们有理由相信,平塘的三大自然地质奇观将一步步走出国门,走向世界……

安顺油菜花

三月,是风做的季节,清爽爽的风儿轻轻吹拂,万顷沃野涌动勃勃生机。

三月,是花做的季节,娇艳艳的花儿次第开放,山间田野一片五彩缤纷。

阳春三月里的多彩贵州,踏青赏花的去处数不胜数。可相约去看桃花,可结伴去赏李花,也可出行去看看梅花。但是,当你走进城郊的那些桃红李白、纵横成行的花园果园里,你会发现那些花木树林,都单调而机械地立在光秃平整的土地里,花儿也孤零零地悬挂在树枝上,似乎缺乏一种生动活泼的亲切感和自然美。如果你有机会,沿贵黄公路一路西行,去看看安顺的油菜花,那种感觉就大不一样了!

每逢三月初春时节,安顺的油菜花就开始悄悄开放了,在长达一个月的时间里,一直水灵灵地盛开着。驱车行驶在清镇与安顺之间的贵黄公路上,公路两边尽是金黄金黄的油菜花儿,从田间到地头,从山脚到山腰,目光所及的视野里,已被渲染成一片金黄色的世界,金波卷涌,金涛翻滚,连绵起伏,无边无际。车向前行驶,油菜花儿也一路向前延伸,数十公里长的公路两旁没有一块空闲地也没有间作其他作物,

全是连续的、不间断的、向前延伸的金黄黄的油菜花儿,这种恢宏的场面、磅礴的气势以及自然的情趣,是其他任何一种花海无法比拟的!

汽车在公路上高速飞跑,路边的油菜花如两条金色的绸缎在两边飞舞,不断涌进目不暇接的视野,正当你准备定神仔瞧细看之时,眼前的这片花儿已掠过车窗掠过眼帘向后飞奔而去,就这样不断地涌来飞去,飞去涌来,如同在影院里观看立体电影一般!还有那一阵阵清新醉人的油菜花香,源源不断地从车窗口涌进来,弥漫整个车厢,使人禁不住要停车观赏一番。走下车来,一步步走进阡陌纵横的田野,其实就是一步步淹没在花海里;站在花海中放眼四顾,油菜花层层叠叠,浩浩荡荡,金色漫卷,好壮观!

在平坦的田间,花朵大致一样的高,就像一片金色的湖面,宁静而舒坦地躺在蓝天白云之下;在高低起伏的梯田里,花儿、绿叶与田埂交错更迭,黄绿相间,俨然一个天然的立体花园;在山腰和山坡,菜花盛开在浓绿的树林脚下,如同装点山峦的花园,倍显娇嫩和柔美;安顺的喀斯特地貌十分发育,田中突兀的石林镶嵌在油菜花中,远远望去,恰似一盆壮观的山水盆景;远处依山傍水的农家院落,前后左右均被一片片金黄的菜花簇拥着、包围着,呈现出一幅金色烂漫的田园山水画卷,而人们就真真切切地站在这山水画卷中,怎能不令人心旷神怡,赏心悦目。当你回望来路,贵黄公路已成为装饰金黄绸缎的一条银灰色细线,一路伸展而去,最后也淹没在花海之中了。

冰心先生曾经说过:"世上没有不美的花朵,至于对某一种花的喜爱,却是由于各人心中的感触。"我对油菜花的喜爱,源于一个美丽动

人的故事。相传很久以前,有一位美若天仙的苗家姑娘,面对众多的求婚者,她定下一个条件,谁献给她的礼物最美最好,她就嫁给谁。小伙子们纷纷忙碌起来,有的献金银珠宝,有的献锦绸绫罗,都未能打动姑娘的芳心,最后一位勤劳善良的苗家小伙子,献给她一个油菜花编织的花环,赢得了姑娘的爱情。人们问她为什么喜欢油菜花?姑娘笑吟了这样一首诗:"世上花儿千万种,五彩缤纷数不完;杜鹃花谢枝头空,红梅花儿形影单;桃李花开俏枝头,果实不能充饥饭;油菜花儿映农家,芬芳美丽出自然;朴实无华结硕果,榨出食油惠人间。"苗家姑娘的诗,道出了油菜花的本质。我想,安顺油菜花开放的,大抵就是这样一种关于质朴与奉献的精神本质。

安顺油菜花,朴实无华,纯真淡雅,一片天然去雕饰的大花园!虽然我仅仅观赏了一两处甚至于一两株油菜花,未必读懂读透她的内涵和深刻,但我知道,在古夜郎腹地这片钟灵毓秀的土地上,孕育着一片烂漫的花朵和芬芳,孕育着一种精神与追求,而头上,则是一片宁静的天空……

苗岭古塔 |

　　早春时节，一位朋友从北方到贵州旅游。即将返程之际，朋友在盛赞贵州秀丽山水的同时，对苗岭高原的古塔赞不绝口，称一路上欣赏到许多古朴优美、造型各异的古塔，准备下一次专程来贵州游览古塔！

　　朋友的这番话，勾起我少年时代的一段美好记忆。那时正上初中，周末相约去小镇上的同学家玩。小镇依山傍水，宁静优美，一条清清凌凌的小河在小镇脚下九曲十折，蜿蜒流淌，河岸的崖边耸立着一座五层高的六边形木塔，飞檐翘角，雕梁画栋，底层的柱子足须两人合围，每棵木柱上均刻有楹联，楹联的内容早已忘却，或许当时根本就没有注意，最为吸引我们的是木塔本身，一群小伙伴在连通塔顶和塔底的三十多级木梯上追逐打闹，嬉戏玩耍，塔顶的风铃声清脆明亮，塔下的河水声叮咚婉转，这是怎样的一幅秀丽风景图呵，因为是第一次与木塔亲密接触，便一直珍藏在我的记忆深处！

　　苗岭高原的古塔，每一座蕴藏着一个故事，每一处书写着一段历史，确实是一笔宝贵的旅游资源。不仅数量很多，而且丰富多彩，有的耸立在满目葱茏的高山顶上，有的修建在层峦叠翠的青山脚下，有的修建在优美城镇的田园旁，有的修建在河水潺潺的峭崖上……远远望

去,每一座古塔宛如一颗别具魅力的明珠,镶嵌在青山与闹城之间,生动和谐,蔚为壮观,这种优美的景致,在苗岭高原有一百余处。如果有人把贵州称之为塔的博物馆,我想一点都不过分。

塔,原本产生于印度,是佛教的一种建筑物。公元1世纪东汉时期,随着佛教传入,古印度塔也随之传入我国,历代能工巧匠将塔与我国原有的建筑形式、民族文化紧密结合,进行中国化创新,形成了具有中国民族传统特色的新的建筑类型,成为一种独特而优美的建筑形式。行走在中国美丽辽阔的大地上,随处可以看到古塔的踪影,这些千姿百态的古塔,其造型之美,结构之巧,雕刻装饰之华丽,均堪与我国楼阁廊榭等古代建筑相比美。这些古塔虽然种类繁多,建筑材料和构成方法不尽相同,但是古塔的基本结构是大体一样的,均由地宫、塔基、塔身、塔刹四部分组成。中国有句俗语:"做一件好事胜造七级浮屠","浮屠"是梵文的译音,指的就是佛塔,七级浮屠指的就是七层古塔。贵州的古塔有木塔、石塔、白塔、文笔塔、文昌阁、文峰塔等,大大小小达一百余座,这些古塔或五层或七层,建筑材料和形式虽然不尽相同,但都融合了建筑、雕刻、书法、绘画、装饰等多种艺术手段,具有很高的美学品位和艺术价值!

古塔是一首凝固的音乐,是一部立体的诗章,是一个历史的窗口,每一座古塔都蕴藏着丰富的文化内涵和神奇故事。黔西原称水西,是一个人杰地灵之地,培育了许多历史名人,李世杰官至清朝兵部尚书,退休归田时依旧是一担书籍,两箱旧衣,为官之清廉正直可见一斑。他在成都为官时,曾号召民众遍植芙蓉,使成都满城蓉树,花香沁人,因

而得名"蓉城"。李世杰归乡时,故乡人们怀着十分敬佩的心情,特意在黔西县城东城修建了一座牌坊和一座七层塔,以隆重迎接和纪念之。古塔取名"文峰塔",砖石结构,耸立绿荫环抱的城东田园的小山之中,与县城遥相呼应,吸引了无数游人观赏和追忆,激励后人学习李公为学勤奋,为官清廉正直。紫云是一个民族聚居的山区,在过去的科举考试中终难攀月折桂,当地人们认为"山虽多,峰不秀;峦虽丛,不出头",必须在高山之顶建塔为笔,方能傲视群雄,出人头地。于是在城东南的山上修建了一座独具匠心的文笔塔,该塔为七级石塔,平面呈八边形,每边长 2.5 米,周长达 20 米,是省内占地面积最大的古塔,底部宽重而高仅 15 米,看上去稳稳重重、踏踏实实。后来,人们又在塔下的田园中修一口池塘,形成了"以塔为笔,以塘为砚,以田为纸,以山为印"的恢宏气氛,形成了文笔闹堂的优美景观,展现了人文起蔚的良苦用心。这些悠悠古塔,每一座都蕴含着厚重的历史,每一座都展示着神秘的魅力,著名的安顺白塔、都匀文峰塔、仁怀鹿鸣塔等被列为省级文物保护单位。

　　人们常说,旅游是一种文化活动,必须有丰厚的文化内涵支撑,当人们在游览之余中去认真审视和发掘时,会得到某种启迪和感悟。我想,苗岭高原的古塔虽不及杭州六和塔、西安大雁塔、应县木塔等"中国名塔"出名,但这些古塔浸透着贵州地域和民族文化的滋养,内涵同样是十分厚重而悠久的,这些在风雨沧桑中耸立了成百上千年的古塔,正静寂地展示着苗岭高原的悠久、古朴与神奇,是一笔宝贵的旅游资源和财富。

贵州是全国著名的"公园省",拥有丰富多彩的旅游资源,在全面整合旅游资源,打造贵州旅游品牌,建设贵州旅游大省的今天,苗岭古塔将会成为一道独特的风景线,在如火如荼的贵州旅游百花园中,盛开成一朵绚烂的奇葩……

清镇瓜灯

也许你看过木头雕刻,看过石头雕刻,可不一定观看过南瓜上的雕刻。

也许你观过璀璨的华灯,观过五彩的冰灯,可不一定观看过南瓜做成的瓜灯。

在神秘美丽的贵州中部古城清镇,就有这样的灯,瓜灯堪称一奇!

中秋佳节,有幸参加清镇瓜灯晚会,细细品味那融合着雕刻、书法、光线、色彩等多种艺术手法的瓜灯艺术珍品,静静领会那绝妙奇瑰的不凡意境和独特风情,禁不住被这朵绚丽的艺术奇葩深深感动和折服了!

中秋的清镇是南瓜的世界。打大清早开始,卖瓜的、买瓜的、刻瓜的、看瓜的,热热闹闹,沸沸扬扬。乡下的人们用颤悠悠的箩筐挑来南瓜,不用吆喝,不用叫卖,买瓜的人们无论大人小孩,立刻拥上前去,精心挑选自个儿满意的瓜型,有的拧回家自己雕刻,有的则在街上请人加工。于是,雕刻南瓜的师傅们铺开摊子,飞舞刻刀,忙得不亦乐乎。不一会儿,一盏盏小巧精致的瓜灯,便伴随主人快乐地走进大街小巷,走进千家万户,走进人们丰富的想象和视野。

瓜灯的制作工艺并不复杂。先在南瓜表面画上图案和文字,而后

精雕细刻,仔细加工成飞龙、游鱼、嫦娥奔月、仙女下凡等各种图案,着上五彩颜色,再把瓜顶揭开,掏出瓜子和瓜蕊,在瓜的四周穿上一根细小而结实的麻线,然后在瓜腹中间安上蜡烛,融融的烛光从瓜里射出来,一幅幅形态各异、栩栩如生的造型图案就展现在眼前了,晶莹剔透,情趣盎然,使人恍若置身于神奇可爱的童话世界。从幼稚的娃娃到花甲的老人,一代接一代爱不释手,乐此不倦!

每逢中秋佳节,当一轮满月爬上天空,偌大的清镇便成了瓜灯的海洋。茫茫夜色中,人们提着自己最得意的玲珑精致的瓜灯聚集到灯会会场,举目望去,一盏盏、一朵朵、一排排、一串串,或挂,或提,或端,或抬……瓜灯闪烁,人潮涌动,灯海人流交织成一片欢乐的海洋,把古城的中秋之夜装点得热烈欢悦。徜徉其间,悠悠的思亲念友之情,伴随晶莹温馨的氛围绵绵流淌。抬头仰望天穹,仿佛夜空中的月亮也变成了发光的大南瓜,照亮亲人故友幸福团聚。一些稚气十足的孩子提着的瓜灯,没有雕龙也没有刻鱼,而是刻着"祖国统一""每逢佳节倍思亲"等闪闪发光的字,引得人们的热情注目和啧啧称赞。这些五彩缤纷的瓜灯,看是一盏盏普通瓜灯,却也不是一盏盏普通瓜灯,她是一幅幅写满心愿的艺术精品,她是一首首透彻心骨的浪漫诗篇。

每一盏瓜灯,装着一片高原的多彩风情;

每一盏瓜灯,开着一朵独特的艺术奇葩;

每一盏瓜灯,闪着一串耀眼的智慧之光;

每一盏瓜灯,刻着人们对祖国统一的美好祝愿;

每一盏瓜灯,写着人们对幸福生活的无限热爱和深深向往!

赤水，一张绿色的请柬

　　五彩缤纷的世界，必有五彩缤纷的美丽。倘若大自然发出一张请柬，盛情邀请到绿色浩瀚中放飞心情，最最吸引我的，当是赤水——这张绿色的请柬！

　　说起赤水，大家一定会想到赤水河，想到 1915 年醉倾世界、香溢四海的国酒"贵州茅台酒"，想到 1935 年中国工农红军，在这条河流上谱写的扬名四海的"四渡赤水"的伟大壮举。赤水河，的确是一条神奇的河，一条美丽的河，一条辉煌的河，一条不断书写传奇的河！如今，赤水河哺育的儿女，再次在赤水河畔续写着新的神奇与辉煌，这便是浩瀚如海的赤水竹海。

　　赤水竹海，是中国十大竹海之一，是镶嵌在苗岭高原赤水河畔的一颗璀璨的绿色明珠，是赤水发出的绿色请柬。浩浩瀚瀚的竹海面积超过 6.67 万公顷，空气中的负离子每立方厘米达 9.8 万个，堪称南中国最大的氧吧。无山不绿，有绿必竹，置身于绿浪卷涌的竹海中，到竹海去放飞心情，到竹林去呼吸鲜氧，到竹下去观赏瀑布，到竹乡去品尝嫩笋，是赤水绿色请柬上书写的四个浪漫邀请！

　　走进竹海深处的十丈洞大瀑布景区，沿着竹海中的人行栈道，倘

徉于竹海幽林之中,茂林修竹轻轻摇曳,竹枝竹叶翩翩起舞,人也像是荡舟绿海了。放眼望去,随着山势起伏绵延的竹海,嫩绿,翠绿,碧绿,黛绿,墨绿……仿佛跳跃在山中的一串串绿色音符。竹海瀑水从悬崖绝壁飞泻而下,似万马奔腾,如千军齐发,数里之外声如雷鸣,几百米内水雾弥漫,飘飞的水雾静静地停在竹枝或竹叶上,仿佛刚出浴的绿衣仙子。瀑布掩映在竹海怀抱,雾珠滋润着竹韵点点,竹海与瀑布共同组合的美景,共同渲染的快乐,动静结合,清新自然,已浸润我的整个身心。当地人说:春看竹雾,夏览竹绿,秋观竹浪,冬品竹翠,赤水这张请柬,一年四季书写着各种不同的竹景,带来各种各样的惊喜,这正是让人无法拒绝邀请的缘由。

翠竹拥溪的赤水四洞沟,堪称"万竹之园",竹在沟里长,水在竹间流,茂林牵修竹,瀑潭共偎依,一溪的传奇美丽全然隐藏在竹海深处。刚入沟口,赵朴初先生题写的"四洞仙境"苍劲有力的大字,已让人荡气回肠。走进沟内,四个形态各异的瀑布,有的飞珠溅玉,有的珠帘低垂,有的狂奔奏鸣,有的款款轻吟,风姿绰约,风采各异。在一个飞泻而下的瀑布崖边,突兀一块石头,酷似一只跃跃欲跳的青蛙,神形兼备,栩栩如生,青蛙始终保持一跳而下的动感,千百年来却一直没有跳下去,我想,原因大抵是因为跳入水中便无法欣赏这满沟的竹韵吧。硕大的竹子撑起一沟的绿荫,绵绵延延铺满沿河两岸,赤色溪水就在绿荫脚下潺潺穿行,千万别只顾流连景色,当心身体和一路的竹子深情相拥。来到月亮潭瀑布旁边的农家,坐下来品赏竹宴,主人递上菜谱,热情地介绍说:"尝尝赤水的竹笋美食嘞,真正的绿色食品哦。赤水竹品

200 多种，可以食用的竹笋 20 多种，最出名的是茅笋、甜笋、苦笋……"竹笋、腊猪脚、豆花这些美食，真让我垂涎三尺。一边品尝竹宴美食，一边欣赏窗外风光，瀑布飞溅而来的雾珠，就像为美食添加的竹海中独特的佐料。眺望屋外的瀑布，俨然一轮半月，银光闪闪的挂在窗口；瀑布下赤红赤红的池潭，则又像是一轮满月，映照出一沟的翠绿。这一半一圆，一红一绿，真不知身处仙境，还是人间？

浩瀚竹海是生产纯氧的佼佼者，竹海源源不断生产的新鲜纯氧，是常绿阔叶林的 1.5 倍。走进热带常绿阔叶林植被覆盖率高达 96% 的赤水竹海国家森林公园，仿佛走进了竹博物馆，有的粗壮大于碗口，有的细小低于野草；有的刚刚破土而出，有的早已挺拔屹立；有的一枝独秀，有的相拥成林；修建于竹海中的石阶，层层向上伸展，越到上部，越来越小，越来越窄，从下望去，如同耸立在竹海中的石塔。竹海中生长着与恐龙同时代的孑遗植物桫椤，这逃过第四纪冰川浩劫幸存下来的活化石，高举着密密蓬蓬的树叶，如同与纤纤竹君和谐相伴的邻居。在这万顷竹海之中，还点缀着明镜湖泊、清溪急流与丹霞地貌，又像是一个丰富多彩的竹展览馆。拾阶而上，登高远眺万顷竹海，一眼望不到边。微风拂过之处，起初仅仅是竹尖点头，绿波荡漾，接着是竹枝摇曳，波涛阵阵，后来便是绿浪翻卷，浩浩荡荡，令人清新爽朗，心旷神怡。竹海的翠丽，竹海的辽阔，竹海的激情，就写在这张翠绿的请柬上，从竹海深处绵绵漫进我的心里！

赤水竹海，如一段段翠绿的绸缎，又如一块块剔透的翡翠，生长在红色丹霞地貌上，红绿相间，相映成趣。赤水丹霞是全国面积最大、发

育最美丽壮观的丹霞地貌，并与湖南崀山、广东丹霞山等六大著名丹霞地貌景区组合成"中国丹霞"，在三十四届世界遗产大会上，骄傲地成为我国第 8 个世界自然遗产，这红绿相间的美妙，当是绿色请柬独步天下的魅力！赤水人们用勤劳智慧的双手，不断创造魅力，不断书写惊喜，点缀在葱绿竹海之中的赤水市，先后获得中国优秀旅游城市、国际最佳休闲旅游城市、中国长寿之乡、国际生态城市、全国绿化模范城市、全国旅游标准化示范城市等 60 多项殊荣，每一项荣誉都是当之无愧的，都是绿色请柬最好注释！

自古以来，文人雅士，无不爱竹。"岁寒三友"松竹梅，梅兰竹菊"四君子"，竹皆列选。竹，当是人类千百年来相依相伴的真挚好友。人们常常以竹励志，以竹比德，以竹为屋，以竹制器，种竹、歌竹、唱竹、写竹、画竹、论竹、品竹，不一而足。大文豪苏东坡曾经深情感言："宁可食无肉，不可居无竹，无肉令人瘦，无竹令人俗"。竹子，的确是人类高雅的挚友，竹心空空，却虚怀若谷；狂风呼啸，却高风亮节；四季常绿，久不凋零。这种挺拔的气节和顽强的精神，已成为中华民族的人格品质和道德追求，久久地滋养中华儿女。

我想，这应该是赤水这张绿色请柬最为打动人的地方……

瓮溪河木桥

　　走进大山深处的乡村，经常看见河谷两岸连接着一座座木桥，有大有小，有难有易，静静地挺立在河流之上。大的桥梁修房筑顶，小的仅铺几根木棒。木桥，与其说是人们克服涉水过河的一条通道，不如说是人们用木头，刻在河流上的一张智慧名片！

　　巍巍大娄山脉像一条巨龙，在黔北高原蜿蜒开去，便生出一道道崇山峻岭和陡峭峡谷。黔北古人的智慧和创造力极其伟大，为平履这些天造地设的屏障，在深沟险壑间修建架设了各式各样的大桥，不断推陈出新，形式不一而足，从石拱桥到铁索桥，从水泥桥到组合拱桥，一座座飞架天际，横亘峡谷，让人感受一种气贯长虹的恢宏与气概。最让我忘却不了的，是横卧在瓮溪河上那座古老而悠远的老木桥。

　　千百年来，瓮溪河昼夜不息地向前奔涌。居住在岸边的王家村百余户仡佬族人家，面对那波涛汹涌、水流湍急的茫茫河面，也许不是一桢悠闲的风景而是一道艰难的屏障。祖祖辈辈走出大山的渴望，只能寄托在河边那条斑驳破旧的渡船上。如遇洪水猛涨，乡亲们就只有站在停渡的岸边，眼巴巴地望着白浪滔天的河水发愣发愁。一代代修桥出山的美好梦想，都在滔天巨浪的怒吼声和兵荒马乱的炮火声中变成

泡影。

瓮溪河依旧默默奔流,乡亲们盼桥的日子依旧遥遥无期。靠天靠地不如靠自己!中华人民共和国成立以后,在县政府的支持下,王家村的仡佬族乡亲们立即行动起来,有钱出钱,有木伐木,有手艺的出手艺,举全村之力,在亘古空旷的河面上,开天辟地架起了第一座全木结构的桥梁。

木桥牵系在高山峡谷之间,横卧在滔滔激流之上,头上白云悠悠,两岸峭壁如削,脚下波涛怒吼,初次行走这座木桥,那是需要一定勇气的!这倒不是因为木桥如何危险,而是眼睛会有意无意地盯着湍急的河面,越盯心中越急,身子便不由自主地晃悠起来,但只要坚定地走过木桥,就会感受努力和奋斗之后的喜悦与酣畅,就像修建这座木桥的人们一样!站在河边仰望那桥,木质的桥身在阳光照耀下一抹光亮,仿佛一条金色的纽带,连通了王家村仡佬族乡亲走出大山的希望!

王家村依山傍水,土地肥沃,那一溜溜一排排的桃树、李树和樱桃树,年年被丰收的果子压弯了腰。自从修建了木桥,乡亲们再不会让这些果子烂在树上,而是装满大大小小的箩筐,颤悠悠地挑过木桥,挑到乡场上,让收获的喜悦和王家村的美名在乡场的赞美声中流淌。夕阳挂在山尖上缓缓西沉,乡亲们也不会为回程慌忙,赶集归来的欢笑声飘荡在木桥上,那种爽朗淹没了惊涛骇浪千百年的张扬。徐徐吹来的河风仿佛是一支乐曲,梳理着人们对岁月的思索和未来的期望。此时乡亲们忽然发现,这座木桥已经变成致富的金色通道了。

金色只是一种比喻,那木质的桥梁是耐不住风吹雨打的。十几年

过后，木桥开始渐渐衰老，有些柱子甚至已经发霉变黑，走在桥上左摇右晃，那吱吱嘎嘎的声音，在山谷间回荡出一种莫名的紧张。当地政府十分关心重视，挤出资金翻修加固，并买来油漆把桥体漆得锃亮锃亮，那坚实挺拔的木桥，已不是简单的通道，而是王家村引以为荣的一道优美风景了。

岁月如梭，一晃五十年过去了，那座木桥依然静静地横跨在瓮溪河上，依然是那样的古朴和壮观，不同的是木桥已没有往日人来人往的热闹，显得有些冷清和孤单。这不是因为乡亲们忘记了它，而是在离木桥不远的地方修建了一座钢筋混凝土大桥。最近几年，一群手拿罗盘的地质队员走过颤悠悠的木桥，到王家村附近勘查找矿，发现方圆十几公里蕴藏着丰富的金矿，原来王家村的乡亲们祖祖辈辈睡在金山上！为了开发这些地下宝藏，地质队引来客商投资开发，兴建矿山，并投资修建了一百多米长的钢筋混凝土大桥。从此，大桥上车来车往，一辆辆满载矿石的汽车川流不息，乡亲们世世代代期盼的自由进出、如履平地的梦想终于变成了现实！更可喜的是，乡亲们在金矿开发的带动下，走上了致富的道路！仡佬族王族长激动地说："感谢地质队来我们偏僻的王家村勘查，发现地下藏着这么多金灿灿的金矿呀！"

是呀，如果不是地质队员勘查发现并开发金矿，或许瓮溪河木桥至今不会变成一幅优美的风景，还是一道艰难的屏障！站在崭新的大桥上举目望去，那座古老的木桥，依旧悠立于离大桥不远的地方，以一种古朴而静默的存在，巍然于经久不息的波涛巨浪之上，挺立于漫漫风雨之中。远远望去，仿佛高原峡谷间耸立的丰碑，昭示的不是落后与

寂寥,而是一种历史的真实与厚重,以及风雨浸润的岁月时光。

瓮溪河上古老的木桥,伴随着王家村的乡亲们一路走来,每一根桥柱和桥栏,倾听的是时代行进的铿锵脚步,铭刻的是创造才是最美、创造才能更美的永恒诗章……

希望的乌蒙

"红军不怕远征难,万水千山只等闲。五岭逶迤腾细浪,乌蒙磅礴走泥丸……"毛泽东同志脍炙人口的《七律·长征》,使千百年来默默无闻地沉睡在贵州西部的乌蒙山区,一举成为扬名天下的革命老区;随后《长征》被谱写成优美而激昂的歌曲广为传唱,乌蒙山区更是成为家喻户晓的地方。"乌蒙磅礴走泥丸"短短七个字,既热情地歌颂了红军将士不畏艰难险阻的革命英雄主义精神,又生动地描绘和展现了乌蒙山区恶劣的自然环境和条件。

1987年,贵州省委书记带队翻山越岭,走村串寨,经过深入调研,创造性地提出了建立以"开发扶贫,生态建设,人口控制"为主题的毕节试验区。岁月悠悠,时光荏苒,转瞬之间十多年过去了,六百万乌蒙人民在岩溶山区艰苦的自然环境中,创造性地思维,开拓性地发展,充分发挥各种资源优势,大力进行试验区建设,取得了开发扶贫和生态建设双丰收,为喀斯特岩溶山区的经济发展开辟了一条希望之路!

乌蒙山区地处云贵高原腹地,是联合国认定的不适合人类居住的典型的喀斯特岩溶山区。造物主仿佛对这片土地十分吝啬,唯一不吝啬的是莽莽大山! 这里山高谷深,沟壑纵横,岩石裸露,植被稀少,长期

在经济贫困—生态恶化—人口膨胀的恶性循环的怪圈中徘徊,被人们称为"西部的西部"。为了破解这个世界性难题,各级领导十分关心重视,多次翻山越岭,走村串寨,深入到最艰苦、最贫困地区的广大干部群众中详细调查了解情况,经过一年多的深入调研,创造性地提出了建立以"开发扶贫,生态建设,人口控制"为主题,具有国际意义的"小试验,大方向"的毕节试验区。思路决定出路!好的思路犹如一面旗帜,一座灯塔,为乌蒙山区的经济和社会发展指明了方向。六百万干部群众立即行动起来,紧紧围绕试验区建设的三大主题,在沉寂荒凉、贫穷落后的高原上拉开了试验区建设的崭新序幕!

一位地质学家说过,岩溶山区贫困的根源在山,脱贫致富的希望也在山。乌蒙山区当然也不例外,他们立足山字做文章,以山为纽带综合利用水、林、矿等各种资源优势,以生态建设促进经济发展,以经济开发支持生态建设。他们结合本地区实际创造并推广"五子登科"的新思路,即"山顶植树造林戴帽子,山腰退耕还林系带子,坡地种植牧草铺毯子,山下建设农田收谷子,山脚发展经济抓票子"。昔日岩石裸露、植被稀少的山上渐渐泛出了绿荫,这绿色一泻千里地蓬勃发展,十余年间,整个乌蒙山区已是绿浪卷涌,林茂粮丰,人民生活显著改善,生态环境日渐良好!

巍巍乌蒙,群山连绵。在这茫茫群山之中,蕴藏着丰富的煤、铅锌、锰、铁、汞等矿产资源,这些沉睡在大山深处的地下宝藏,使乌蒙地区面临着环境保护和发展经济的"双刃剑",乌蒙人民又立足山字开拓新的篇章。他们从既合理开发矿产资源满足社会发展需要,又保护生态

环境造福子孙后代出发，走新型工业化可持续发展之路，坚决取缔对环境破坏严重的土法炼硫、土法炼锌、小煤窑等作坊式小厂，诚邀地质勘查部门，全面摸清矿产资源的储量和分布情况，进行科学的整体规划和开发。贵州省地矿局迅速组织102、105、113等地质队的科技人员挥师乌蒙山区，跋山涉水，风餐露宿，进行广泛、深入、细致的地质勘查工作，先后为乌蒙山区勘查出丰富的煤、锌、汞、锰、铁等矿产资源，其中仅102地质队勘查的煤炭资源储量达10亿吨以上，为试验区的扶贫开发和经济发展提供了丰富的资源保障。

21世纪初，当新世纪的曙光冉冉升起的时候，当西部大开发的号角吹响的时候，乌蒙山区迎来了千载难逢的历史机遇！站在高高的山峰上，仿佛感到脚下的煤矿在涌动；远眺静默的乌蒙山区，仿佛感到即将展现的开发热潮。在"西电东送"中的热潮中，乌蒙山区的煤炭开发迎来了大好历史机遇，一个个煤电大项目相继启动，洪家渡、引子渡、索风营三大水电站，黔北火电厂、纳雍火电厂、黔西火电厂三大火电厂，一大批"西电东送"工程项目的开工建设和并网发电，使乌蒙山区的资源优势得到充分发挥，佳绩迭出，捷报频传！

喜看今天的毕节试验区，开发扶贫和生态建设取得辉煌成就和历史性突破，经济持续发展，人口自然增长率持续下降，森林覆盖率上升到接近50%，为构筑长江、珠江上游生态屏障发挥了积极作用，社会事业有了显著进展，实现了乡乡通油路、村村通公路、村村通广播电视、乡乡有敬老院、村村有卫生室、户户通电，实现了水变清、山变绿、天变蓝、景变美，呈现出一派山绿水美、林茂粮丰、经济蓬勃的喜人景象。

"开发扶贫,生态建设,人口控制"为主题的毕节试验区,走出了一条成功之路,为占世界陆地面积十五分之一的喀斯特岩溶地区的人类生存发展,提供了创造性的思路和经验,开辟了一条令人鼓舞的希望之路!

山清水秀粮谷丰,开拓奋进攀高峰。走进今天的乌蒙山区,徜徉在青山碧水之间,一幅幅生机勃勃的画卷扑面而来,轻纱般的薄雾飘荡在如画的山谷,碧绿如黛的森林在晨风中一望无边,高速公路似彩虹飞架在青山两岸,现代化的矿山上汽车来往穿梭,水火发电站旁崛起一座座高楼大厦……站在清晨的朝霞中放眼远望,乌蒙大地一片金光闪烁!

二　娃

当太阳从火烧岩那座高山顶跳出来,把房前房后的树林染得红彤彤的时候,二娃已经从五公里外的地方挑回来两挑水,收拾好行装准备出发了。

二娃年纪四十有五,身材瘦高。邻居都说二娃有一个最大的特点,就是那小眼睛经常直溜溜地转来转去,好像眼睛一转就会转出很多发财的点子来。

二娃从来没出过远门,这次送侄儿顺发去省城看病,也是毛遂自荐:"大哥大嫂呀,大的几个侄儿侄媳都在外打工,你们又郎大年纪了,就不用去劳神了,起码我读到五年级,认得好多字,到省城不会迷路!"

顺发的爸爸拿出 2000 块钱:"顺发才十几岁,兄弟你就费心了,这是看病的钱和路费,揣好哈!"二娃边接钱边说:"哪要这么多吗? 我有路费的。"

顺发的妈妈也没出过远门,但知道"晴带雨伞,饱带饥粮"的道理,她倚在门边朝天上望了望,顺手拿了一把油纸伞,又从贴身的衣服里摸出折成几叠的 50 块钱,一起塞给顺发:"快跟你二叔一起去,看好病早点回来哈!"

"不会下雨的,再说带个伞到省城也不方便!"二娃边说边拉起顺

发出了门。

二娃家不算偏僻,但离通往省城的公路有 15 公路,全是弯弯曲曲的山路,最恼火的是要翻过火烧岩那座高山。二娃和顺发一前一后地向上爬。二娃转身问顺发累不累,顺发说:"不累不累,二叔你才累哟,挎包装得满满的,贴身还背个鼓鼓囊囊的东西,是哪样吗?"二娃低头看了看:"是衣服,拐了,好像天要下雨了,我们快点走!"

爬到半山腰,天空一下子黑下来,稀稀拉拉下起雨点。二娃看见前面有个小商店,对顺发说:"顺发呀,你妈妈说得真准,真的下雨了,你又在生病,没得伞不行。妈妈不是给你 50 块钱吗,正好拿来买把伞。"

顺发把 50 块钱递给二娃,一起到商店花 12 块钱买了一把布伞,"这 8 块零钱你拿着,买个什么吃也方便,30 块钱我们拿来买车票,好不好?"

还没等顺发答话,二娃拉着顺发又开始向山顶爬,快到火烧岩山口,风越来越大,雨点越来越密,瞬间狂风夹着倾盆大雨一起袭来,二娃一把拉过顺发:"快挨到我走,我来打伞。"二娃费了好大力气才把伞撑开,暴雨就像成串的珠子,在伞边挂成圆桶一样的雨帘。

二娃举着被风吹得摇摇晃晃的布伞,带着顺发艰难地向火烧岩山口爬去,刚到山口,只听"忽"的一声,狂风把伞面吹了个底朝天,两人顿时变成了"落汤鸡"。"哟,今天风好大。"二娃边说边把伞面扳下来,可刚把伞举起来又被吹翻,来回折腾几次,伞已经散了架,只剩下一个伞把把。

"伞把把也不能丢,顺发你当拐杖杵着走!"两人冒雨向通往省城的公路走去。

雨,来得快去得也快,下了火烧岩山口,雨慢慢停了下来,微风一吹,身上凉飕飕的,衣服也吹干了许多。刚到路边,来了一辆开往省城的公共汽车,二娃一招手,汽车"吱"的一声停了下来。

二娃赶紧带着顺发跨上车门,售票员眼睛很尖,一眼就看见顺发手里拿着一根棒棒:"带个棒棒干哪样,丢了丢了!"顺发依依不舍地把伞把把丢下车去,他心里想,这出门真是花钱,才个把小时,50块钱只剩下8块了。

二娃带着顺发在靠窗边的座位上坐下,前后望了两遍,车上坐了好多人,但一个都不认识。二娃用劲在座位靠背上蹭了蹭,心里想,这好车坐起就是舒服!以前坐车去过几次县城,但开到省城的车比开到乡村的车舒服多了。汽车在公路上飞快奔驰,不知不觉跑了半个来小时,顺发拉拉二娃的衣服:"二叔,我的脑壳有点痛。"二娃摸了摸顺发的额头:"有点发烧,肯定是被雨淋感冒了,快闭上眼睛睡一哈,快到了!"

二娃心里也不知道,还有多久才能到省城,他现在知道的是,车窗外飞驰而过的房子太漂亮了,比自己家的漂亮好多倍。好多家的院子里还有自来水龙头,不像自己要到几公里外去挑水喝。这些人太有钱了,二娃心里十分羡慕。

就在二娃看得感叹不已的时候,一个戴墨镜的中年男子在车上吆喝开了:"闲着也是闲着,过来看个热络;只是写个数字,看谁写得准确。快来看,快来写呀!"

二娃看了看一大堆凑热闹的人,下意识地摸摸贴身揣着的2000块钱,并没有动心。

"快来看,快来写呀,写到多少得多少块!"

"我来写"。

"哇,97、98、99,写到100了,得100块了!"

……

随着此起彼伏的吆喝声、赢钱声,二娃有点坐不住了,他几次把手伸进贴身的口袋里,又缩了回来。然而,那一阵高过一阵的赢钱声,实在太折磨人,二娃咬咬牙,数出3张100元的钱握在手里,凑到人群边上。

二娃刚到人群边,人们好像很懂他的心事,纷纷向后退开,二娃立刻站到了戴墨镜的中年男子面前。

"大哥,你也来试一下?有人都赢了几百块咯。"

二娃心里想,不就是写个数字吗,1、2、3谁不会,试就试一回,赚个对半就够了。

"快来看,快来写呀!又要快当,又要准确。"随着中年男子的吆喝声,二娃决定压上20元钱,先写到20有把握。1、2、3……20,二娃顺利写完,赢了20元。

刚刚出门就赢钱,心里甭说有多太开心了。"我再来写到20,行不?"二娃问。

"大哥,那怎么行呢,要往上写,写得越多赢得越多,好机会呀!"

二娃想想也是这个道理,出来走走就是好,这钱太好赢了。这次他决定压上100元,从21写到100。可刚落笔,鬼使神差地写成了1,二娃正准备涂改,中年男子轻快熟练地把100块钱拿在了手上:"大哥,不能改的。又要快当,又要准确,下盘吧!"

二娃心里恨不得打自己几巴掌,这么简单怎么会写错呢。目前是

赢 20 输 100，实际输了 80 块，如果写到 200 就可赢 120 块。

二娃想明白之后，从内衣里又抽出 100 块，"啪"的一声拍在座位上："压 200，写到 200！"他这次吸取教训，心中默想了好一阵子才开始下笔。

101、102……109，110，就在写 0 的时候，汽车一个急刹，0 字没有合拢，中年男子"唰"的一声抽走了压着的 200 块钱。

"哎，哎，怎么拿钱呢？"二娃心里很不服气。

"大哥，不能错的，你输了。"

"不是我写错，是刹车。"

"又要快当，又要准确，下盘吧！"

约半个小时，二娃的 300 块钱全部到了戴墨镜的中年男子包中。二娃悻悻地退出人群，像一只泄气的皮球，瘫坐在昏昏欲睡的顺发身边……

好在还有 1700 块，二娃心中不断地安慰自己，不知不觉已到省城。二娃心里也巴不得早点离开这辆晦气的汽车，匆匆拉着顺发下了车。

刚走出车站，二娃就被省城高楼林立、车水马龙的热闹景象懵了头，他心中直打鼓，天！这省城比老家的大田坝还大呀，郎个这么大哟？这省医怎么找得到吗？

"二叔，我们都没来过省城，干脆打个车去医院吧？"

一辆的士正巧开来停在面前，二娃忙问"我们去省医，要多少车费？"

"8 块"。

"顺发，快上车，你不是正好有 8 块零钱吗，快给师傅。"

二娃

二娃带着顺发来到省医，约莫一个小时的检查、照片，医生说："是劳累过度引起的低血糖，吃点药注意休息就会好的。"

二娃带着顺发走出省医，心里松了一口气。他那小小的眼睛转了转，说"顺发，今天可能没车回去了，我们找家旅馆住一晚，你吃点药好好睡一觉，明天早点回去哈。"

"要得！"顺发跟着二娃开了一家私人旅馆，吃了药睡觉了。

二娃坐在床边，默默地计算今天花销了多少钱。看着顺发已经睡熟了，他干脆把贴身揣着的钱拿出来清点，一百，二百……还有整整1500元。二娃把钱拿在手上，心里却在盘算："还有1500块没有花出去，回去也不好不交给大哥，来一趟省城不容易，干脆用这些钱去赚点钱！"

二娃轻手轻脚地关好门走上大街时，正是华灯初上，灯火阑珊的时刻，来来往往的汽车在忽明忽暗灯光下川流不息，省城就像一个花花世界。二娃漫无目标的在街上走着。他不知道自己要去哪里，更不知道哪里能发财。忽然，一个骑自行车的人从身边飞奔而过，车上掉下来一个黑色塑料袋包着的东西，东西还在地上滚动，一个年轻人飞快地捡起来，站在二娃面前迫不及待地打开，二娃下意识地探过头去看了看，心一下子跳到了嗓子眼："天，掉了这么多钱？"

"大哥，不要说话，见者有份，我们快躲到那个巷子里把钱分了。"

二娃半信半疑地跟着年轻人走进黑洞洞的小巷，"大哥，你看这包钱少说也有两万多吧，估计掉钱的人马上要找回来，来不及分了，你身上有多少给我算了！"二娃心里有说不出的高兴，立即掏出贴身揣着的1500元，说了声"谢谢兄弟！"拿着黑色塑料袋，飞快地跑回了小旅馆！

气喘吁吁地打开房门，看见顺发还在熟睡，二娃心中一阵暗喜："城市就是好呀，天上真的会掉馅饼……"迫不及待地打开黑色塑料袋的一瞬间，二娃顿时傻了眼，一屁股瘫坐在地上。顺发被"咚"的一声闷响惊醒，翻身起床看见满屋的冥币和瘫坐在地上的二叔，正想问问是怎么回事，二娃号叫着摔开房门，飞一般消失在夜幕之中……

瘫坐在街心花园的花坛边，二娃的泪水像断线的珠子唰唰往下掉，"1500块呀，叫我回去怎么交代呀，叫我怎么活呀？"偌大的省城，仿佛没有一个人听见他的哭诉，来来往往的汽车依然川流不息，路灯依然从树叶中透出忽明忽暗的光亮。二娃的眼泪哭干了，下意识地用手在脸上摸了一把，就在手垂落下来的时候，摸到胸前那个鼓鼓囊囊的东西，他的眼睛转了转，禁不住冷笑一声："狗 X 的城里人，你们骗我，我也不是吃素的！"

"求求各位大叔大婶，我家娃娃生了大病，家里没有钱，没有办法，只好把祖传的金砖拿来变卖，求求各位大叔大婶了……"二娃跪在金砖后面，在路灯的照耀下，金砖发出灿灿的光亮。

"哇，这么大的金砖，多少钱啦，老大爷？"

"孩子生病急用钱，你就看着给吧，三千五千都行！"

"哟，还不讲价，是不是有假哟？"人们七嘴八舌，围观的人越来越多。

"老大爷，我给五千买了，但一定要是真的哟！"

"好好好，不会假不会假！"

"围这么多人干什么？"正在街上巡逻的警察走了过来，人们便如听到枪声的鸟儿，一下散开了。二娃慌忙去收拾地上的金砖，却被警察

二娃

163

的大手一把挡住，连人带物带回了派出所。

"我不是故意的，我被骗了几千块钱，没有办法呀！"二娃在派出所里哭诉。

"你被骗，应该马上报警，配合我们抓获犯罪嫌疑人，但你不能用假金砖骗人，即便是真金，贩卖也是违法的！"

二娃用小学五年级的文化和会写的字，写了检查和保证，接受了一个晚上的教育。第二天一早，警察为二娃买好车票，送他到客车站，坐上了回老家的公共汽车。

当天晚上，顺发等了整整一夜，直到第二天天亮也没见二叔回来，心急如焚地向房东求援。房东推开房门看见一地凌乱的冥币："完了，你家二叔肯定被骗了，这是骗人的丢包计呀！"房东在收拾冥币时发现一张真币："孩子，你拿这钱买车票回家吧，我的房费也不收了，我马上送你去车站！"

顺发跨进回老家汽车的车门，不停地和房东挥手告别，当找到自己的座位时，顺发像一尊雕像半天合不拢嘴，邻座的不是别人，正是自己的二叔。

二娃一把将顺发抱在怀里，两人泪如雨下……

第三篇　地质苦旅

雄壮如高原莽莽的激情，拥起一群潇洒的山野精灵，在当年铜号激越的土地上，叩响声声地质锤音。沿着地质锤音指引的方向，拓荒者的足迹，沿着探寻富饶之路，延伸到祖国激动的时节！

信念的力量 |

一位双目失明的退休教师，

用手摸索着撰写了八年；

两部共 30 万字的长篇巨著，

深深浸透着艰辛和汗水；

一片真挚炽烈的故乡情怀，

并不仅仅在字里行间……

——题记

"命运给了我黑暗的眼睛，我却用它来寻找光明！命运给了我漆黑的翅膀，我却用它来托起信念！"把这句诗送给双目失明的业余女作家李承钰，我想是最好最恰当的礼物！

人们常说文学创作难，写书出书更难！如果一个双目失明的人，写书出书仿佛是天方夜谭了。然而，精神世界的光明，给予她一种力量，是一种信念，在整整八年的时间里，她克服常人难以想象的困难，在铁丝做成的框架里，用手摸索着一字一字艰苦撰写，呕心沥血，勤奋笔耕，创作了《濉阳河畔的故事》《传奇与民歌》两部共 30 万字的文学作

品。这样一位创造天方夜谭的人，是贵州省地矿局区调院双目失明的退休女教师李承钰。

三十万字的两部著作，深深浸透着艰辛和汗水，一片真挚炽烈的故乡情怀，并不仅仅在字里行间……李承钰的故事，在贵州省乃至全国引起热烈反响，新华社贵州分社、当代贵州、贵州都市报、贵阳晚报等多家新闻媒体纷纷进行采访报道，人们对这位双目失明的退休女教师坚忍不拔的毅力、乐观向上的精神、宣传西部风光的热情、眷恋故乡的情怀，给予了高度评价和深深敬佩！

母亲夙愿担肩上

1939年，李承钰出生于国家级历史文化名城贵州省镇远县一个书香世家，退休前是贵州省地矿局区调院子弟学校教师。20多年前，她因患脑瘤致使双目失明，尽管给平时的工作生活带来了许多不便和影响，但她仍然以顽强的毅力和乐观的态度面对生活，坚持用各种可能的方式不断学习。2000年，李承钰年近九旬高龄的老母亲在即将辞世之前，悄悄把她叫到身边，告诉她想出一本介绍镇远故事的书，请女儿帮她完成这个夙愿，并用4个多月的时间，向李承钰讲述了古城镇远百年来许多优美动人的故事，同时把多年来靠编织帽子、卖酸萝卜一分一厘积攒下来的1万元钱交给她，希望她一定要把这些人物和故事写成书，出版发行，代代相传。

一位双目失明的人写作，而且还是写百年前的故事，其难度可想而知。李承钰心中完全没有底，当她开始听母亲讲述的故事，并被这些

故事感动得热泪盈眶时,她坚定而执着地点头答应了！俗话说"好记性不如烂笔头",她多么想在母亲弥留之际,用最快的速度记录下这些优美故事,但她的双眼看不见任何东西,无法用手和笔完成这种愿望,只能凭记忆一点点记在心间,而后慢慢回忆消化,记不住的再去询问,如此反复几十上百次,最终将母亲讲述的故事较为完整地记在了心间。

呕心沥血整四年

双目失明的人动笔写作,其难度可想而知。要完成母亲的夙愿,李承钰的前方,将会遇到各种意想不到的困难。

在老母亲去世以后,李承钰立即着手完成母亲的夙愿。她做好了克服常人难以想象困难的思想准备,把感情倾泻在笔和纸上,开始艰难而辛苦的写作。她摆好纸和笔,凭借多年担任老师的功夫,用笔在稿纸上摸索着书写。但由于没有方向感和距离感,有时写得密密麻麻,看不出写的是什么;有时写串了行,稿纸上一塌糊涂;有时左歪右斜,有时偏旁部首分家,难以辨认;有时辛辛苦苦写了半天,因钢笔没有墨水依旧是白纸一张,前功尽弃。

她的老伴、区调院退休高级工程师韩宝智,看在眼里疼在心里,于是专门为她设计制作了一个木质框架,框架里是一根根细细的铁丝,铁丝间的宽度相当于横格的距离,每一根铁丝犹如横线,她就用笔靠着铁丝书写,这才解决了盲写不易辨认的难题。

要写出一部反映历史文化名城百年文明、具有厚重历史感的书,仅凭老母亲讲述的故事是不够的。于是,她不顾双目失明,多次深入到

镇远的大街小巷、乡间村寨,深入到老百姓中间,详细了解和核对历史人物和事件,收集更为精彩的故事,进一步熟悉掌握镇远的民族风俗和历史掌故,从斑斓多彩的社会生活和美丽神奇的传说中吸取丰富的营养,古城的男女老少无不被她的精神深深感动。

"我不怕困难,是源于地质工作练就的倔强性格,我'自不量力',是源于要完成母亲的嘱托,我艰辛写书,是为向世人宣传神奇而美丽的镇远这座国家级历史文化名城!"李承钰这样说的也是这样做的。盲写是艰难而辛苦的事,但她怀着对故乡、对母亲的深厚感情,克服常人难以想象的困难,吃尽千辛万苦,渡过了一道道难关。

时间一天天地过去,手稿一页页地增高。老伴帮助她把一页页的手稿整理好,并输入电脑打印成文。从起笔到修改定稿,李承钰用整整四年的时间,终于完成了刻画历史文化名城镇远的长达16万字的长篇巨著——《潕阳河畔的故事》。

丹心书写故乡情

《潕阳河畔的故事》共17章长达16万字,是一部以镇远为背景充满民俗特色和时代气息的小说,刻画了百年镇远15个不同时期,具有代表性的10多个鲜活人物形象。她用十分细腻的描写和秀美的文字,勾勒了历史名城镇远特有的生活方式和淳美的生活环境,真实地描写了镇远优美而醉人的风土人情、文化习俗、民族特色,在一定程度上浓缩和折射了镇远近代、现代社会的发展。书中有名有姓的人物多达数十个,她用心刻画、着墨最多的是那些恪守仁义、注重个人情操的优秀

人士，以及深明大义、纯朴善良的家庭妇女形象。从把儿子教育成北京大学高才生的江海到把三个弃婴培养成留美博士的黄奶奶；从发奋图强的许志强到"过目成诵"的新潮学生谢琼芝；从默默无闻、勤劳朴实的田嫂到爱情忠贞、乐于助人的林佩华医生；从誉满小城的谢子文到艾玉华、赵凯、上官云娟、石国璋等，献身于镇远教育事业的一代文化精英，这些鲜活的人物，一个个栩栩如生，跃然纸上，凝结着镇远人民在悠悠岁月和苦难历程中所形成的崇尚教育、追求知识、热情率直、纯朴善良的风雅情操和优秀品格。

《潕阳河畔的故事》主题深刻而积极，情节曲折真实，语言真切鲜活，叙述淡雅清新，创造出一种历史与时代人物密切相关、情景交融的氛围，再现了一幅古老镇远丰富历史蕴含的活的社会风俗画，让人们感受到强烈的人文气息和悠远历史。

眼盲心明成佳话

初稿完成以后，李承钰广泛征求意见，反复认真修改，正满怀激动准备出版。但是，一个很棘手的问题摆在她面前，一个双目失明的残疾人，写书难，出书同样难。由于双目失明提前退休，工资很低，加上子女没有工作，家境堪称贫寒，实在无力承担昂贵的出版费。

消息传到镇远县领导耳中，事情终于有了转机。时任镇远县县长杨德涛得到书稿后，被她坚忍不拔的毅力、宣传和眷恋故乡的情怀深深感动，表示大力支持作者出版此书。杨德涛还亲自为该书作序，序中写道："拜读李承钰同志的作品《潕阳河畔的故事》之后，扑面而来的是

近代、现代镇远学界那种风起云涌、朝气蓬勃的沸腾生活,是那一串光彩照人、朴实可爱的镇远人物形象。我们感受到的不仅是古城镇远深厚的人文地理气息,还蕴藏着作者李承钰对家乡镇远的情真意切,对乡土、对镇远人民一种深沉的、诚挚的爱……"在镇远县和社会各界的大力关心支持下,《潕阳河畔的故事》终于正式出版问世,并得到广大读者的一致好评,多家媒体争相报道,在全省乃至省外引起强烈反响,该书荣获贵州省第七届"新长征"杯职工文艺创作小说一等奖!

手捧着散发油墨清香的书,李承钰十分激动和高兴。她说:"我虽然辛苦了四年,但把家乡镇远的优秀人物和美好景色写下来出版发行,世代相传,这是一种精神上的满足和收获。"

再接再厉写作忙

《潕阳河畔的故事》出版后,李承钰没有陶醉在成功的鲜花和掌声中,而是更加激发了她的写作热情。她说:"我从事地质事业,热爱地质事业,地质工作有许多感人的故事鲜为人知,我要写出来;我出身历史文化名城,名城有许多民族风情文化也鲜为人知,我也要写出来,把这些都写出来,献给社会,这是我的快乐的追求!"

于是,李承钰激情难抑,又在木质框架上开始艰辛的写照。她的脑海里,浮现出跋山涉水的地质队员,梦如幻的青山绿水……双目失明的人写作很是艰辛,不仅不能用视觉感知,更主要的是因为没有视觉感知,完全依靠脑海中的记忆,回忆一个精彩的故事情节,有时要冥思苦想大半天,有时头都想疼了也想不出来,由于写作中过度用脑,加之

长时间坐在家里没有运动,李承钰病倒了！她的老伴急忙把她送到医院里,病情稍稍好转,她又在病床上开始回忆那些精彩的故事情节,要求老伴给她拿来写作的木质框架。凭借坚强的信念和力量,凭借坚忍不拔的毅力,李承钰带病坚持写作,用一年多的时间,终于完成30多篇约12万字的散文集《传奇与民歌》,主要篇目有《唱山歌的渔翁》《渔歌》《苗家山歌》《酒歌》《女勘探队员之歌》等精彩篇章,细腻而生动地展现了地质工作的浪漫情怀和贵州山水风情画卷,那些跋山涉水的地质队员,苗家的牛角美酒,梦如幻的青山绿水,冒着袅袅炊烟的山寨,星星点点的小屋,嘎嘎作响的水碾,发出清脆流水声的小溪,长满杉木的高山,开满映山红的山坡,少女和小伙们动听的山歌声,让人心驰神往……

作为贵州地质文联主席,我为有这样的同仁和文友感到骄傲和自豪,她坚强的信念、坚忍不拔的毅力、宣传地质和故乡的一片真情,也深深地打动了我。她的这部散文集《传奇与民歌》基本脱稿后,几家出版社均给予肯定,表示同意申报选题出版,省民委、省残联、省妇联有关领导阅读文稿后也给予高度评价,但出版经费问题一直无法落实。我非常荣幸地当上第一位读者,也责无旁贷地协调解决出版经费问题,时任省地矿局党委书记、局长、文联名誉主席李在文先生非常关心重视,在经费上给予大力关心支持。于是,我马不停蹄地将书稿送到贵州民族出版社,在老师们的关心支持下,在新中国成立60周年的春天里,散文集《传奇与民歌》正式出版,这是李承钰坚守信念的回报,这是她人生的又一个高度,是她以个人的名义,献给共和国60华诞的厚礼！

　　作为一名优秀的文学艺术家，不管生活是苦是甜，命运是好是坏，她的思想都应该是超越苦难和欢乐的！如果没有思想上的超越，她的艺术作品必然单薄而浅陋；如果缺少发自内心的真情，她的文艺作品一定缺少活力。这种思想的超越和内心的真情，是一种信念，是发自艺术家灵魂深处的激情与动力，是文学艺术家热爱生活、热爱生命的源泉！

　　正是这种信念，支撑一位双目失明的退休女教师，用手摸索着撰写了八年，两部共 30 万字的著作，深深浸透着艰辛和汗水，深深折射出真挚炽烈的故乡情怀和乐观向上的生活态度。李承钰说："我曾是一名地质队员，我热爱祖国的山山水水，我虽然双目失明，但我的心是光明的；我虽然年纪大了，情感却是年轻的；我脑海里经常出现那些美丽动人的景色，令人起敬的人物，时刻激励着我对生活充满信心，我觉得眼前又见到了光明，我要一直坚持写下去……"

　　这种信念和力量，是李承钰人生的宝贵财富，生活的幸福源泉，文学创作的不竭动力……

乡 念

人是万物之灵,因而把人们的心称为心灵。人的心灵是一种玄妙的东西,往往会生出许多普通动物无法比拟的情绪和思维,生出许多喜怒哀乐。如果把这些喜怒哀乐比作心灵深处生长出来的花朵,乡念便是一朵忧伤而美丽的奇葩!

童年,往往是和快乐联系在一起,孩提时代大多在父母的呵护下幸福成长,心灵也如一张纯净洁白的纸,无忧无虑的快乐童心是不会有乡念的。

他的故乡在如诗如画的江南水乡,在琅琅书声的学校上学读书,在田田的荷叶中捉虾捕鱼,在波光闪动的湖塘中摇桨划舟,他常常站在远山朦胧的故乡海边,远望江面上一艘艘船只来来往往,忙碌穿梭,不知驶向何方? 那乘风远航的白帆上,仿佛写满了外面世界的精彩和神奇。这个时候,他的心中不是乡念的滋味,而是对外面世界的憧憬和向往!

20 世纪 50 年代初期的一天,一辆飞速行驶的汽车从美丽的六朝古都、江南名城南京出发,载着一位风华正茂的南京大学刚毕业的地质找矿专业大学生,以及他心中激情燃烧的青春梦想,缓缓停靠在西

南边陲的贵阳。20多年来,他第一次走出故乡,来到遥远偏僻的苗岭高原,来到从此和他结下不解之缘的第二故乡。

走下车,第一次踏上贵州这片陌生的土地,他的心中充满了新鲜与神奇,充满了憧憬与激动。贵州高原是一片神奇富饶的土地,是地质找矿的处女地,他义无反顾地告别故乡来到千里之外的贵州高原,正是热爱地质的好男儿志在四方的抉择!他自小幻想着在大海上驰骋,而今却是一片大山的海洋中跋涉,因为这是一片地质找矿的处女地,他就是注定的高原拓荒人。好男儿志在天涯,家乡注定只能留在心底深处!

攀登一座座高山,淌过一条条小河,在苗岭高原跋山涉水辛勤找矿的日子,仿佛贵州高原的云和雨,无声无息转瞬飞快掠过。细细想来,已是两年多没有回家了。每当夜深人静,放下在地质图上描绘一天的笔,倚窗遥望深邃的星空时,不知不觉,心儿就飞回了故乡。不知那一池的荷花是否袅娜开放,不知那一片片的白帆是否依然如织,不知心爱的人是否收到我的回信,不知父母的身体是否安康?思念故乡的情怀,也如他手中的地质图,在岁月的流逝中与日俱增。

五年后的一天,在组织的再三催促下,他请假回故乡完成人生的又一个大事,娶了最心爱的人为妻,这是他离开故乡五年多来,在家待得最长的日子。幸福甜蜜的日子总是过得很快,告别新婚燕尔的爱妻和父母双亲,他又回到了贵州高原的找矿一线。50年代末期,正值贵州铝土矿、磷矿两个重要优势矿种勘查如火如荼的时期,妻子十月怀胎分娩,小生命呱呱坠地,他都抽不出身回乡。他是想着回去的呀,可

地质找矿也是他生命割舍不下的挂牵,他的心啊,不得不剖作两瓣,一瓣留在故乡承孝养亲,一瓣留在高原勘查探宝⋯⋯

一年四季在野外奔忙,每年回家的时间总是屈指可数。当青春热情沉淀为忙碌工作的时候,当青春小伙成为人夫人父的时候,当千里之外的父母一天天老去的时候,一种淡淡的思乡之情涌上心头。站在苗岭高原云雾缭绕的山巅,他不时向着故乡的方向深情眺望,千里之外的妻儿父母呀,你们可看见我在远方深情眺望的目光,可听见我心中的思念问候与祝福⋯⋯

心灵深处有了沃土与阳光,一朵朵花儿就会次第开放,无论是找出大矿的喜悦,还是思念故乡的情愫!一年365天,这些花儿都会在他心中生长,灿烂开放,与其说找出大矿的喜悦是灿烂开心的花朵,不如说绵绵的乡念是淡淡忧伤的花朵!他真想加班加点干完手中的活,抽时间多回几趟故乡,陪陪年幼的小孩和年迈的父母,但手中的活儿总是丢不下,临到关键时候又得延期,一年一次年底收工放假时,他才能回到故乡。每次回到家中,当小孩用陌生的眼神打量他甚至叫他"叔叔"的时候,当妻子偎依在肩上悄悄落泪的时候,当年迈的父母步履蹒跚的时候,他才真正读懂了乡念的分量,才明白乡念正悄然改变着他和他家人的灵魂与思想。

也许乡念是一个极其简单的词,常人无法理解和体会她的深刻含义。可对于他,这样一位常年跋山涉水在异乡辛勤找矿的地质队员来说,才能体会其中的滋味和惆怅。就这样,他一次次放弃回归故乡的机会,一次次把乡念留在了心里,留在了梦乡。直到父母去世的时候,

乡念

他也没能返回故乡送走生他养他的亲人。站在苗岭高原遥望家乡,乡念抑或乡愁悄悄袭上心来,遥望父母逝去的地方,歉疚之泪潸然而下。

四十年跋山涉水,四十年风风雨雨,当他攀登贵州高原的一座座山峰,淌过一条条小河,把自己的一生完完全全献给第二故乡心爱的地质事业,年逾花甲退休的时候,乡愁便如漫山浸染的红叶,一点点浸透了他的心。俗话说"落叶归根",此时的他,多想如一枚霜染的红叶,静静地回到故乡,但星移物转,世事变迁,他已经离不开奋斗了四十多年的第二故乡,只能让乡念陪伴自己的一生了。

于是,他拿起手中几十年来一直描绘地质图的笔,开始从事诗歌写作,用诗意般的优美语言,抒发从事地质工作的豪情浪漫,描绘各类矿物的美妙形态,记录跋山涉水的个个脚印,清点风餐露宿的滴滴汗水,吟唱对故乡的无限思念。当他的一篇篇诗歌不断被报刊发表,当他那平凡普通的名字一次次频频在各类报刊出现,当他的文学创作水平不断提高,直至成为省级作家协会会员的时候,他想出版一本书,记录下自己一生在贵州高原从事地质工作的酸甜苦辣。

如今,我们正奋进在奔向全面建成小康社会的征程上,矿产资源作为工业的粮食,重要性不言而喻。他用永久的乡念,书写并实现了自己的人生梦想!

我不知道他的书是否出版,如果尚未出版,我很想给他的书起个名字:《乡念———一位地质队员的梦想》,并将这个名字,献给所有为共和国地质事业不懈奋斗的人们!

贵州玉名片 |

前不久去北方出差,朋友很是热情,邀请我们在晚风徐徐的湖畔开怀畅饮,喝酒言酒,话题自然离不开国酒茅台,大伙的问题不约而同"茅台是不是贵州的名片?"作为贵州人,面对这样的提问,你一定觉得不是问题,更像是一个愉快的话题,心里油然而生几分自豪,进而滔滔不绝地介绍一番国酒茅台——这张贵州最美醉美的酒名片!

茅台,的确是贵州亮闪闪的名片。作为风光秀美、资源丰富的多彩贵州,名片也同样多姿多彩,瀑布名片黄果树大瀑布、红色名片遵义会议会址、歌名片侗族大歌、茶名片都匀毛尖、辣名片老干妈……这些响当当的贵州名片,丰富着贵州的内涵,多彩着贵州的骄傲,激扬着人们的赞美。

除了人们熟知的酒、茶、烟、药、食品、山水、风光、气候这些响当当的名片外,贵州还有一张大家尚不熟悉的晶莹剔透的玉名片——罗甸玉!

打开大家的记忆,贵州是不产玉的地方,更别说高档软玉。有言道:"夜郎蕴神奇,黔地多宝贝。"其实并非贵州不产玉,而是"养在深山人未识"。就在20世纪末期,在绿色浸润、地灵人杰的黔南罗甸县,首

次发现玉石,经化验表明岩石内含透闪石达 95% 以上,透闪石内含玉量达到 60% 至 70%。这种玉与新疆和田地区和青海昆仑山脉一带所产软玉相近,属于优质软玉。

玉,是一种融合文化和财富的高贵珍稀之物。因其质地坚硬,纹理细密,光泽润滑,具有极高的审美价值,同时又因极其稀少,得之不易,成为珍贵之物。历代文人墨客赋予玉丰富的文化内涵,使其作为中华文化的典型代表之一,高雅名贵地闪亮在源远流长的历史长河中!盛产高档软玉的新疆和田和青海昆仑,也和她孕育出产的玉一样闻名天下。罗甸玉的发现,如同和田玉及昆仑玉的姊妹花,熠熠闪亮在多彩贵州,不仅填补了贵州不产高档玉石的空白,增添了贵州宝玉石资源种类,更为贵州增添了一张晶莹剔透的名片——玉名片。

罗甸玉的发现,引起了社会的广泛关注。一时间,罗甸县的山山岭岭,找玉寻宝的人络绎不绝,盗挖乱采时有发生。为科学有序勘查开发珍贵的罗甸玉,贵州省人民政府将这一重担交给新组建的西南能矿集团,集团旗下的贵州盛世玉业股份有限公司,围绕罗甸玉这个宝贝,开始了打造贵州乃至中国知名玉石品牌的征程。

玉石不同于其他矿产,赋存规律十分复杂,而且变化很大。罗甸玉属贵州新发现矿种,以前没有采矿经验,一切都是摸着石头过河。怀揣着这个梦想,盛世玉业公司干部员工,个个像上足了劲的发条,技术人员开启"白加黑"模式,在深山野岭间爬山探宝,在只容得下一人侧身匍匐前进的悬崖峭壁边勘查线索,在布满荆棘的原始森林寻找矿脉,中午时分,山顶气温高达 40 摄氏度,烈日暴晒,让人头昏眼花,汗水顺

着脸颊流淌下来,流进嘴巴里,又咸又涩。"已经三个月没吃过午饭了,爬山找矿是很辛苦,但我们只要有水喝就满足了。"300多个日日夜夜辛勤找矿,他们对关键靶区逐一筛选,不漏掉一点线索和矿石信息。一年多的汗水,换来了最终的捷报,在多个矿段探索发现玉石矿脉,初步勘查发现上下9层玉石,同时编制了《贵州罗甸玉技术标准》,这是贵州历史上首部玉石标准。

俗话说"玉不琢,不成器",有了优质的罗甸玉石原料,如何琢玉之美,雕玉之魂,创玉之品,是摆在盛世玉业人面前的又一道新课题。在代总经理蔡正凡、党委副书记刘芳带领下,他们开始了琢玉、雕玉、创玉的漫漫征程⋯⋯

"罗甸玉内部矿物颗粒独特,玉质紧密,反射光比照射光更加柔和,加之本身光泽润滑,呈现在我们面前的油脂性光泽,显得无与伦比的温润柔和。我们注重突出罗甸玉的这个特点,设计生产精美的玉石产品,打造罗甸玉品牌,满足广大客户的需求。"蔡正凡兴高采烈地介绍。"罗甸玉的品种十分丰富,不仅有白玉、青玉,更有独一无二的天然美玉——草花玉,草花玉仿佛融合多种元素、运用多种艺术手段的艺术品,既有大自然的奇妙生机,又有国画般丰富的艺术品位,更有美玉的温润细腻,是罗甸玉中的一个瑰宝。"党委副书记刘芳如数家珍般向我们介绍。

用白玉、青玉雕琢的佩饰、挂件、摆件等产品自不必说,用草花玉琢出的玉石产品也十分别致珍贵。有一件《陇上秋色》的椭圆形挂件,晶莹洁白的玉体中含有草状物质,这些亿万年前凝固在玉石中的"草",

有的呈黄色,有的呈灰色,有的呈褐色,有的呈黑色,更为神奇的是,各色草形成一幅陇上秋色的天然画卷,一行行陇上秋树,一道道陇上土坎,一座座陇上山峦,画面栩栩如生,令人爱不释手。另一件《江畔即景》的圆形摆件,草状物质组合得更加神奇,一条江河波涛汹涌、浪花滚滚,江畔古树枝繁叶茂,远山层峦叠嶂,植被葱茏,恰似一幅绝妙的山水画卷!

"盛世美玉,一遇一生!"蔡正凡总经理兴奋地说,我们正发掘深厚的玉石文化,配合当地政府在罗甸县城修建一条玉石生产加工长廊,形成玉石生产加工产业链,将罗甸玉越擦越亮,美名远扬,打造成贵州的名片,贵州的形象代名词。

小小玉石,成为贵州名片,此乃品质决定!

我居住的小区有一面石头砌成的堡坎,虽然外观有些粗糙,但上面稀稀疏疏地挂着一些绿色的藤蔓,时间长了,倒也觉得习惯。就在一个月前,一辆辆工程车将建筑材料源源不断地运进小区,细细打听,是要将这面粗糙的堡坎打造成一面优雅的文化墙,还要对小区进行园林改造,这是当地政府实施的"三年千院"小区改造工程。我心中甚是欣喜,便与施工人员漫聊,观看文化墙设计图,仁义礼勇智德洁……这些中国价值体系中最核心的伦理因素,用各种字体和图案展现出来,辅之以孔子等先贤人像,颇有文化韵味。但十分遗憾的是,设计者把"德"字设计成最小的字,放在极不显眼的位置,我心中顿时便有不吐不快之感,与之进行交流探讨,希望能明白德之意,突出德之位。半月改造完成后,的确将"德"字改成最大,并放在了最前面。

古人常说:立人先立德。因为德是做人根本,德是最高准则,德可承载一切。人人皆知德之重要,怎么具体形象地把握呢?《礼记》记载:"古之君子必佩玉;君子无故,玉不去身,君子于玉比德。"意思是说,古代君子把德比喻为玉,其他价值连城的宝贝都没能当选,唯独以玉比德,足见玉之品质与珍贵。罗甸玉成为贵州名片,便是名副其实之事了。

俗话说"盛世藏玉"。当今盛世中国,贵州罗甸玉越来越受到大家追捧喜爱,打开"08001"网站,以"多彩黔玉""盛世玉"为注册品牌的各类玉雕产品,晶莹剔透,琳琅满目,应有尽有,贵州罗甸玉的影响力,正在互联网上飞速扩散,从线上线下走进百姓身边!

"琢玉之美,雕玉之魂,创玉之品。"潜心打造贵州玉名片,盛世玉业人正不断奋进在这条道路上……

挑战"生命禁区"

有一面红旗,一面被风雪剥蚀得只剩下三分之一的五星红旗,一直被他们小心地珍藏着,这是贵州省地质调查院 20 多位从事地质调查的共产党员,从海拔 5000 多米的青藏高原带回来的!

这面神圣的五星红旗,一直伴随着这些地质调查科技人员,四次挺进被人们称为"生命禁区"的青藏高原,顶风冒雪,辛勤找矿!那几颗破损的红星、一丝丝残存的布条、一片片风雨浸润的印痕,记载着中国地质调查事业永无止境的探索奋进足迹,铭刻着地质调查工作者献身地调、科学严谨的治学态度,见证了贵州地质调查人员挑战"生命禁区"的无私奉献和高尚情怀!

青藏高原,是一片神秘富饶的处女地!国家实施西部大开发战略后,为填补高海拔无人区地质工作空白,揭开神秘的面纱,根据中国地质调查局的统一部署,贵州省地调院奉命承担这项光荣而艰巨的任务。工作区位于青藏高原北部和西藏西北部无人区,面积 6 万平方公里,平均海拔 5000 米以上。

那是 2000 年 4 月,一个阳光灿烂的早晨,贵州省地质调查院 20 多位地质技术骨干组成的项目队,扛起鲜红的五星红旗,肩负寻找青藏

高原宝藏的重任,向被人们称为"生命禁区"的青藏高原进发了!八千里路云和月,山高水远路遥遥。他们坐上简陋的吉普车,途经四川、陕西、甘肃、新疆、西藏,穿过风沙弥漫的沙漠腹地,越过举世闻名的昆仑山口,行程近8000公里,终于来到著名的可可西里保护区最西端,平均海拔5000米的藏北平原最高部,开展了艰辛的地质调查工作。

海拔5000米的工作区,是雪山、黄沙、风雪组成的荒凉世界!没有人烟,没有通讯,空气稀薄,气候恶劣,不要说跋山涉水开展工作,就是生存下来也极其困难。但是,巨大的困难,并没有吓倒这些挑战"生命禁区"的勇士们!因为他们懂得,这是地质调查工作者第一次走进神秘富饶的青藏高原,是一个历史性的突破!他们心中只有一个信念,尽快适应恶劣环境,立即开展地质工作,在"生命禁区"找出丰富的地下宝藏!

青藏高原空气稀薄,即便在平坦的地方行走,也要大口大口喘气。更何况地质工作每天翻山越岭,跋山涉水,艰难程度可想而知!这个时候,共产党员的作用体现出来了,党员干部冲锋在前,带领伙伴们,一个个像钢铁战士,分成四个小组,每天翻山越岭,仔细勘查,不断采集石头标本背在肩上,一天下来,累得口唇干裂,脸色发白,喘不过气。广漠的高原上,四季没有定性,即便是白天,也常常狂风暴雨,冰雪交加,风沙夹着雨雪一阵阵刮来之时,他们像等待冲锋的战士伏在地上,风过之后,他们又像跃出战壕奋勇冲锋的战士,抖去全身的黄沙和冰雪投入战斗。每天工作结束,疲惫不堪地坐上返回宿营地的汽车,滚滚黄沙随车飞扬,俨如一条黄色的巨龙紧跟其后,尘土透过车缝漫进车厢,

落在脸和眉毛上,空气原本稀薄的车里更加令人窒息,粗重的喘气声此起彼伏。此时此刻,车里没有说话声,但大家心里乐滋滋的,一个笑容,一个手势,或者一个眼神,都在传递着辛勤一天的收获和喜悦,这是地质调查队员大写在"生命禁区"的坚强和奉献!

在高原无人区,"水是生命之源"是最好的说明和见证!苍茫辽阔的荒原上,几乎见不到水的踪影,偶尔见到的湖泊泛着白茫茫的盐碱和芒硝,这种咸水不但不能喝,煮出饭来也是青绿青绿的颜色,根本不能食用。他们只能派专人寻找雪山融化后流下来的雪水,同时必须早晨取水,下午 4~5 点全部变成了黄泥浆。炊事班的同志大清早煮好了香喷喷的饭菜,但大伙毫无胃口,因为嚼一口饭,要喘几口气,吃饭比干体力活还难。每天出去工作,必须用大水壶带上足够的水,否则,生命将面临生与死的考验!

2001 年 6 月的一天,一个调查小组到达沙漠地区开展工作,随着不断向沙漠腹地推进,下午收工时已找不到返程路线,没有通讯,没有标志,茫茫沙漠,无边无际,他们用手中的罗盘探寻返程的路线,结果还是走错了路,被困在沙漠腹地,水壶里的水早已喝完了,个个唇干口燥,体力透支,加上天色渐渐暗下来,再走不出沙漠,生命将面临严重危险,情况十分紧急!就在这关键时刻,救援同志及时赶到,带去了水,带去了食物,大家相拥而泣的场面,是地质调查队员挑战生命极限的崇高记忆,是青藏高原地质调查工作开创历史的精彩瞬间!

茫茫荒原之上,狂风像一只只怪兽肆无忌惮地呼啸狂奔,尖锐的风刀一刀刀疯狂地扎向荒野,所有的植物都被锋利的风刀子吹趴下,

找不到高出一米的植物。我们的地质调查科技工作者,每天就在这样的环境中工作生活。海拔 5000 米以上的无人区,经常风雪交加,气候说变就变,带去特别防风防寒的帐篷,也无能为力。一天夜里,基地温度降到零下 5 度帐篷被风雪吹打得摇摇欲坠。他们穿上厚厚的毛衣,裹着厚厚的棉被,还是冷得难以入眠。半夜里,极度的疲劳最终战胜寒冷,辛劳一天的队员们慢慢沉睡了,不一会儿,大伙又被冻醒了,睁开眼睛一看,大伙都惊呆了,遮风挡雪的帐篷已不知去向,大伙都睡在白茫茫的雪地里,身上厚厚的白雪就像是盖着的雪被,大片大片的雪花还在不断飘落,床边的玻璃杯冻成了冰坨坨。原来,帐篷已被大风掀起躺在旁边,有人当即作一首小诗:"雪作被子地作床,青藏高原披雪装。地调勇士当先锋,找矿报国有担当。"正是当时的真实写照! 大伙顶着寒冷刺骨的寒风和飘落的雪花,互相打趣着架设帐篷,却再以无法入睡,举头看见晨风中猎猎飘扬的五星红旗,看看红旗下堆放的一箱箱地质图件资料,他们感到从未有过的骄傲和自豪!

有人说,生命是脆弱的,脆弱得像弱不禁风的小草;有人说,生命是坚强的,坚强如钢铁般的勇士。来自苗岭高原的挑战"生命禁区"的20 多名贵州地质调查科技人员,就是这样的钢铁战士! 在 6 年多的时间里,他们连年战斗在条件恶劣的海拔 5000 米以上无人区,双脚踏遍6 万平方公里的戈壁沙滩和冰山雪峰,战胜了一次次强烈的高原反应、一次次饥寒交迫、一次次冰雪风暴袭击、一次次事故陷车、一次次迷路惊险,克服常人难以想象的各类困难,圆满完成了《羌塘盆地胜利河区块 1:5 万石油地质构造详查》等多项地质调查任务,填补了高海拔无

人区地质工作空白，开创了高原地质工作新的历史篇章，为揭开青藏高原神秘的面纱提供了宝贵的第一手资料，在寻找油页岩等方面取得重大突破。经过专家评审，他们的多项地质成果获得全国优秀成果奖，挑战"生命禁区"的 20 多名队员组成的地质调查组，还先后荣获"贵州五一劳动奖状""贵州省五一劳动奖章"。

"地调勇士当先锋，找矿报国有担当"。他们无愧于那面经受风雪洗礼的五星红旗，无愧于挑战"生命禁区"的坚强勇士，无愧于地质调查工作者神圣光荣的称号。

他们用执着和奉献，托起了全国千千万万地质调查科技工作者共同的中国梦——找矿报国！

丈量"世界屋脊"

珠穆朗玛峰,雪山巍峨,俯瞰全球,被人们称为"第三女神""地球第三极",攀登和测定珠峰高程,被视为挑战自然和人类极限的象征!2005 年 5 月,我国组织珠穆朗玛峰登山测量队,再次攀登珠穆朗玛峰,开展珠峰地区综合科学考察,运用最先进的技术手段,重新精确测量珠峰高程,引起了国内外的广泛关注。在国土资源系统功勋单位和功勋个人表彰大会上,国家基础地理信息中心大地测量部主任、珠穆朗玛峰登山测量队队长张江齐作了攀登测量珠峰的报告,赢得了人们的热烈掌声。

光荣与重任

张江齐出生在北京,从小十分喜欢体育运动,从 6 岁开始一直坚持长跑,用强壮的身体保持和大自然的亲密接触。高中毕业报考大学时,他偶然看见一张在高山顶上进行大地测量的照片,那蔚蓝的天空、高耸的山峰、精美的仪器深深吸引了他,于是毅然报考享有盛誉的测绘学府——当时的武汉测绘学院,从此和测绘结下了不解之缘。大学毕业,张江齐分配到国家测量局机关工作 5 年,随后多次深入新疆等

地开展 GPS 建网工作,体验山野的激情和浓郁纯朴的民族风情,并从此深深爱上了青藏高原。1992 年,张江齐有幸参加了中国意大利合作的珠峰测量,并成功登上 5700 米高度,为此后测量珠峰打下了良好基础。组织上看中张江齐这些宝贵经历,把 2005 年珠穆朗玛峰登山测量队队长的重任交给了他。

重测意义

首次确定珠峰为世界最高峰是 1847 年,英国测量队用大地测量方法测定珠峰高度为 8778 米。因为是第一高峰,其"身高"一直引人关注,高度也一直众说纷纭,因此,精确测定珠峰高度具重大国际影响和科学价值。1975 年,中国登山测量队开展珠峰测量,藏族女运动员潘多从北坡登上珠峰峰顶,成为世界上第一个登上珠峰的女性,被称为"世界上最高的女人"。登山队在珠峰顶建立觇标,采用三角测量法测定珠峰高程,当时测得雪面高度 8849.05 米,潘多用一根直径四五厘米的木棍用力插进雪层,深度为 92 厘米,被当作雪层深度,用 8849.05 米减去 92 厘米,得出珠峰岩石山体的海拔高度是 8848.13 米,这不是一个简单的数字,其间凝聚了中国人的智慧、勇敢和艰辛!

2005 年是我国开展珠峰测量三十周年、珠峰科学考察三十周年、女子登珠峰三十周年,为纪念这三个重要日子,我国决定独立进行珠峰高度复测。复测珠峰的意义并不仅仅在于世界最高峰的高度,和南极北极一样,珠峰也是全球的"试纸",珠峰测高的科考价值,将在今后环境、气候、地质等各个科学领域中逐渐体现出来。张江齐和他的伙伴

们接受了这一艰巨而光荣的任务,按照实施方案积极开展出征前的各项筹备工作,并于 2004 年 10 月到珠峰周围进行了实地踏勘。

挺进西藏

2005 年 3 月,珠穆朗玛峰登山测量正式启动,张江齐和他的伙伴们 3 月初踏上西藏这片热土。

复测珠峰高程,得到西藏登山协会的大力协助,首次由中国专业测量人员和专业登山人员合作,14 人中专业测量人员 6 名,专业登山队员 4 名,高山协作人员 4 名。他们携带测绘仪器,登上珠穆朗玛峰峰顶进行观测,利用各种探测技术,在峰顶竖立测量觇标和观测棱镜,设立 GPS 观测设备,精确测量雪深,并测定珠穆朗玛峰高程。

这是登山和测量的双重重任! 为了完成这个光荣而艰巨的任务,队员们必须在登山和测量两个专业上互相学习,在行动中团结协作,为此,他们在半个多月的时间里,开展了负载装备 25 公斤攀登和测量仪器操作的双重技术训练。3 月 26 日,挺进珠峰地区长年不化的冰川尾部——海拔 5200 米大本营安营扎寨,进行六七次强化训练,个个精神抖擞,跃跃欲试;在一面鲜红的五星红旗上,大伙争先恐后签上自己的名字,这签名既是无上光荣的荣誉,也是沉甸甸的责任!

挑战自我

珠峰顶峰终年积雪,从山脚远远望去,冰川悬垂,银峰高耸,一派圣洁巍峨景象。珠峰地区拥有 4 座 8000 米以上、38 座 7000 米以上的

山峰。珠峰脚下发育了许多规模巨大的现代冰川,有冰斗、角峰、刀脊等冰川地貌现象,雪线以下冰塔林立,其间更有幽深的冰洞、曲折的冰河,随处可见的冰裂缝,攀登的艰难和危险可见一斑。

在张江齐和他的伙伴眼中,这些困难算不了什么。4月18日,队员们到达海拔6500米的登山前进营地,他们用冰锥扎进积雪中,支起帐篷,在这个营地进行适应性训练。6500米营地是进入茫茫冰雪世界的重要分界线,庞大的冰川悬在身边,随时有可能掉下来;脚下到处是冰裂缝,小的裂缝只有几十厘米宽,上面铺满积雪,一不小心就会掉进去;大的裂缝足足7~8米,只有搭上梯子才能通过。在零下30摄氏度的严寒中,他们晚上睡在帐篷里经常被冻醒,加之高原缺氧,一次又一次被惊醒;从嘴里哈出的热气在帐篷上立即变成白霜,第二天早晨太阳出来,冰渣哗啦啦往下掉;最艰难的是吃饭问题,随队运上去的白菜冻成了硬邦邦的大冰棒,幸好他们准备了几把斧子,专门用来砍开冻白菜;鸡蛋也不例外,全被冻成了硬邦邦的冰球,只能先用水浸泡开,才能用来炒菜。在这里,他们遇到了几场暴风雪,一些队员的手被冻伤,但却阻挡不住他们勇往直前的信心和决心,4月底,他们成功到达海拔7028米的营地。俗话说,奇峰瑰怪常在于险远,随着海拔的不断升高,攀登的难度也越来越大,即便是双手握住登山绳向上攀行,大风仍刮得队员们站不稳,手不由自主地哆嗦。由于距离天空越来越近,阳光直直地晒在脸上,洁白的冰雪对阳光的反射达到86%,队员们要承受两倍的紫外线暴晒;加之冰雪、冰斗、角峰产生折射,有时正好聚焦在脸部,立即被紫外线灼伤,结下黑黑的疤痂。

5月的好天气一闪即过,不便于修建登山线路绳,但是,如果等到6月份南坡涌来的气候影响,登山就更不利了。队员们顽强拼搏,终于在5月18日修好了登山线路,5月21日到达海拔7790营地,距成功登顶近在咫尺!

在这次复测珠峰的过程中,虽然没有队员发生生命危险,但有的被严重冻伤,有的眼睛被灼伤成雪盲……为了祖国的荣誉,为了科学的事业,他们用智慧和勇敢,在挑战自然和人类极限的道路上书写了永垂千史的丰碑!这是珠峰高度以外的另一个高度!

复测珠峰

测量珠峰的难度不仅仅在于登顶的艰难和危险。靠人工将测量仪器背上峰顶,并且要在恶劣的气候条件下操作这些精密仪器,更非易事。按照计划,运往峰顶的仪器设备主要包括觇标、用于测量峰顶冰雪深度的雷达探测仪、GPS观测设备以及气象仪等。

为了保证测量的准确,测量队员使用了两种测量方法。一种是传统的三角高程测量方法为基础,配合水准测量、导线测量等方式,起算面在西藏拉孜县。他们从拉孜开始,徒步向珠峰一站一站测量,路程达397公里,为珠峰高程的确定提供准确的起算依据。最后在珠峰顶峰树立觇标,采用"六点联测"方法,测出珠峰峰顶相对于这6个点的高程差,所有高程数据进行重力、大气等多方面的修正计算,最终确定珠峰高程测量的有效数据。

第二种方法是测量珠峰第一次使用的GPS卫星大地测量法,利用

太空中环绕地球飞行的卫星,GPS 仪器测得珠峰相对于地球参考椭球的准确的三维坐标,确定参考椭球与真实地球在珠峰最高点上的高程差,准确计算出珠峰的高程。同时,为了提高准确度,这次复测珠峰采用了测深雷达,准确探测珠峰峰顶的浮雪和永久冰层的厚度,峰顶竖立的觇标也与以往不同,觇标上安装了 GPS 天线和反射棱镜。

2005 年 5 月 22 日 11 时 08 分,这是一个值得永远铭记的时刻!中国独立开展的复测珠峰登山测量队队员,成功登上世界第一高峰珠穆朗玛峰长 9 米、宽 3 米、倾斜度 5° 的峰巅,紧接着,随后的 20 多位队员也成功登上顶峰,当时珠峰峰顶的气温大约为摄氏零下 29 度,风力达到 8~9 级。11 时 50 分,最重要的测量仪器——觇标被竖立起来,珠峰脚下的 6 个交会测量点与顶峰同步进行测量工作,队员们按捺住心中的喜悦,小心翼翼地旋动仪器,争分夺秒地观测记录,12 点 05 分,珠峰测量队获得了第一组精确的测量数据,科考队员在峰顶的测量工作持续 77 分钟后,整个测量工作全部完成。

与此同时,科考人员通过现场监测和实验手段,获得了许多严谨而宝贵的科学数据,为进一步了解珠峰冰川的退缩情况提供了第一手资料,同时研究绘制了珠峰北坡生态与环境要素分布图,对研究 30 年珠峰的生态与环境变化,尤其是生物多样性和土地覆盖的变化,生态与环境变化对地区气候产生的影响等提供了宝贵资料。

人生感悟

登顶测量珠峰,是人生难得的辉煌壮举和独特经历。作为我国独

立开展复测珠峰的登山测量队队长,张江齐感悟颇多!他说,攀登珠峰是永生不灭的深刻记忆,登上 7000 米以上高度,考验的是人的毅力,人的意志,人的信念。在大自然面前人类显得非常渺小,但是,一旦登上珠峰后,就会感到人类是十分伟大的,因为人类战胜了最高的自然高度,体验了大自然的灵魂,在自己生命中留下了无法磨灭的印迹。最难忘的是登顶回到大本营的那一瞬间,我们大家互相拥抱,互相祝贺,高兴得不知道怎么形容,连说一句话,拥抱一下,眼泪就会流出来。经历了生与死的考验,经历了雪与冰的锤炼,今后遇到什么艰难险阻都不足为惧了,这是收获的最为宝贵的精神财富。

2005 年 6 月 1 日,英雄的珠峰登山测量队凯旋归来,受到社会各界的热烈欢迎。张江齐队长介绍,登山测量队返回北京后,立即投入紧张的数据处理和计算工作,有关成果已经国家组织的专家组验收。2005 年 10 月,我国向全世界公布了重新测定的珠峰岩石海拔高度 8844.43 米等有关科考成果。

珠峰登山测量队员肩负祖国和人民的重托,肩负光荣与使命,挑战生命极限,攀登测量珠峰,是对科学的一种奉献,是对祖国的一种忠诚,是对人生的一种独特的体验和收获!

丈量『世界屋脊』

大爱无边

人们常说,生活是快乐和幸福开放的花朵,但在贵州省地矿局区调院退休职工李志达妻子何均兰眼里,几十年如一日,照顾好家中两个瘫痪在床的病人,是生活的全部价值和责任!

清晨,当朦胧淡远的天边微露晨曦的时候,何均兰已经起床忙碌开了。先给瘫痪在床的丈夫洗脸擦身,接着给躺在床上的 10 岁的外孙女穿好衣服,抱起她坐在轮椅上,这才走进厨房里煮鸡蛋、热牛奶、下面条,一口一口喂丈夫吃完早餐,再喂外孙女……一切安排妥当,顾不上自己吃早餐,又推着轮椅上的外孙女,走进了人头攒动、人声鼎沸的菜场……

这是何均兰普普通通的一天,也是年复一年的过程。一个普通地质队员的妻子,用她默默的、无私的、高尚的大爱,照顾生病瘫痪在床的丈夫 30 多年,照顾生病 10 年一直坐在轮椅上的外孙女神采奕奕!

年幼丧母炼品德

1943 年,何均兰出生在山清水秀的著名历史文化名城镇远县,小的时候,妈妈生病去世了,家庭的重担落在何爸爸一个人身上。为了生

活,爸爸每天要出门做生意,只有几岁的均兰哭着追赶,爸爸找不到更好的办法,只好把她绑在凳子上才能走出家门。六七岁的何均兰开始懂事了,看着爸爸又当妈又当爸,含辛茹苦带着三姐妹,她经常帮助爸爸做些力所能及的家务事。俗话说:"穷人的孩子早当家。"十来岁的时候,她用自己稚嫩的肩膀,挑石灰、挑砖头,上八十多级台阶,爬几百米的高山,开始为家打工挣钱了。晚上回到家中,看着小均兰稚嫩的肩膀上被扁担压出的一道道红印,爸爸禁不住热泪盈眶……生活的艰苦磨炼,有时并不是一件坏事,正是这样的艰苦磨炼,何均兰养成了勤劳善良、吃苦耐劳的良好品德和习惯,成为邻里十分喜欢的懂事姑娘,经常得到大人们的称赞!

红娘牵线结连理

在历史文化名城镇远县电影院附近,当时驻有一个地质队,贵州省地质局108地质队,地质队里的年轻人多,经常举办篮球、乒乓球赛等文体活动,吸引了县城的百姓前来观看。刚从重庆钻工学校毕业不久的李志达,是一个生龙活虎的小伙子,引起了热心红娘的注意。一位热心阿姨牵线搭桥,把小伙子李志达介绍给邻里十分喜欢的懂事姑娘何均兰,两人都很满意。1964年元月,李志达用全部存款200元钱买来一张床和简单家具,在羊场镇供销社工作的何均兰带上自己唯一的嫁妆——一个铺盖卷,在一个不足8平方米的小屋里结婚了!洞房虽然简陋狭小,但婚礼却很热闹,单位领导出席并发表热情洋溢的讲话,表达对两位新人的深深祝福,小伙子们更是嘻哈打闹开玩笑,说李志达

找到了镇远县城最漂亮的姑娘。当时条件艰苦，没有喜酒也没有婚宴，一颗颗水果糖，让大家尝到了甜蜜幸福的味道。

郎出野外妻管家

幸福的日子总是过得很快，转眼到了百花吐妍的三月，俩人还沉浸在新婚燕尔的甜蜜之中，单位出工的日子到了。何均兰知道野外工作跋山涉水很是艰苦，一针一线为丈夫缝制了一双鞋垫，临别之际，执手相看，一双鞋垫寄托了妻子浓浓的爱、深深的情和美好的祝福！

离别的日子总是过得很漫长，而这漫长中孕育着甜蜜的希望，就在丈夫即将收队回家的日子，何均兰生下了第一个小孩，爱情的结晶让李志达笑得合不拢嘴。转眼第二年春天来临，丈夫又要出工了，何均兰抱着褓褓中的孩子，目送丈夫奔赴野外，她多想丈夫在家里多留些日子，但她更知道男儿要远行，那里有他们热爱的大山和钟情的地质工作！李志达也很关心和思念家中的妻子和小孩，把44元工资的一半留给家用。何均兰是省吃俭用的勤快人，她一边带小孩，一边在外找些活干，丈夫留下的22块钱每月都有节余，善良热心的何均兰，经常把节余的钱借给孩子多的邻居急用。丈夫在野外忙于地质工作，她把家里的一切安排得妥妥帖帖，从没让丈夫分过心。她曾经在镇远县花灯剧团当过演员，有一定的舞蹈基础，听说大队要排练文艺节目，她积极报名参加，并参加了局的文艺演出。

1966年，区调院院部从镇远县搬迁到惠水县。第二个小孩出生后，家庭经济比较困难，但何均兰从小养成了勤劳、吃苦的品德和习惯，她

每天早晨四五点钟起床,煮好早餐再准备好中午饭,然后才到几公里外的惠水县纸厂打工挣钱,撕纸花,修工路,堆草,挖土,挑肥……一直干到太阳落山才回家。单位成立家属印刷厂后,她又到厂里干最累、最苦、最脏的铅字排版活,每天加班到十一二点才回家,人虽然很累,但为了让丈夫安心野外工作,为了这个家,她心里觉得再苦也甜……

丈夫感冒生怪病

妻子在家里样样能干,丈夫在野外同样出色,因工作踏实,多次被评为先进工作者,受到表彰奖励,一家人生活在甜蜜温馨之中。然而,就在这时,无情的病魔打乱了这个家庭平静幸福的生活。1977年春天,李志达参加"五七"农场植树回来,感到浑身上下不舒服,晚上发烧到40度,当地医院诊断为胃病,立即吃药输液,但没有任何效果,病情越来越严重,人已经昏迷不醒,单位立即将他送到贵阳医学院附属医院,抽骨髓化验为非特异性脑炎,经过一段时间治疗,病情有了一定好转,单位考虑李志达的身体状况,安排他在院部的实验室淘洗车间工作,不久病情再次复发,李志达又被送到贵阳医学院附属医院,医生会诊为多发性硬化症,后来,单位将他送到上海有关医院检查,被诊断为脑炎后遗症。刚从上海检查治疗回来时,李志达扶着墙壁可以行走,生活尚能自理,后来他的身体越来越差,手也开始溃烂,被再一次送到医院,这一住就是四年!谈到丈夫的病,何均兰满脸的疑惑和不解:"从1977年生病到现在,已经30多年了,一直没弄清楚到底是什么病……"

1995 年,李志达全身瘫痪,只能睡在床上,开始了天天与床为伴的日子……

祸不单行外孙瘫

就在丈夫瘫痪在床的第二年,何均兰的二女儿生下一个小姑娘,小宝宝的降生给家里带来了莫大的喜悦,全家人都无比高兴。然而,当小姑娘长到四五个月的时候,仍然站不起来,家人急忙送到医院检查,结果让全家人惊呆了——"天生肌无力"! 这意味着,尚不到一岁的小姑娘,一生将在轮椅上度过;二女儿所在的单位重组,下岗在外打工,照顾外孙女的重任,又落在何均兰身上。这意味着,何均兰将护理两个生活不能自理的瘫痪病人。

大爱无边情动人

俗话说:"幸福家庭的幸福基本一样,但不幸家庭各有各的不幸。"从小勤劳、吃苦的何均兰,没有被突如其来的不幸压垮,面对家中两个生活不能自理的瘫痪病人,她选择了坚强!

从早晨开始,何均兰就为两个病人忙碌开了。长期瘫痪在床的病人,需要经常翻身和清洗,否则身上会长出褥疮,一旦溃烂很难治愈。何均兰坚持每天为丈夫翻身十余次,用温水擦洗身子二三次,有时甚至五六次;一次不小心丈夫的脚跟发生溃烂,何均兰立即喂药吃,买药擦,效果都不理想。她灵机一动,买了个灯泡,用灯泡的热量烘烤溃烂的脚跟,根据病情调节灯泡的远近,再配合擦些药膏,没多久溃烂好了。

　　何均兰全家的收入只有丈夫每月 1000 余块钱工资,这点钱要用来买米买菜,要为两个病人买药治病,还要支付房租款。区调院从惠水县搬迁到贵阳后,职工都住上了楼房,当时要买下那间 50 多平方米的房子需要几万块钱,但何均兰的家庭经济非常拮据,哪能拿得出钱,单位领导十分关心照顾,特许他们一家以租用的方式住在最方便的一楼,并一直租住至今。为了给病人增加营养,何均兰几年买不上一件新衣服,处处精打细算,尽量给丈夫买些好吃的,鸡蛋、牛奶、肉丸……但如果稍微给丈夫吃多或吃好一点,又消化不了,经常大小便在衣服或床上,何均兰总是不厌其烦地换下来清洗,夏天湿了有太阳晒,冬天湿了就麻烦了,只能用烧煤的铁炉子烘烤,有时刚换下来的还没烤干,穿在身上的又湿了;最困难的是丈夫久病无力,大便解不出来,何均兰就用手一点一点地抠出来,大便的气味熏得她一阵阵恶心呕吐,她跑到厕所吐完再接着抠,抠完了再清洗,洗完了又喂东西……

　　在人们的想象里,两个瘫痪病人的家里,一定比较脏乱。但走进何均兰的家,处处收拾得干干净净,窗明几净,摆放整齐。李志达老人睡的房间里,地板拖得光亮,床上收拾整洁,阳光暖暖地透进窗来,照着桌上的鲜花,显得十分温馨。李志达老人身体虽然消瘦,脸色却很红润,他侧身睡在床上,正看着那一束水灵灵的鲜花,脸上露出甜甜的微笑。我想,这个微笑是何均兰最大的心愿,也是回报给她最好的礼物和慰藉!

　　和李志达老人同龄的人,很多都已去世,但瘫痪在床的李志达老人,从 42 岁生病整整 30 多年,何均兰在病床边悉心照料,一直照顾 30 多年才去世,这应该归功于何均兰年复一年、日复一日的精心照顾和

大
爱
无
边

护理,应该归功于何均兰勤劳善良、吃苦耐劳的崇高品德,应该归功于何均兰无私的、高尚的大爱。

到底是什么力量,让何均兰几十年如一日,默默奉献如此感人至深的大爱?她的话非常质朴:"地质队是一个和谐的大家庭,丈夫生病以后,单位领导和同事们给予了很多关心和帮助。丈夫是一名地质队员,在野外跋山涉水一辈子,付出了很多心血。我作为地质队员的妻子,应该照顾好他,让他生活好每一天……"

多么真诚而质朴的话语,多么高尚而无私的心灵。真心为家庭,大爱无言——或许是对这位普通地质队员妻子,默默奉献和高尚品德的最好注解和诠释!

走出何均兰的家,我看见晴朗无云的天空,湛蓝万里,无边无际……

一片丹心献地质

站在高高的黔灵山峰,远望浪卷涛翻的贵州高原,细读满目青翠的故乡热土,一切是那样熟悉,一切是那样亲切!回忆起从事地质工作六十年的风雨旅程和历历往事,九十多岁高龄的贵州省地矿局原总工程师、国务院特殊津贴获得者、地质专家何立贤老先生禁不住心潮起伏,激情满怀!

老师熏陶走上地质路

1920年,春暖花开的时节,何立贤出生在黔西北水城县。从小成绩优异的他,对自然科学充满浓厚兴趣,笔者问他为何选择地质之路,他说:"我走上地质之路,是受著名地质学家李四光先生的四弟李寿季先生的熏陶。李寿季是我高中时期的班主任兼地理课教师,李老师在讲自然地理课时,经常告诉我们什么是火山爆发,什么是矿石,黑色的煤矿,透明的水晶……这些闻所未闻的新奇知识,使我对神奇的大山心驰神往,于是毅然决定报考地质专业,并考上中央大学(现南京大学)地质系,从此和地质结下了一生的缘!"1946年,何立贤从中央大学毕业后考进中央地质调查所,在我国著名地质学家黄汲清教授指导下工

作,从 1946 年到现在,何总从事地质工作已整整六十个春秋。1948 年底,何总送爱人回贵州,留在贵州大学地质系任乐森寻、丁道衡先生的助教。抗日战争爆发后,中央地质调查所于 1949 年迁到重庆北碚,黄汲清先生从美国讲学回来,专门写信要他到重庆北碚的中央地质调查所工作,一起开展成渝铁路地质调查,他刚到重庆不久,重庆和平解放。

贵州第一批地质队员

中华人民共和国刚刚成立,百废待兴的祖国建设急需大量的矿产资源。一天早晨,时任西南地区军政委员会政委的邓小平同志,用一辆军用吉普车把黄汲清教授接去,希望他立即组织筹建西南地质调查所,并亲切地对他说:"现在解放了,国家要搞建设,希望你们组织地质勘查,摸清矿产资源,尤其是煤铁矿产。大西南蕴藏着丰富的宝藏,需要你们地质工作者去开发!"在黄汲清先生和云贵川三省地质学者的努力下,一个多月后,西南地质调查所正式成立,从此,西南地区地质工作拉开了新的帷幕,掀开了新的篇章! 根据中央指示,西南军政委员会要求西南地质调查所,立即开展贵州水城观音山、赫章铁矿山的铁矿勘探工作。1950 年 3 月,由西南地质调查所副所长、地质学家乐森玤兼队长的西黔探矿队正式成立,这是西南地区第一个地质队。何立贤满怀建设家乡的激情和愿望,主动要求参加西黔探矿队,返回贵州,开始了为家乡人民找矿的崭新征程。

3 月 11 日,西黔探矿队乐森玤、路兆洽、何总等 5 名队员跟随贵州

军区司令员杨勇率领的车队,向贵阳进发。到达贵阳后,杨勇司令员送给探矿队一辆军用吉普车,这是贵州开展地质工作最早的汽车。随后在 47 师、45 师两位师长的护送下到达毕节,当时从毕节到水城还未通公路,他们又改为步行,终于在 1950 年 6 月底到达水城观音山,他们是贵州第一批地质队员。

贵州省第一份地质报告

到达观音山区后,他们立即开展地形、地质测量,当时担任技佐的何总,每天工作在 12 个小时以上,何总介绍说:"当时,我们既要开展业务工作,还要帮助建造用石头砌成的'碉堡'房,以防土匪袭击。"观音山,是一块亟待开发的宝地,工作条件非常艰苦,冬天没有青菜,吃的是辣椒拌苞谷饭;打钻没有水,找来 50 多匹马驮水打钻;数九冬天,天寒地冻,地上结着厚厚的冰,钻机也不停歇;大雪封山,他们脚穿草绳包裹的鞋,顶着纷飞的雪花,跋涉在茫茫的雪野,坚持开展地形、地质勘查工作,何总和他的伙伴们雪地留下的一串串深深浅浅的脚印,是当之无愧的贵州高原拓荒者的足迹!

为了尽早搞清观音山矿区区域地质和成矿构造,何总每天天蒙蒙亮就起床,在解放军战士陪同下一同上山,往返近百里,鞋袜裤脚每天都是几干几湿。1950 年底其他同志陆续调回重庆,何总成了一位名副其实的"单干户",区域地质测量、矿区填图、岩心记录、槽坑编录等,全由他一人独立承担。忙碌的日子总是过得很快,一转眼到了 1951 年春暖花开的时节,当时土匪已基本肃清,何总觉得"平安无事",经常独自

一人上山工作。一次,为了进一步证实地质构造情况,他带着干粮,大清早独自上山了,由于走得太远,天黑还没回到驻地,解放军班长十分着急,立即带领战士打着火把寻找,在路上找到何总后,解放军班长责备他不该一人上山,何总却高兴地告诉他们:"今天收获可大了,在白马洞又发现一个山头矿脉出露相当好,而且很大!"大家都非常高兴,开心地笑了起来。经过 8 个月跋山涉水、风餐露宿的苦战,方圆几百平方公里的地区都留下他们辛勤找矿的足迹,正是凭着这样的吃苦和奉献精神,历尽千辛万苦,观音山从此复生,并获得大量宝贵的观察资料和钻探资料。何总不分白天黑夜,加班加点撰写总结,夜晚没有煤油没有电,就点着菜油灯或吊着手电筒工作;实在是人手不够,就发动战士帮助统计数据;经过艰辛努力,很快提交了新中国成立后贵州第一份地质报告——《水城观音山铁矿初步地质调查报告》,水钢初期的建设正是以这份地质报告为基础设计的,十里钢城的初期建设,就是观音山铁矿供给的"原料"。

　　观音山铁矿区工作结束后,何总感觉轻松了许多,但新的任务又等待着他! 1953 年春光明媚的时节,上级安排他到遵义团溪和尚坡一带开展锰矿找矿工作,经过几个月的辛勤努力,打坑道时发现一种灰色石头,大家都不知道是什么矿,何总立即派人送去化验,结果出来了,是新型的碳酸锰矿!何总十分激动,并推断铜锣井可能有相同的锰矿,于是立即与何发荣前往该矿区求证,并在小林湾芭蕉湾沟中发现了碳酸锰矿,1954 年开始初勘,到 1955 年上半年已探明储量约 2000 万吨。

难忘"大跃进"三年

正在这热火朝天的时刻,1955 年 9 月,西南地质局燕登甲副局长来遵义,要何总收拾行李到松桃 526 队担任技术负责,开展铅锌矿勘探工作。他过去未从事过铅锌矿工作,思想上有些顾虑,局领导鼓励他:"铁矿、锰矿你以前也没搞过,不是搞得很好吗,边搞边学,边学边搞嘛!"于是他陪同苏联专家兹维列夫先到铜仁再到松桃三宝,经现场考察后,兹维列夫对三宝铅锌矿作出了否定评价,因而初勘任务改为详查评价,储量任务由 20 万吨改为 2 万吨,7 台岩心钻和 2 台手摇钻进行钻探,1966 年结束详查评价工作。当年 9 月,何总调到贵阳参与贵州省地矿局筹建工作,省局成立后,作为罗总和燕总的助手,何总主要负责野外队地质工作的管理和检查指导。何总说,在局工作前后十多年中,令他难忘的是"大跃进"的三年。

1958 年春节,水城大河边煤矿建井,设计部门要求 5 月初提交储量报告,地质局决定抽调何总到大河边队,主持一、二、三、四井田的储量报告编写工作。两个多月时间,要提交四个井田储量报告,仅四个井田 18 个可采煤层的 48 张储量计算图,上万块的小块段需要用求积仪人工量算,参加奋战的同志每天工作到深夜一两点,只睡几个小时,第二天清晨接着又干,终于按期完成四个井田的储量报告的编写工作,提交了《水城大河边煤矿 1~4 井田储量报告》,为水城煤矿建设提供了可靠的地质依据。是何总等老一辈地质工作者的辛勤汗水,浇开了钢城煤海之花,如今的六盘水市,已成为一颗璀璨夺目的工业明珠,熠熠

一片丹心献地质

闪耀在贵州西部高原！

1959 年 8 月，何总奉命派遣到清镇队，主持清镇林歹燕龙铅土矿储量报告编写工作，要求向国庆十周年献礼。当时有多个钻孔尚未结钻，储量计算数据多而繁杂，地质科全体同志加班加点，日夜苦战，经过两个月苦战，终于按期完成任务，向国庆十周年献礼。

1960 年，全国大炼钢铁急需铁矿，何总被派到凯里苗岭地质队担任技术负责，主要任务是勘探菱铁矿。上级下达"政治任务"，要求半年内探明 1 亿吨菱铁矿。为此，从各队调来 20 多台钻机，轰隆轰隆的钻机昼夜不停，半年打了 4 万多米，最后储量计算结果只有 8000 多万吨。何总伤心地掉下了热泪。回忆起那段历史，何总至今深有感触："地质工作需要艰苦奋斗的精神，但一定要建立在科学基础之上！"

地质生涯六十载，一片丹心献家乡。从 1946 年学校毕业走上地质工作，何立贤老先生为地质事业奋斗了整整六十个春秋，先后从事铁矿、锰矿、铅锌矿、汞矿、煤矿、铝土矿、金矿等多种矿产资源的找矿和研究工作，取得了丰硕的找矿和科研成果，出版了一系列专著，多项成果获国家奖励，为贵州地质科学的发展和矿产资源开发做出了重要贡献，成为贵州省德高望重的地质专家，1992 年获得国务院特殊津贴。贵州高原崛起的一座座矿山新城，是大地为他和像他一样的地质老一辈们镌刻的历史丰碑！

寄予年轻人六个字

何总从事地质工作整整六十年，已是八十七岁高龄的老地质专家，

谈起地质工作的话题,依然激情飞扬、豪情满怀!回顾过去,他为从事地质工作而自豪,为贵州地质工作发展而骄傲,为贵州日新月异的变化而自豪;有人问何总,您一生最大的幸福和快乐是什么?他不假思索地回答是干地质!他经常告诫年轻一代地质工作者,地质工作是实践性、探索性很强的科学,一定要高度重视实践,重视野外,重视一线,并饱含深情地送给大家"热爱,磨炼,创新"六个字!

他说:"热爱,是从事地质工作的前提和基础,要带着感情去干工作!从事地质工作虽然比较辛苦,但见多识广,其乐无穷,这种苦是光荣的,是有价值的,是快乐的,特别是找到矿的快乐,当我们寻找的宝藏开发建设成钢城煤海,心中有一种无比的快乐;不仅要树立正确的苦乐观,还要树立正确的荣辱观,一个大矿的发现,不是一两个人的成绩,是集体智慧和汗水的结晶,是大家共同的心血,多找矿、找大矿、找好矿,是全体地质工作者共同的心愿。"

何总说:"人是磨炼出来的,身体需要磨炼,意志需要磨炼,技术需要磨炼,这三个磨炼正是地质工作所必需的。我过去什么矿也没有搞过,都是在实践中学习、磨炼和实践,不断进步和提高。在全面建设小康社会的今天,国家对矿产资源的需要没有止境,有人说贵州的矿已经基本找完了,我认为地表矿也没找完,深部的、没有发现的还很多,但是找矿难度也越来越大,未来找矿工作任重道远。希望年轻同志要认识地质工作者肩上的责任,深入到一线去磨炼,为贵州经济社会发展寻找更多、更好、更大的矿产资源。"

何总强调:"创新,是一个国家、一个民族、一个行业不断前进的动

力,地质工作更需要创新！野外是创新的源泉,只有多投身野外,才能不断有新的发现和新的思维。"

六十年乐在其中,六十年潜心磨炼,六十年执着追求,六十年成果丰硕。何总九十高龄的时候,依然神采奕奕,精神抖擞,这是从事地质工作练就的健康体魄,是地质工作给予他的无限快乐,是地质工作回报他的珍贵财富！作为贵州人,作为一位老地质工作者,何总从事地质工作六十年的宝贵经验和铮铮教诲,也是一座资源宝库,等待着年轻一代地质工作者去探寻、去发掘……

高原拓荒者

"雄壮如高原莽莽的激情,拥起一群潇洒的山野精灵,在当年铜号激越的土地上,用坚定和执着,叩响声声地质锤音。沿着地质锤音指引的方向,拓荒者的足迹,沿着探寻富饶之路,蜿蜒曲折地,延伸到祖国激动的时节!"

这是我的散文诗《高原锤音》中的诗句,以这些诗句作为开头,一起走进国务院特殊津贴获得者、贵州省地矿局 105 地质队原总工程师、地质专家吴冠群先生献身贵州高原、辛勤找铝找金的难忘历程,也许是最为恰当的,因为他就是一位名副其实的高原拓荒者!

国难当头志报国

1938 年 12 月,吴冠群出生在山城重庆,当时正值抗日战争初期,日本帝国主义的魔爪疯狂蹂躏中华大地。回忆起那段苦难的日子,吴老禁不住声音哽咽,热泪盈眶:"重庆是雾都,为了躲避日本飞机的轰炸,在飞机快来的时候,守军就会挂出红灯笼提醒大家。红灯笼一挂出来,老老少少立即往防空洞里跑。几十年过去了,直到今天看到红灯笼,我心里都有异样的感受!"

国难当头,山河破碎,当时年仅几岁的他,幼小心灵在战争中感到

深深的伤痛,也激发了学好本领报效祖国的远大志向。1953 年,年仅15 岁的吴冠群更加坚定了工业强国的信念,毅然选择报考重庆地质学校,从此和地质结下了一生之缘!

两年后,全班 42 位热血青年学成毕业,豪情满怀地奔赴贵州高原。刚满 17 岁的吴冠群来到西南地质局 543 队,开始了在贵州高原找矿报国的拓荒者漫漫历程。

1957 年 4 月,吴冠群和同事们一起,来到修文县一个叫小山坝的地方,展开了贵州历史上最大规模的铝土矿勘探工作。

1957 年冬天,天气十分寒冷,地上结着一层白花花的冰凌。12 台钻机,300 多人,冒着严寒,在小山坝展开铝土矿勘探大会战。回忆起当年的勘查历程,吴老眼眶湿润了:"那是一场战斗,是为建设国家'一五'重点项目贵州铝厂提供资源保证展开的大会战。作为一名地质工作者,一生中难得遇到这样的大会战呀!"严寒天气给钻探施工带来极大难度,如果直接用手握钻杆,会粘掉一层皮,于是他们先烧好一锅热水,提拉钻杆前先浇上热水。钻探物资必须人工搬运,弯多坡陡路滑,大家就一起行动起来,民工、搬运工、钻工、机关干部、技术人员、队领导,不分职务高低,扛钻杆、运柴油、搬套管!

回忆起当时的勘探过程,吴老十分兴奋:"那时工作条件艰苦,技术人员没有先进的计算机,有的用算盘噼里啪啦打,有的用手摇计算机一个数字一个数字拨,老式的手摇计算机总是容易出错,一出错就得全部推翻重来,误时费事,怎么办呢,于是我们采用三四台计算机同时作业计算储量,核算每一个数据,保证了勘探报告的准确性!"

小山坝大会战历时 14 个月,总投资 107 万元,1958 年 6 月提前完成勘探工作,由廖士范、刘泽源、吴冠群等 10 余人编写提交了"修文铝土矿小山坝矿区最终储量报告",探明铝土矿 1963 万吨,其中工业储量 1362 万吨,同时建立了新的风化–沉积矿床理论,对全国后来开展铝土矿找矿,起到了良好的示范作用。

普通石头创奇迹

很久以来,外界给贵州人戴了一顶沉重的帽子:"天无三日晴,地无三尺平,人无三分银。"探明金、银等贵金属矿产,甩掉贵州贫穷落后的帽子,地质工作者重任在肩!

伴随改革开放的春风,从 20 世纪 80 年代初期起,吴老和他的同事们,把工作重点转向贵州金矿普查勘探工作。

吴老回忆说:"贵州金矿勘查过去几乎是空白,1980 年至 1985 年的摸索阶段,做了大量工作,取得了可喜的成果。虽然只发现了一些氧化矿点,没有发现大型矿床,但取得了许多找矿信息,就像一个个路标,告诉人们哪条路通哪条路不通,对今后的金矿勘查具有特别重要的意义!"

吴老和他的同事们经过艰辛努力,1985 年在紫木凼地区发现了一个大型金矿,在石头里发现了奇迹!谈到紫木凼金矿时,吴老脸上流露出喜悦的神情。他说:"1985 年勘探发现的紫木凼金矿,地表是氧化矿,深部是原生矿,这是贵州发现的第一个大型金矿,从某种意义上说,贵州从此摆脱了人无三分银的历史,摘掉了那顶帽子。"

　　在紫木凼金矿勘探如火如荼的时候,吴老提出了在相邻地区找金的意见,积极主张在外围和相邻地区开展钻探工作,他的意见得到时任 105 队总工程师章麟三的肯定和支持。1989 年下半年,在紫木凼金矿相邻的大田坝开展钻探工作,开始设计了 3 个孔,第一个孔打了 300 多米,发现 13 层金矿。经过深入勘探,在此发现了处在灰家堡主背斜上太平洞金矿。太平洞金矿的发现,首次建立了黔西南灰家堡背斜二层楼成矿模式和理论,为贵州找金突破掀开了新的篇章!

　　如果说发现紫木凼金矿是一级跳,发现太平洞金矿和灰家堡背斜二层楼成矿模式是二级跳,那还能不能实现三级跳呢? 吴老把超前的目光瞄准整个黔西南地区,开始寻求找金突破的第三次跳跃!

　　他积极组织技术人员开展黔西南地区金矿成矿预测研究,从 1995 年开始,他带领同事们在水银洞地区展开了大规模的金矿勘探工作,经过长达 4 年多的艰辛勘探,探明黄金储量达 30 多吨的特大型金矿,引起了世界和全中国的热切关注!

　　为开发利用这种冶炼难度大的"卡林型"金矿,吴老又积极组织推进和国外公司的合作,利用先进技术和管理经验开发建设矿山。水银洞金矿,是我国第一个"吃螃蟹"的金矿! 本世纪初,贵州省地矿局与福建紫金矿业公司强强联合,在水银洞金矿第一次探索应用常温常压催化预氧化处理——氰化浸出的先进生产工艺获得成功。该工艺具有回收率高、有利于环保等优点,填补了我国常规冶炼方法不能提炼难选冶原生金矿的空白,对难选冶原生金矿的勘查开发具有积极的促进和示范作用。

如今，以水银洞金矿为龙头，贵州从一个不产黄金的省份，一跃成为中国西南地区的"金三角"，全省每年生产黄金达 7 吨以上，成为全国的产金大省。这是吴老和他的同事们，用石头创造的奇迹！

情满高原寄厚望

从 1955 年 12 月参加工作到 1998 年光荣退休，吴老为贵州高原的地质事业奋斗了 43 个春秋，他把自己的渊博学识、卓越才华和宝贵年华，无私地奉献给了贵州高原，他的第二故乡，当之无愧地成为荣获国务院特殊津贴的地质专家。

从找矿一线退下来后，105 队又聘请他担任合作成立的贵州紫金公司技术顾问，指导水银洞金矿的勘探开发工作，这位年过花甲的老人，每天和年轻人一起到井下巷道寻找矿层，和年轻人一样兴奋激动，让年轻人佩服不已！

一次，吴老生病住院了，同事们去医院看望他，已经昏迷 12 天的他说的第一句话是："把标本拿来我看看。"这就是跑了一辈子山野的老地质队员，这就是找了一辈子矿的老地质队员，以大山为伴，以找矿为乐，踏遍青山，矢志不移！

如今，年过古稀的吴老正在家中安度晚年，但他身退心不退，一直关注着贵州高原的地质事业，牵挂着毕生钟爱的地质找矿突破。

吴老深情地说："我现在年岁已高爬不动山了，贵州找矿的潜力还很大，实现新的找矿突破，寄托在年轻一代身上呀！"

这是一位高原拓荒者的殷切期望，也是贵州高原后发赶超的希望！

走进大山

——九集大型电视专题片《苗岭先行兵》拍摄散记

走进大山,地矿人把毕生的追求专注在地球上;

走进大山,摄制组把地矿人的业绩和风采装进镜头。

为庆祝贵州省地矿局建局 50 周年,该局决定和贵州电视台联合拍摄九集大型系列电视专题片《苗岭先行兵》。该片由贵州电视台著名的"唐亚平工作室"全力打造,我奉命担任总撰稿人和其中五集的撰稿人。

经过半年多的剧本创作和资料准备,2006 年 8 月 2 日,《苗岭先行兵》摄制组在贵阳东风镇李四光纪念馆隆重开机拍摄。8 月 8 日开始,摄制组 10 多位成员分为两个组,开始为期三个月的野外拍摄,爬大山涉大河,顶烈日冒酷暑,历经千辛万苦,跑遍了贵阳、遵义、黔东南、黔西南等全省九个地、州、市的 60 多个县,深入到地勘单位的 100 多个机场、矿山一线工地,采访了近 200 名地质工作者,摄录了 100 多盒录像带,总行程近 1 万公里,圆满完成了野外拍摄任务。摄制组走进大山,把地矿人的业绩和风采装进镜头,把最完美、最鲜活、最真实的装进镜头,在野外拍摄中细细体会地矿人的内心情感和执着追求,记录找矿富民兴黔的地质队员五十年的光荣和自豪! 地质工作的艰辛,注

定了外景拍摄工作的艰辛!

我与贵州电视台百川编导、吴晨光摄影师等,组成第一外景拍摄组,负责北部、南部区外景拍摄工作。8月8日上午,我们分乘两辆越野车,前往黔北遵义县的团溪铝土矿区拍摄,该矿区是106、102地质队探明的大型铝土矿,为遵义建立80万吨铝工业基地提供了丰富的资源保障。拍摄三个小时结束返程,路遇一辆风尘仆仆的吉普车,吱的一声停在路中,热情问我们是不是拍摄电视片的,原来是团溪镇副镇长率矿长一路追寻,热情欢迎我们来了。据镇领导介绍,仅后槽铝土矿区,每年为地方提供400多万元财政收入,我们听了十分高兴和激动,这是地矿人辛勤找矿的成绩,是促进地方经济发展的实例。镇领导设宴款待我们摄制组一行,那高举的酒杯,盛满的不是啤酒,而是镇领导和当地百姓的感激之情,更是地质工作者的光荣和自豪!

吃过中饭,副镇长自告奋勇为摄制组带路,前往仙人岩矿区。该矿区铝土矿储量达3000多万吨,是当时探明的黔北最大的铝土矿区,不仅储量大,而且埋藏浅。举目连绵蜿蜒的群山,仿佛全是涌动的财富,俯首拾块石头,便是价值不菲的宝贝。为了拍摄这恢宏的矿区全貌,摄影师扛着摄影机向山顶爬去,行到半山腰,不小心踩着一块松动的石头,连人带机重重摔了一跤,他赶紧一个团身,紧紧护住机子。驾驶员黄小宝立马放下脚架,扶他起来,摄影机丝毫未损,但摄影师的新裤子摔了一个大洞。

拍摄完莽莽群山中的宝藏,在下山的路上,我们见到一片高80多米、宽50余米的褐红色大石板,在常人眼里,这不过一片溪水流淌,小

走进大山

孩嬉戏的普通石板。其实不然,这是一片裸露连片的铝土矿,由于矿石中含有铁矿,因此石板表面呈褐红色,百川编导和吴晨光摄影师异常兴奋,从上往下,从下往上,来回奔跑七八次,拍摄了一组很好的镜头,同时在大石板上现场采访106地质队技术人员,镜头鲜活而生动,真实而明了。

铝土矿是黔北地区的骄傲,遵义县资源丰富,务川更是后来居上!2004年,局党委副书记况忠辉亲自担任省党建扶贫工作队队长,带领扶贫队为务川县勘探了丰富的铝土矿资源,还勘探硫铁矿办起了一座铁厂,建起了党员电视教学站。我们专程前往拍摄,经过四个多小时的颠簸,抵达了扶贫务川县石槽乡,大伙都为扶贫队员为大山深处的群众所作的贡献所感动,百川编导更是灵感突发,找来工作服和红旗,在一个叫天坑的地方拍摄了一组感人的镜头:一群地质队员高举红旗,身穿整齐的服装,正在大山深处跋山涉水,辛勤找矿,那一朵朵盛开的山花,仿佛是欢迎地质队员的张张笑脸;那一阵阵激越的松涛,仿佛是鼓舞地质队员的时代旋律!

大竹园矿区是当时黔北最大的铝土矿区,探明储量达4000多万吨,正在进行紧张繁忙的钻探工作。我们摄制组一行经过三个多小时,抵达了"天苍苍、野茫茫,风吹草低见牛羊"高原草场,其实不仅仅是见牛羊,而是牛羊成群,满山遍野。在一个两米见方的泥塘里,挤了十多头大水牛,泥塘里其实已经没有水,全是泥浆,泥浆涂满了水牛的全身,泥和牛就完全融为一体了。远远望去,如不是高翘的牛角和张望的眼睛,你真分不清是泥还是牛。车行至泥潭附近,摄影师立即下车,拍

摄这珍贵的镜头,泥牛见有不速之客到来,还扛着黑乎乎的东西对准它们,极不适应,一个、二个、三个……不紧不慢地离开了泥潭,走在最后的是一头大公牛,它见同伴们"安全"离去,独自对着镜头走了过来,但那蓝幽幽的镜头高深莫测,且没有侵犯他们的意思,公牛在镜头前停留了几秒钟,也转身离去了……

从这个泥潭边放眼北望,几座高耸的钻塔映衬在蓝天白云中,气势宏大,引人注目,这就是务川铝土矿勘探钻机,是我们北线摄制组第一次见到钻机场面,编导和摄影师十分激动,从钻塔、钻机、钻杆、钻工到起钻、下钻,拍摄了七八组镜头,还采访了现场的地质技术人员,全部拍摄结束下山时,已是下午4点,我们已经连续工作了8个小时,大伙肚子饿得咕咕直叫。好在同行的106地质队龚章河副书记和王国甫、曾煊茗主任早有安排,送我们到就近的草场山庄吃中饭,摄制组和地质队员在空旷的坝子欢乐相聚举杯同饮,场面甚是动人。或许是这场面也感动了大山深处山庄里的小精灵们,几十上百只小鸡、小鸭、小鹅在饭桌下跑来跑去,七窜八跳,啤酒瓶倒地的声音此起彼伏。主人发现了,立即提出一个长长的口袋,只轻轻唤了一声,那些小精灵便如百米冲刺一般,跟随主人上山而去。在坝子里放眼望去,小精灵们奔跑的方队很是明显,跑在最前面的是小鸡,紧随其后的是小鸭,后面穷追不舍的是小鹅,只有十几只火鸭在最后,摇摇摆摆拼命追赶,我此时忽然明白,什么叫一呼百应!其实地质工作先行兵道理同然,没有地质队员在深山荒野的探索找矿,工业乃至社会的发展也是不可能一呼百应的!

作者（前排右四）率北京、贵州作家采风团赴务川大竹园项目一线采风

　　务川还有一大骄傲，那就是全国闻名的务川汞矿！这是贵州地矿局 106 地质队员的骄傲，也是全局地质工作者的骄傲，是北线拍摄的重点内容之一。但由于种种原因，务川汞矿已经停产，正在清产核资交给地方管理，进入汞矿的道路年久失修，几乎不能通车，好在我们摄制组的两辆越野车性能好，原来 1 个小时的路程，我们足足行驶 3 个小时才抵达矿区。当年随父母勘查汞矿在此度过童年时光的 106 地质队年长的地质队员，对矿区的一山一水，一草一木，甚是熟悉，并饱含深情地讲述了当年地质队员勘查汞矿的感人故事。据他们介绍，务川汞矿资源储量上千万吨，目前仅仅开发十分之一，丰富的地下资源财富还将造福人民！由于道路太差，同行的当地国土局同志建议我们改走当时运设备和矿的道路返程，摄影师也表示可拍摄一些反映地质工作

艰苦环境的镜头,于是决定从此路返回。

那是一条怎样的路呀?下山的公路近乎 70 度的坡度,且路面全是高凸的大石头,其间散落细碎的小石子,汽车下坡时,仿佛可听见小碎石和车轮同时滑动的声音,大伙在担心车与石头同时滑动的结果,飞到山脚,大山被刀削一般切出一条夹缝,车行缝中,天空变成了一条灰白色的线,这才是真正的一线天。再往前行至一处陡崖处,塌方挡住了原本狭窄的道路,为了赶到天黑之前返回,第一辆车准备试着开过,车头刚过去,车身就卡在那里,更可怕的是右前轮悬在空中,十分惊险!大伙立即下车,齐心协力搬开塌方的大石头,保护着车慢慢倒回,一颗心才算落了地。这些精彩的镜头,被摄影师全部记录下来,他感慨地说:"地质工作真是先行兵!"

再往前行,公路不知去向,已被淹没在杂草丛生之中,左边则全是陡险的沟,汽车摸索着向前行进,左边的松土不断向下掉落,稍有不慎,汽车就有侧翻的危险,好不容易走过险路,又进了狭小的隧道,隧道很简单也很狭窄,只能单向缓行,如果对面来车,真是进退两难,不过在这种竟乎被人们遗忘的路上,我想是不会有车来的。隧道很长,大概超过两公里,黑黑的洞子里没有一点杂音,只有车轮在半米深的水中行进的声音,摄影师认真记录那段珍贵岁月的见证。走出隧道,夕阳正在山边燃烧最瑰丽的霞光,大伙又饿又渴,赶紧买来一个本地出产的小西瓜解解渴,三下五除二,只剩下一堆西瓜皮。在我们旁边有一头正在悠然吃草的大黄牛,我试着喂它一块西瓜皮,没想到黄牛吃得津津有味,大伙于是七手八脚把西瓜皮全给了黄牛,并笑称这是合理利

用资源,人与自然和谐。我想这话是很有道理的,不仅仅是西瓜皮,地质工作的任务,就是在更大的范围,更高的境界,实现资源的合理开发利用,实现人与自然的高度和谐!

从务川拍摄归来,我们在遵义市区拍摄地质队为名城人民所做的工作成就。第二天上午,我们正在湘江河边拍摄长观点水质镜头,摄影机对着长观点,监测人员打开水阀,一股清洁甘洌的地下水奔涌而出,在阳光的照射下晶莹剔透。这时,一位市民带着一条小狗顺着湘江河边走来,小狗边走边看,仿佛发现清澈的河里也有一条小狗,它走那条狗也走,它停那条狗也停,小狗禁不住向河里的影子狂吠起来,它吠,河里的狗也吠,小狗一边跑一边吠,跑了十多米远,那河里的小狗依然跟着跑,跟着吠,小狗气急败坏,纵身跳入湘江河中。刚刚入水,小狗仿佛觉察到水中什么也没有,狂吠声也随之戛然而止,权当在河里游个泳洗个澡了。此情此景,大伙乐得开心大笑。我想,这样的开心场面,正是那一河清澈见底的碧水的缘故!而为了这河碧水,地质工作者在水文监测、地质环境调查、地灾治理、工程勘察中作出了怎么的努力和奉献呀!

拍完名城,我们前往黔北的美酒河赤水河!8月中旬的赤水河,俨然一个硕大的桑拿池,所到之处,温度高达40度以上,在暴烈的高温下拍摄,开始是挥汗如水,后来已是无汗可挥了,整个人仿佛被蒸干的感觉。美丽的赤水河,不仅美酒飘香,而且风景如画,但脆弱的地质环境,极易诱发地质灾害。1998年,赤水市大同古镇旁边发生一起大型地质滑坡险情,滑坡面积约3.47公顷,危及200多户群众,二勘院临危

受命,组织精兵强将进行治理,使古镇人民避免了一场大的损失。我们摄制组来到大同古镇,从镇领导到老百姓,对二勘院地质队员交口称赞,同行的赤水市国土资源局的官员介绍说,原来的滑坡体经过治理后,不仅坚如磐石,而且在上面退耕还竹,发展竹经济。目前全镇农民的主要收入40%来自竹海,他们正沿着地质工作者走过的足迹,齐心协力,携手建设绿色大同,和谐大同!

随后,我们摄制组一行来到贵州南部的瓮福磷矿拍摄。这是贵州省地矿局115地质队等单位在20世纪70~80年代探明的全国著名大型磷矿,目前正在进行大规模矿山开发和磷肥生产。在现代化的矿山开采现场,上千万元的大型挖掘机忙碌工作,几十辆70多吨的重型装载卡车来往穿梭,摄制组拍摄了一组组规模宏大的矿山镜头,拍摄了现代化的大型磷肥生产企业瓮福磷肥厂,厂区很大,四通八达的道路,只能用经纬来命名,如经三路、纬四路等等,党委书记齐建伟在接受采访时告诉我们,瓮福磷肥厂生产的磷一铵、磷二铵均获得全国驰名商标,远销国内外,瓮福磷矿目前的年产值已达40亿元,他们正在和地勘单位合作,探明新的后备基地,力争十年内实现年产值超100亿元的目标!地质队员辛勤找矿的成果,在这是得到最完美的价值体现!

为了拍摄帮助老百姓解决饮水难题的镜头,我们摄制组又匆匆赶到贵州南部的平塘县。贵州喀斯特生态系统脆弱,地表严重干旱缺水,"地下水滚滚流,地表水贵如油",是平塘县喀斯特岩溶石山地区缺水的真实写照!贵州省地矿局地调院、一勘院在平塘县塘边、克渡镇,成功实施以地下河开发为龙头的地质环境综合整治工程,通过对巨木地

下河拦蓄成库和提引,实施梯级开发,解决了平塘县塘边村6000多人和10 000余头大牲畜的饮水问题,缓解了400余公顷耕地灌溉问题,示范区粮食产量也大幅提高。在巨木地下河工地,白花花的地下水涌出来,绿茵茵的庄稼长势喜人,我们摄制组刚刚进村,便受到乡亲们的热情欢迎,纷纷称赞和感谢地质队为他们带来幸福生活。采访拍摄时,村民们饱含泪花说:"这是地质队给我们造的福,我们永远记在心里。"

其实,这不仅仅是一个人抑或一个地方的心声,而是整个贵州地矿工作五十年的真实写照!造福人民,造福地方,是所有贵州地矿人的共同心愿和毕生追求!

走进大山,在拍摄电视中细细体会地矿人的内心情感和执着追求,我们真切地感受到,建设和谐贵州,找矿富民兴黔,地质队员不仅肩负着光荣而神圣的使命,更做出了突出的成绩和贡献!

他们的辛勤汗水洒满了贵州高原,他们的跋涉足迹踏遍了黔山秀水,他们的辉煌成就大写在苗岭高原的每一寸土地上!

找矿报国的贵州地矿人,共和国不会忘记!

三都石头会"生蛋"

　　人们听说过"会唱歌的石头",却不一定听说过"会下蛋的石头"。在风光秀美的贵州三都水族自治县,有一块神奇的崖壁,它虽然不会唱歌,却有着神奇的能力——产蛋,每隔30年就会生出一些石蛋来。是造物主的情有独钟,还是大自然的鬼斧神工,崖壁具备的神秘"生育"力量,究竟来自何方,这些石蛋究竟藏着一个怎样的传奇?

　　三都,是我国目前唯一的水族自治县,这里风景优美、民族风情独特,被人们称为"像凤凰羽毛一样美丽的地方"。三都水族自治县有一个历史悠久、生态优美的姑鲁寨,居住在这个古老村寨里的水族人,几乎家家户户都供奉着一位特别的神仙——"石神"。

　　关于"石神"的传说,十分富有传奇色彩。据说20世纪50年代的一天,姑鲁寨的几名妇女在河边洗衣时,忽听"咚"的一声,一个仿佛椭圆形的物体从天而降,坠入河中,河水立刻泛起淡淡的黄色。妇女们惊恐之余走进仔细察看,一只硕大的椭圆形石蛋,静静地躺在河水中,她们认为这一定是上天赐予的宝物,于是虔诚地把石蛋捧回家,让男人们去安排处理。平时恬静安然的寨子,立刻像炸开了锅一般,村民们纷纷前来观看,对这枚奇特石蛋感到十分好奇,年长者于是带领村民,顺

着河谷及两岸仔细查看,探其缘由。经过几天的仔细探寻,村民们在寨子附近登赶山的半山腰,发现了一块长20余米,高6米的裸露崖壁,崖壁的断面凹凸不平,有的崖壁凹陷呈半椭圆形,凹陷之处仿佛是石蛋离开后的窝;有的崖壁向外凸出,若隐若现的石蛋半悬于空中。寨民们大喜过望,立刻将这些大大小小的石蛋抱了回家。

从此,寨民将发现石蛋的崖壁称为"产蛋崖",将这些神秘的石蛋当作"石神"供奉起来。山崖生出石蛋,听起来似乎有些荒谬,但现实明明白白地摆在村民眼前,于是,关于石蛋的传说被人们广为演绎和流传,神奇有加。有人说,第一个捡到石蛋的女人当年就生了一个男孩;有人说,石蛋能保佑人不生病,使老人长寿;还有人说,石蛋能为大家带来五谷丰登的好日子。在这个仅有20多户人家的小寨子里,保存供奉的"石神""石蛋"多达76枚。

"山崖生石蛋"的奇特故事,不仅成为姑鲁寨的传说,更吸引无数好奇的人慕名而来。村民们绘声绘色地向探奇者讲述:姑鲁寨的产蛋崖不仅产蛋,而且每隔30年就要生一次!每隔30年,当狂风暴雨、雷电交加之时,产蛋崖就会生出一枚枚石蛋。

就在"山崖生石蛋"的奇特故事沸沸扬扬的2005年的一天,时任贵州省地矿局总工程师的王尚彦上网时,无意中看到石蛋照片,立刻引起他的关注。照片上的石蛋大多是圆形或椭圆形,青色中带一些淡黄,他觉得很像恐龙蛋。这是一个大胆而惊人的猜测,中国是世界上恐龙蛋产量最多的国家,但贵州省境内迄今为止还从未发现过恐龙蛋化石,如果这些石蛋真是恐龙蛋化石,其科研价值及经济价值将无可

估量!

想到这里,王尚彦异常兴奋和激动。他立刻把石蛋照片和以前发现的恐龙蛋化石照片进行对比,发现无论从形状还是大小上看,石蛋和恐龙蛋化石都很相似;虽然没有恐龙蛋化石的蛋壳结构,但石蛋的纹路和恐龙蛋化石因长期风化形成的纹理也极为相似。但也有一个问题让他感到迷惑,三都是五亿年前古生代的寒武纪时形成的岩层,恐龙最早出现在中生代,侏罗纪时种类和数量最多,恐龙蛋怎么可能先于恐龙而出现在寒武纪地层里呢?

为了尽早揭开这些谜团,他决定赶赴三都实地考察。经过五个多小时的跋涉,怀着激动的心情抵达姑鲁寨布满石蛋的产蛋崖时,天色已渐渐暗下来。经过对石蛋仔细辨认,结果大出他的意料之外,这些石蛋极有可能不是恐龙蛋化石,因为恐龙蛋通常有"蛋壳",而这些石蛋没有"蛋壳",内部结构比较均一,石蛋呈青黄色,质地坚硬而沉重,从外到内分布有极明显的纹路,不具备恐龙蛋的基本特征。

那么,它们到底是什么?外形又为何呈规则的蛋状呢?为了进一步揭开石蛋的秘密,王尚彦采集了产蛋崖上的岩石样本及周边类似的岩石样本,回到实验室通过分析测定,发现产蛋崖的石壁是由一种泥岩构成,而石蛋则是一种极为常见的灰岩成分。石蛋所形成的地质年代既不是恐龙生活的侏罗纪,也不是在贵州分布最广的三叠纪,而是比这些地层更早的寒武纪,距今已有 5 亿年历史。

时光回溯到 5 亿年前,当时贵州三都地区是一片深海海底。一些游离在深海软泥中的碳酸钙分子,在特定物理化学作用下逐渐凝聚成

坚硬的结核。同时,上层沉积物的不断压实,使软泥和结核都变成了深埋海底的岩石,软泥成了泥岩,结核则成了石蛋。

经过亿万年的地质运动,当石蛋形成并露出地面后,在漫长时光中逐渐风化,由泥岩构成的崖壁的风化速度,要比结核形成的石蛋风化速度快30年。因此每隔30年,当外部的泥岩层层风化、完全剥落后,石蛋就慢慢露出来,并在重力作用下自动落下山崖——这就是产蛋崖"生蛋"这一奇特的现象的秘密所在!

石蛋被姑鲁寨人阴差阳错地视为"石神",虽然被证实并非神灵,但在姑鲁寨人的心中,它们仍是上苍珍贵的赐予,慕名观赏石蛋的游客也越来越多,为保护这些石蛋,寨里还经常派人巡山看护。

山不在高,有仙则名。石蛋,或许就是让姑鲁寨闻名天下的"仙"。在旅游业日渐兴旺的今天,愿大自然的这一神奇的现象和产物,为姑鲁寨人带来财富,带来欢乐,带来幸福!

塘边镇的幸福泉 |

白花花的地下水在河道田间欢快奔涌,大山峡谷的梯田里金黄的稻谷迎风舞动,玉带般的公路在青山碧水间若隐若现,整洁优美的幢幢民居掩映在绿荫怀抱……美丽的金秋时节,走进贵州省平塘县塘边镇,目光所及尽是一片山青水蓝、生机勃勃的喜人景象。

这个美丽的绿色家园,是十年前做梦也不敢想象的!塘边村的村民们争先恐后地告诉我,是一个水字,改变了他们祖祖辈辈缺水贫困的命运;是地质恩人,开启了绿色希望之门,让他们梦想成真!

水是生命之源,是发展之基。生活在典型岩溶缺水贫困山区的平塘县塘边镇老百姓,因为一个沉甸甸的"水"字,世代饱受"滴水贵如油"之苦,倍受贫苦煎熬。据村民介绍,过去,全镇有几千亩土地缺水灌溉,吃饭问题难以解决,上万老百姓的生活用水也很犯愁。干旱时节,不少农村壮劳力要翻山越岭几公里,甚至几十公里去背水,默默承受久旱之困和攀越之险;偶遇下雨,村民们立即挖掘水窖,把贵如油的雨水积攒贮存起来,洗脸水留作洗脚,洗脚水留作喂猪牛,洗衣和洗澡要等到雨季。由于缺水,山上荒草枯萎,田土干枯龟裂,禾苗奄奄一息,老百姓最大的梦想和期盼,莫过于清水奔流、禾苗青绿、家园秀美……

改善岩溶石山区生态环境,建设生态良好的美丽家园,地质工作者义不容辞,重任在肩! 从 20 世纪 90 年代开始,贵州省地矿局从地质因素入手,致力于岩溶石山地下水的综合治理研究,力图通过地下水的开发,综合改善岩溶山区生态环境和贫困面貌。十多年来,该局水文地质科技工作者,连续多年不间断地开展国家级贫困县平塘县地下水研究开发,终于引出丰富的地下水,开启了塘边镇绿色希望之门!

2000 年初春,是一个值得塘边镇人民永远记忆的日子! 贵州省地矿局利用国土资源部的项目和资金支持,在大小井地下河流域,开展地下水与生态环境调查,并实施巨木地下河开发示范工程,开启了引出地下水润泽家园的序幕!

这是一个漫长的探索过程,也是一个艰辛的奋斗过程,地质队员走到哪里,地下找水的攻坚战就打响在哪里! 岩溶山区山高坡陡,运载钻探设备十分艰难,往往是边修路边前行,大卡车换农用车,农用车换人力车,一步步挪近目标;没有道路,就人拉肩扛,靠双手两肩把设备运到井位上。2001 年冬天,该局第一工程勘察院施工的第一口探采结合井正式开钻,钻工们 24 小时奋战在机台上,满身挂着泥浆冰甲,双手冻得通红僵硬,戴在手上的手套不一会儿就同钻杆冻在一起,要用热水浇烫淋后才能拿下来。经过 3 个月的艰辛努力,春光明媚的时节,一口日涌水量达 2000 多吨的高产水井打出来了,摆河、猫寨两个村的 13 个村民组 770 户 4355 人、1500 头大牲畜,从此告别了缺水的日子。白花花的地下水从管道喷涌出来,祖祖辈辈饱受缺水之苦的村民们,像过节一样高兴。村民们至今仍然难忘当时的激动喜悦场面,一位姓

王的村民手捧甘泉激动说:"这是地质队给我们打的'幸福井',地质队是我们的恩人啊!"

取得探采结合井地下水开发经验后,该局把目光转向水量更大的地下河。据时任贵州省地矿局副总工程师王明章介绍,2003 年,该局一勘院、地调院的 10 多名地质科技人员,以塘边镇巨木地下河为重点,研究岩溶地下河的蓄、引、提开发经验,一举获得成功。第二年,巨木地下河开发示范工程正式动工! 在河面修建高 7 米的低坝,拦蓄地下河成为水库,建立水泵站,从出口处提引地下水;次年 10 月实施第二梯级开发,在地下河出口下游约 1.2 公里筑一新坝,利用溶蚀沟谷建成一定库容的水库,使之与巨木河出口已建成的水利工程相互配合,形成巨木河的梯级开发。

从此,白花花的地下河再不会从地下悄悄流走,而是流到千家万户,流进万顷粮田,润泽当地百姓。不仅解决了平塘县塘边村 6000 多人和上千头大牲畜的饮水问题,同时为 400 余公顷耕地提供了灌溉水源,既种水稻、小麦,又种玉米等杂粮;既种蔬菜和瓜果,又种经济林木,每年新增经济收入近千万元。放眼望去,塘边村一片绿荫环抱,满目田园风光!

与此同时,为扩大地学与农业的结合,该局又开展地球化学背景调查与农作物适生性调查,探索一系列提高名、特、优农产品产量和品质、改善生态环境的路子,地质专家指导当地村民运用矿物肥料种植,示范区水稻产量每亩增产 150 公斤,油菜籽产量增产每亩增产 14 公斤,仅农业生产一项新增经济收入 150 多万元,为绿色家园建设书写

了新的篇章。

有了充足的水源，塘边镇的农田、旱土、荒山一起上，甩开膀子大搞林果种植。5年共种植旱菜约666公顷，总产量2万多吨，清水和环山两个基地旱菜种植获得重大突破。以环山为例，10多户人家仅种植旱菜就实现户均收入5000元以上，成为旱菜种植的领头雁。昔日荒凉的山上，种植了柿子约1333公顷，共20多万株，既改善了生态环境，并产生了良好的经济效益。一位姓陈的大爷高兴地说，去年销往重庆、浙江、福建等地的柿子达500吨以上，为当地百姓带来收入60多万元；今年柿子刚上市，各地客商纷纷前来设点收购。

沿着绿荫环抱的山间小道，走进山上的柿子林，一树树果子压弯了枝头，红彤彤的柿子像一张张灿烂的笑脸，透射出当地老百姓当今生活的滋润和喜悦。放眼山下，河里流着白花花的地下水，田里铺满金黄黄的稻谷，整洁的民居点缀在青山碧水之间，袅袅炊烟在绿荫荫的背景上飘出一道优美的曲线，犹如一幅绿色盎然的山水画卷！

地质队员引出的地下幸福泉，彻底改变了平塘县塘边镇人民的生活。山变绿了，田变肥了，住房变宽敞漂亮了，老百姓变富足幸福了！变成一个和谐文明的新农村，变成一个美丽蓬勃的绿色家园！

即将告别塘边镇的时候，偶然看见一位村民家门上，贴着这样一副对联："地质队员排忧解难引甘泉铸惠民丰碑，塘边百姓饮水思源传万代建绿色家园。"

我不由自主地，轻轻唱起了《勘探队员之歌》……

用石头创造奇迹

八月的骄阳，让人闷热难当。走进位于贵州西南部的一座黄金矿山，却是另一番怡人景象：一排排绿树点缀的矿区浓荫掩映，一片片草坪装扮的厂区清新整洁，一幢幢栉比鳞次的楼房布局合理，一个个忙碌工作的职工春风满面……这里，是我国开发最早、产量最高、创收最多的难选冶黄金生产矿山——贵州省地矿局和福建紫金矿业公司合作建设的贵州紫金水银洞金矿！

水银洞金矿，由于地处偏僻等因素，过去一直比较贫穷落后。20 世纪 70 年代末，贵州地矿局地质工作者，来到南盘江边一个偏僻的山区——板其。经过一年多的辛勤工作，他们发现了我国第一个微细粒浸染型金矿，这种用肉眼看不见的金矿，颗粒在千分之一毫米以下，与美国内华达州的卡林金矿同属一种类型，因此被称为"卡林型"金矿。这是贵州地质找矿工作的重大突破，是贵州省地矿局地质工作者，在石头里发现的一个奇迹！

板其金矿发现以后，贵州地矿局 105 地质队组织地质技术人员会战黔西南的贞丰、兴仁等县，继续开展金矿勘查工作，在贞丰县水银洞地区发现一个特大型金矿——水银洞特大型金矿，探明黄金储量 30 多

吨。水银洞特大型金矿的发现,如一个闪耀的星星,吸引了世人的热切关注!更令人激动的是,该局在整个黔西南地区,探明微细粒浸染型黄金储量 220 吨,远景储量达到 300 吨以上,为开发金矿摸清了资源家底,提供了资源保障!

20 世纪 80 年代初,由于这种金矿难选冶的工艺性能,冶炼开发难度很大,黔西南地区虽然发现、探明和控制难选冶金矿储量居全国之最,但一直没有得到有效开发利用。水银洞金矿,成为我国第一个"吃螃蟹"的金矿!

到 21 世纪,贵州省地矿局与福建紫金矿业公司强强联合,利用丰富的勘查成果和先进的技术、设备及国内外原生金矿的选冶研究成果,在水银洞金矿区,第一次探索应用常温常压催化预氧化处理——氰化浸出的先进生产工艺,并一举获得成功!该工艺具有回收率高、有利于环保等优点,填补了我国常规冶炼方法不能提炼难选冶原生金矿的空白,对黔西南、贵州乃至全国难选冶原生金矿的勘查开发起到促进和示范作用。

2001 年 11 月,水银洞金矿正式开工建设,并被列为贵州省重点项目,首期投资 5500 万元进行矿山基础设施建设,2003 年 6 月,水银洞金矿运用加温常压催化预氧化先进生产工艺,成功生产出我国第一块难选冶黄金,达到国标一号金标准,标志着贵州省及我国微细粒浸染型黄金,正式进入大规模工业开发阶段。

水银洞金矿矿业有限公司正式投产,标志着具有国内领先水平的常温常压催化预氧化处理先进生产工艺取得成功。水银洞金矿运用先

进生产工艺,成功生产难选冶黄金后,引起社会各界的关注,为热火朝天的水银洞金矿增添了干劲。水银洞金矿总投资 2.7 亿元,分三期建设。一期工程建成投产的 2003 年,生产黄金 560 公斤,收入 5300 万元;2004 年生产黄金 1.45 吨,收入 1.6 亿元;2005 年 6 月,二期技改工程竣工如期投产后,日处理矿石由原来的 300 吨提高到 600~800 吨,改变了过去每月黄金产量一直在 100~200 公斤之间徘徊的局面,2005 年生产黄金 2.5 吨,实现产值近 3 亿元,成为贵州省第一座年产黄金收入达 3 亿元的黄金矿山企业。2006 年,他们制定了多项有力措施,提高产金能力,紧紧抓住金价上扬的机遇,不断改进预氧化工艺,使尾渣品位大幅降低并提高了选矿综合回收率;对提升系统实施车场改造、加强井下调度等,节约了几百万元改造费用,避免了因全面改造造成停产 3 个月的损失,为产金任务的超额完成节约了宝贵时间。2006 年生产黄金 3.5 吨,实现收入 5 亿元,成为贵州省第一座年产黄金收入达 5 亿元的黄金矿山企业;2007 年初,他们将以前的尾矿处理水渣混合直排系统改为干、湿分别排放系统,降低大量矿水对尾矿坝的压力,注重安全生产和环境保护,保证了水银洞金矿正常的安全生产,又为环保方面打下了坚实基础,自 2007 年 4 月初恢复生产以来,8 个月生产黄金 2.5 吨,实现收入近 4 亿元。

以水银洞金矿为龙头,贵州从一个不产黄金的省份,一跃成为中国西南地区的"金三角",全省每年生产黄金达 5 吨以上,成为全国的产金大省!

水银洞金矿矿业有限公司总经理表示,将通过 5~10 年的努力,将

水银洞金矿建设成为特大型、效益型、科技型、环保型的大型现代化黄金企业。

与此同时，为做好水银洞金矿资源保障工作，贵州省地矿局105地质队在一期工程建成投产后立即在矿山外围地区进一步开展地质勘查，探明金矿总储量达54吨，远景储量超过100吨，意味着水银洞金矿资源量可供开采15年以上。

贵州省地矿局发现并探明了以贞丰水银洞为代表的金矿区，全省现已探明储量249吨，远景储量在1000吨以上，形成了新的"金三角"。

目前，贵州已探明250余吨金矿，但全省找金前景广阔，黄金资源勘探仍有大片"处女地"有待开垦。据有关专家介绍，贵州黄金资源主要分布在3个成矿区，分别是黔西南成矿区、黔东南成矿区和黔南成矿区。其中以石英脉型和砂金为主的黔东南成矿区和黔南成矿区，需要进一步加大黄金勘探力度，查清黄金资源储量"家底"；以难选冶的微细粒浸染型金矿为主的黔西南成矿区，目前地质工作程度达到普查以上的矿床已有11个，其中中型、大型和特大型矿床7个，同时在超大型金矿床毗邻地区找金前景广阔。有关地质专家介绍："目前黔西南地区已发现的金矿仅是储量中的一小部分，大量的金矿资源尚存于矿床深部，找矿前景广阔！"

专家认为，黔西南地区虽然已勘查探获数百吨黄金，但黄金资源大部分还有待进一步发现，找矿前景十分广阔。根据新的找矿理论，黔西南目前所发现的金矿仅为近地表部分，还有大量的黄金资源蕴藏在深部，甚至在千米以下，用化探法足以证实，大量的金矿资源尚存于矿

床深部,有的甚至"沉睡"在千米之下,亟待开发。

　　为此,贵州省地矿局制定了"攻深找盲、探边摸底"战略,把水银洞金矿等超大型微细粒浸染型金矿床毗邻的具有相似成矿地质条件的地区,作为"攻深找盲"的首选靶区,加大黔西南地区深部找矿力度,开辟"第二找矿空间",引进具有国际先进水平的钻机,在贞丰县开展深部钻探,成果证实 1000 米深部还有良好的金矿资源,展示了靶区良好的找矿远景,并在区内深部风险勘查隐伏金矿取得重大突破。该局还向贵州省人民政府呈报了关于加强地质工作的建议,提出进一步加大全省金、磷、铝等重点矿产资源勘探力度,查清金等矿产资源"家底",为全省矿业工业发展提供资源保障。

　　期待水银洞金矿在提高产量的同时,进一步加大黄金勘探力度,寻找"沉睡"在千米之下的深部金矿,继续用石头创造更大的奇迹!

中国绿色磷都

玉带般的公路在青山碧水间蜿蜒,整洁的厂矿掩映在绿荫荫的怀抱。走进素有"中国磷都"之称的贵州开阳县,到处是山青水蓝、生机勃勃的喜人景象。该县依托全国首屈一指的丰富磷矿资源,大力发展循环经济,打造生态环保的"中国绿色磷都",全国第一个大型磷煤化工生态工业示范基地正在崛起。

优质磷矿冠甲全国

在中国,提起优质磷矿资源,人们首先谈到的是"中国磷都"贵州开阳县。1958 年,贵州省地矿局 105 地质队等单位地质工作者,在开阳县境内发现丰富的磷矿资源,从而结束了中国"贫磷"的历史。经勘查,开阳县磷资源总量达 6.68 亿吨,已探明储量 4.43 亿吨,其中优质磷矿储量 4.28 亿吨,保有储量 3.92 亿吨,远景储量 6.68 亿吨,富矿总量占全国磷资源富矿的 35%。全国 P_2O_5 含量平均为 16.85%,而开阳 P_2O_5 32%以上的高品位富矿占全国的 78%以上,与云南昆阳,湖北襄阳并称"三阳开泰"而闻名世界,其中尤其以开阳磷矿资源质优量大,是世界上少有、目前国内唯一不经选矿就可直接用于生产高浓度磷复肥的优

质原料,最宜生产磷铵等高浓度磷复肥。

资源环境问题凸显

磷矿资源总量和优质量在全国有口皆碑的贵州开阳,按理说应该是资源无忧,但开阳也有自己的烦恼和难题。

从 20 世纪 50 年代开始,以建设开阳磷矿为标志,磷矿资源进入开发阶段,开阳年开采磷矿石约 425 万吨,已形成年产 400 万吨磷矿石和 20 万吨黄磷、数十种磷化工产品的基础平台,基本建成了双流—永温—金中磷化工走廊。在磷化工的某些领域,其技术水平已处于全国乃至世界领先水平。

然而,由于多年来磷矿资源的开发利用主要以富矿为主,矿山开富矿,许多优质磷矿资源未得到保护性开采和科学合理利用,造成富矿资源过度开发。同时,贵州开采的优质富矿部分用于低浓度磷肥和加工初级产品,优矿低用,不合理用矿,导致优质富矿消耗速度加快。加上近年来磷矿石出口量剧增,而且出口矿品位高,造成贵州优质磷矿资源大量流失。加之受利益的驱使和开采技术水平及装备的限制,一些乡镇和个体小矿与国有大中型矿山争夺资源、乱采滥挖、破坏磷矿资源、破坏矿区环境的现象不同程度地存在。一些小型企业由于技术装备落后、开采方法原始、开采磷矿回收率低,损失率高,严重破坏了生态环境,资源浪费较多。如果不从根本上改变高消耗、高污染、低效益的增长方式,贵州磷矿源资源将难以为继,生态环境也将不堪重负。

合理开发刻不容缓

磷化工是一个资源、能源密集型产业,生产 1 吨黄磷,大约需要消耗 8.5 吨磷矿,2.1 吨白煤和 3.1 吨的硅石,能量总消耗量达到 7.1 吨标煤。因此单一发展磷产品初级加工,必然是高物耗、高污染、低效率的。建设国家级大型磷复肥基地,实现磷化工产业的可持续发展,必须合理开发利用和保护有限的磷矿资源,做到资源开发与环境保护并举,磷化工行业的产业特点给实施产业耦合和循环经济提供了广阔的空间。

在这种形势下,开阳县顺应全球性绿色生态经济发展趋势,大力发展循环经济,2004 年 6 月,全国首个循环经济生态工业基地项目——"贵阳市开阳磷煤化工(国家)生态工业示范基地规划"在京通过国家论证。他们认识到,磷化工在产业链条的上下游都与多种产业有着密切关联,如煤化工、氯碱化工、热电工业……运用"减量化、再利用、再资源化"的循环经济 3R 原则发展磷化工与多元化产业耦合,建立精细产品平台,大幅度提升磷矿加工能力,同时引进新的资源和产业,摆脱对磷矿资源低级利用的局面,创新不可再生资源地区可持续发展的新思路,是跳出传统矿业城市畸形发展"怪圈"的必由之路。

环保生态良性发展

环境保护,是可持续发展的基石。该县紧紧抓住"贵阳市循环经济开阳磷煤化工(国家)生态工业示范基地"建设机遇,充分发挥磷、煤、

水能等资源优势,以"减量化、再利用、再循环"为原则,以生态经济强县建设为核心,采取多种措施,走环保生态的新型工业化道路,尽可能地降低磷产品生产过程中对磷的资源消耗,开发延伸产品,发展循环经济,打造生态"磷都"品牌,把开阳建设成为全国大型的磷煤化工生态基地,为贵州乃至全国磷煤化工产业提供示范。

工业是富民之源,环境是立县之基。开阳磷化工产业为实现"热湿并举、突破湿法、控制热法"的发展思路,政府积极引导推动,一系列工业"三废"综合利用项目迅速发展,"三废"利用衍生的系列新产品、新项目也陆续突破技术关,逐步投入市场开发。"三废"综合利用实现了由单一资源型、传统粗放型向多联产生态型、集约型、清洁型产业结构的转变。引进资金85亿元的磷煤化工循环经济十大实体性项目,推动节能降耗,使产业链不断延长,环保体系逐步完善。

步入开阳县的磷化工厂区,浓烈呛鼻的空气早已成为历史,集科技环保于一体的生态工业园区内,碧绿的草地随处可见,四周山川秀美,徜徉其间,仿佛置身于大自然中。开阳县环保局同志自豪地说,在全面实施污染物总量控制制度方面,将加大限期治理力度,实行环境容量"一票否决";全面推行排污许可证制度,着力打造一批循环经济项目,将燃空排放的黄磷尾气及磷渣全部利用。随着这些循环经济项目的相继建成,开阳磷矿资源本地加工率、黄磷尾气利用率、黄磷深加工率、工业废水循环利用率得到有效提高,荣获中国无机盐工业协会授予的"中国绿色磷都"称号。

院士专家高度评价

开阳生态"磷都"建设的成果,引起了全国同业和有关专家的关注。中科院院士袁承业不顾80多岁高龄,专程到开阳磷化工产业带实地参观考察,并深有感触地指出,贵州的磷化工产业不但形成了一定的产业规模,而且开发理念和产品质量也与世界接轨,已经接近和达到世界平均水平。袁院士指出,贵州磷化工产业有得天独厚的优势,自然资源丰富,磷矿不但储量位居全国第二,而且品质非常好。贵州磷化工产业要最终实现规模经济效益,一定要在产品延伸上做文章,要依靠世界先进技术,提高自身竞争能力,在降低资源消耗的同时,注重保护生态环境,提升经济效益,实现可持续发展的良性循环模式,打造名副其实的"中国绿色磷都"!

贵州古生物王国 |

贵州是山的王国,山的海洋,山的博物馆。面对贵州层层叠叠、无边无际的群山,诗人廖公弦曾经深情地写道:"如浪卷,似涛翻,浪卷涛翻贵州山;浓的绿,淡的暗,万里不觉颜色变……"

贵州高原这些连绵起伏的群山,岩石大都叫沉积岩,沉积地层约占全省总面积的80%以上,而几乎所有的沉积岩地层分布地区,均有化石分布。在贵州这些广阔的土地上,广泛分布着各种门类的化石,产生了在国际上极具影响力的4个古生物化石群,成了研究古生物、探索生物演化、恢复古生物地理分区的化石宝库,国内外学者纷至沓来,贵州成为著名的古生物王国。

20世纪50年代,一个震惊世界的古生物化石——"贵州龙"在兴义地区被发现,这是我国最早发现、研究、定名的三叠纪水生爬行动物化石,也是亚洲首次发现的原始鳍龙类化石。随着兴义贵州龙动物群化石的发现,瓮安生物群、凯里生物群、关岭生物群等相继被发现,使贵州省的古生物化石群蜚声中外,震惊全球,在国际上产生了深远的影响,大大提高了贵州在国际上的科技形象。

长期从事古生物化石研究的专家王尚彦,谈起这些古生物化石如

数家珍,滔滔不绝。他告诉我:"在2002年的《Nature》和《Science》杂志上,刊登了介绍中国古生物的文章,这篇文章认可中国有十个古生物化石群,其中贵州有两个:一个就是瓮安生物群,一个就是关岭生物群。为什么呢?因为瓮安生物群,把动物的起源时间向前推进了500万年,在世界上产生了巨大影响。关岭古生物化石,它的海生爬行类的化石保存的完整程度和丰富程度,在世界上是绝无仅有的!"

关岭布依族苗族自治县毗邻著名的黄果树瀑布,在该县新铺乡的崇山峻岭中,地质科技人员发现了世界罕见的古生物化石,这些古生物化石的埋藏面积非常大,在200多平方公里范围内,数以亿计的海百合和众多的龙化石群,生动地展现了一个庞大的"龙宫"和一幅浩瀚的海洋世界画卷,蜚声中外。

这些古生物化石主要包括鱼龙、幻龙、海龙、齿龙等海生爬行动物化石和千姿百态的海百合化石,对研究三叠纪的古生物学、古生态学、古海洋学等具有重要意义和科研价值。关岭三叠纪古生物化石,特别是海生爬行类动物化石和海百合化石,其化石数量之巨大,种类之繁多,保存之精美,形态之奇特,为全球同期地层所罕见,堪称世界一流。在贵州省关岭古生物化石展览馆,我们看到一条鱼龙,是关岭生物群中海生爬行类的一个主要门类,这条鱼龙长达7米,如果恢复它的原始体重,应该有4~5吨重,从它的保存完整程度和大小来看,在世界上都应该是领先的。经国土资源部批准,贵州关岭古生物化石群已成为国家地质公园。

在贵阳市小河石博物馆,保存着一块来自关岭的海百合化石,长

4.8 米,宽 1.95 米,是目前世界上发现的保存最完好、面积最大的一块海百合化石,并成功地申报了世界吉尼斯纪录。这块海百合化石的冠在上部,它的茎在下部一直环绕,绕了将近 10 米,绕成一个大大的圈,而且有很多海百合聚集在一起。最为奇特的是,海百合的茎像蛇一样呈 S 形,这些脚是原始的,这块化石成为贵州众多海百合化石中的一大奇观。像这样在世界上极具影响力的化石在关岭还有许多,有的似盛开的花,有的似优美的画,栩栩如生,惟妙惟肖,令人叹为观止。

关岭化石群国家地质公园有一个特点,就是公园建在化石发现原地,龙化石还原封不动地埋在地上,海百合化石比比皆是,在一些岩层断面上,还可清晰地看见露出头来的海百合茎化石,走进地质公园,仿佛走进了亿万年前浩瀚而热闹的海洋世界。家住在地质公园旁边的新铺乡白云村村民胡国义兴奋地说,过去来这里参观的人很少,建立国家地质公园后,关岭化石群的名声越来越大,每到节假日,来这里参观的人络绎不绝,很多外地人慕名而来,而且是一家一家的来,成群结队的来。游客们说这个地方比城市里的博物馆还有看头,因为这里原汁原味,自然生动,丰富多彩,而埋藏面积非常大,保存十分完好。

据世界地质遗迹保护的经验表明,建立地质公园是保护地质遗迹,开展科普教育,带动地方经济发展的有效途径,可谓一箭三雕。通过建立地质公园将资源优势转化为经济优势,带动周围的老百姓致富,使他们自觉地保护古生物化石。同时通过合理开发可获取一定经费再投入公园建设中,把开发与保护结合起来,形成"在保护中开发,在开发中保护"的良性循环。关岭地质公园的建成,将提升关岭形象,形成

一种注意力经济,成为新的旅游业亮点,对县域经济产生了推动作用,古生物化石本身具有的潜在价值,通过它可以走向世界,让世界走进关岭。

关岭化石群等四个国家级地质公园成立后,随着宣传力度的加大,神秘的古生物化石将走出科技的象牙塔,走进热爱古生物化石的和地质科学的民众中,吸引大家的喜爱和兴趣,贵州将成为世界著名的古生物王国!

黄果树石林

　　天造地赋,在贵州黄果树瀑布风景区发现的一片独具特色的黑色石林,为世界著名的黄果树瀑布增添了新的自然旅游景观。

　　这片千姿百态的石林景观,是贵州省地矿局地调院地质技术人员在安顺开展地质工作时发现的。该石林位于黄果树瀑布西北约2公里的贵黄高等级公路边,呈南北带状分布,长1公里以上,宽近1公里,在方圆1平方公里的范围内,各种石柱、石笋、石峰、石塔高低错落、千姿百态。远远望去,这片仿佛带着神奇色彩的石林千峰竞秀,气势雄伟。登高远眺,石林在脚下如波涛翻卷,浩瀚壮观。细细观赏,有的如柱如峰,直刺青天;有的如笋如幔,造型逼真;有的如龙似猴,惟妙惟肖;有的刀削斧砍,鬼斧神工。走进石林之中,一步一景,步移景换,变换不同的角度仔细观赏,这些奇峰异石随之便变成不同的形态,酷似大千世界中栩栩如生的神话人物和动物,如花果山猴王、西行唐僧、霸王龙、鸭嘴龙等,构成了千姿百态、神奇绝妙的独特景观,令人目不暇接。漫步于石林深处,峰回路转,曲径通幽,如入迷宫。石林中遍布各种树木、藤蔓、苔藓和草地,群峰拥翠,绿韵盎然,太阳穿过石林中苍翠欲滴的古树和藤蔓,泻下一丝丝金色的阳光,宁静幽美,清新沁人,恍

若人间仙境。

据地质专家介绍,在2.4亿年前的早三叠纪时期,黄果树地区是一片汪洋大海,海水深度达两百余米。大约在2.1亿年左右海水退去,海底沉积的岩石被埋在地下数公里深处,1亿年前发生的燕山运动使地壳抬升,这些岩石便向上隆起趋近地表,在强烈的风化剥蚀和溶蚀作用下,形成了今天这片神奇多姿的黄果树石林。

黄果树石林是贵州地质旅游的新发现,具有很大的开发潜力和优势。贵州省岩溶地貌很多,目前已经开发的自然景观中,石林景观较少,黄果树石林地貌的发现,为贵州提供了又一新的旅游资源。一般的石林呈灰色或灰白色,而黄果树石林的颜色呈独特的黑色和灰黑色,这是一绝,同时石林中的地貌酷似栩栩如生的神话人物和动物,具有很强的观赏性,很能吸引游客的兴趣。这片石林距著名的黄果树瀑布仅2公里,区位优势良好,贵黄高等级公路穿石林而过,交通十分便利,可将石林作为黄果树瀑布风景区的一部分进行整体开发,充实黄果树瀑布风景区的旅游资源内涵,促进景区的旅游发展。整体开发后,天下无双的黄果树瀑布、清新秀丽的天星桥石林、独具特色的黄果树石林三景交融,相得益彰,集山、水、石、洞、林为一体,融雄、奇、幽、秀、古于一身,将完美地体现水上和陆地喀斯特地貌的绝妙景观,大大提升黄果树瀑布风景区的旅游档次,打造黄果树瀑布风景区品牌,为创造世界级地质公园打下基础。

这片神奇多姿、独具特色的石林景观引起了新闻界的广泛关注,新华社、贵州日报及贵州电视台记者纷纷前往采访报道。神奇多姿、独具特色的黄果树石林,将为贵州地质旅游打开一片新的天地。

一片赤诚与忠心

——《倾心求国是》读后

有这样一句关于君子的古语:"君子报国无他物,唯有手中纸和笔!"把自己的一片赤诚和忠心,倾注在纤细的笔杆和薄薄的纸张中,建言献策,报效祖国,的确是谦谦君子之举。贵州省地矿局陈履安研究员,就是这样一位爱国爱民的赤诚君子!

80年代中期,已久闻陈履安先生大名,得知他是一位聪明过人、博学多才、思想敏锐、爱国爱民的赤诚学者,不仅能熟练运用几个国家的文字进行阅读和写作,而且出版了大量地质科技专著和译著。直到90年代后期,因为工作关系,才有机会和履安先生谋面,一席长谈,不仅被他的智慧和学识所折服,更被他曲折的人生经历深深感动,而这种曲折,正是缘于他的聪明、博学、敏锐和忧国忧民!临别时,履安先生将他的一些著作送与我,灯下细细品读,使我对其书其人,乃至丰厚热烈的思想灵魂有了更深的了解。

1942年11月,履安先生出生于湖北黄冈,1967年毕业于武汉大学化学系,他心中充满了热爱祖国和人民的真挚感情,充满了对祖国富强、人民幸福的强烈的责任感。在"文化大革命"浩劫中,看到祖国和人民蒙受的灾难,履安先生忧心如焚,不顾个人安危,做出了常人无法想

象之举——冒险向毛泽东主席和党中央上书,指出"文化大革命"失误,建议停止"文化大革命",专注于社会主义民主与经济建设。在那个年代,有人敢如此直言,其结果是可想而知的,为此,履安先生吃了不少苦头,险遭灭顶之灾。然而,身处逆境的他,却不消沉,也不后悔,始终保持着忧国忧民的赤子之心。十一届三中全会后,他被推选为贵州省第七届、第八届政协委员,参政议政的热情更加高涨。20多年来,他不仅在本职工作上建树颇丰,而且在参政议政方面也取得不菲成绩,发表了很多文章,出版了专著,得到了大家的肯定。

2005年9月3日,是中国人民纪念抗日战争胜利六十周年纪念日,也是九三学社成立六十周年纪念日。六十年前,九三学社的前辈们,高举爱国、民主和科学的大旗,与中国共产党肝胆相照,荣辱与共,携手并肩开展抗日战争。抗战胜利后,代表科技界先进知识分子的政党,把对胜利的珍惜和祖国命运的情怀,深深地融进这个振奋民族精神的日子里,并以9月3日命名自己的政党,因而得名九三学社。

陈履安先生就是九三学社的一名社员,是一位忠诚于祖国、忠诚于学社的知识分子,是一位参政议政意识很强的学者。多年来,他围绕国家和贵州的发展认真调查研究,学习思考,积极建言献策,撰写和发表了大量的建议、论文和报告。在纪念抗日战争胜利六十周年这个神圣而伟大的日子里,履安先生将参政议政、建言献策的一些思考和建议汇集成《倾心求国是》,由学苑出版社正式出版,这是一位赤诚的中华儿女向纪念抗战胜利六十周年献上的礼物,是一位社员向九三学社成立六十周年献上的厚礼! 全国人大常委会副委员长、九三学社中央

委员会主席韩启德院士专门为该书作序,称赞他撰写的《倾心求国是》一书:"字里行间洋溢着爱国爱民的赤诚,是心的倾诉,是情的表达,是理的阐述。"

《倾心求国是》一书,精选了作者从 20 世纪 80 年代以来,在可持续发展研究、贵州区域发展研究、水资源和矿产资源与经济社会发展、环境保护与发展、科学技术与经济发展、生态保护与发展、反腐倡廉促进发展等方面的一些代表性建议、论文和报告。体现了一名爱国爱民的知识分子,对祖国和贵州发展中遇到的一系列问题,特别是资源环境问题的忧患意识和历史使命感,表达了一位情系祖国、情系人民的赤诚作者,参政议政的热情和对国家美好未来的憧憬。

人的能力有大小,水平有高低,尽其所才,能做大事做大事,能做小事做小事,情系祖国和人民,才能称之为赤诚儿女!履安先生经常说:"正确的认识,精深的思想,独特的见解,并不因地位卑下远离于你,也不因地位高尚垂青于你,而在于你是否有责任感,是否有坚持真理的勇气,是否躬身实践并独立思考,是否站在广大民众的立场。"他正是这样一位忧国忧民、赤胆忠心、善于独立思考和创新的人。早在 1985 年,他就在一篇文章里提出,工业生产要把污染治理纳入生产过程,生产兼顾污染防治,实现资源的综合利用和无污染排放,以保护环境,节约资源。他撰文《扼制奢侈浪费——可持续发展的重要一环》,强调发展中必须实行可持续发展消费方式,建立节约型社会,这种可持续发展意识在当时国内还是十分鲜见的,其忧国忧民和发展创新的思想可见一斑。纵观《倾心求国是》一书,不仅有知识的普及和传播,有发

展的思路与对策,有建设性的思考和建议,有思想的火花和创新意见,更有一颗赤诚的爱国爱民之心!

十三亿中华儿女,心中流淌着一种血,心中同唱着一首歌,心中同怀着一个梦,为中华民族的伟大复兴而努力奋斗。陈履安先生《倾心求国是》一书,在纪念抗日战争胜利六十周年这个神圣而伟大的日子里正式出版发行,给我们一个深刻的启迪,天下兴亡,匹夫有责,各尽所能,报效祖国,十三亿中华儿女,蕴藏着巨大的爱国爱民的崇高情怀和强大力量,这种情怀和力量,正是中华民族伟大复兴"中国梦"的基础,是祖国繁荣富强的希望!

爱的旋律
——《光荣的使命》读后

窗外的雪花,纷纷扬扬地飘舞着,这是 2012 年末下的第一场雪。真是瑞雪兆丰年,再过几天就是元旦节,2013 年就要到来了!

记得我在 2000 年出版的散文集《月亮贺卡》中,收录了一篇《数字琴弦上的音符》的散文,这是有感于贵阳市财政局举办的一台精彩的文艺演出而作的。其中"平时拨弄数字的理财能手,也是能歌善舞的文艺能手;他们用数字上的琴弦弹奏事业的激情,他们用舞台上的欢歌唱响心中的理想;歌声的雄浑容纳了神州大地的富饶,飞旋的节奏记录了经济效益的拔节!"至今仍然深深地留在我的脑海里,记忆犹新。

时隔整整十二年后的今天,在纷纷扬扬飘舞雪花的美妙时刻,认真拜读陈昌槐老师亲自组织编写,并即将付梓的《光荣的使命——"筑财杯"征文作品》书稿,再一次被财政文化建设的大手笔所感动!

文化是一个民族的血脉,是一个单位的灵魂。《光荣的使命——"筑财杯"征文作品》,不是一部普普通通的书,这是贵阳市财政战线的工作者们辛勤工作的真实写照,是他们用心、用情、用爱,谱写的一曲热爱财政事业的优美的爱的旋律!认真拜读书中的一篇篇精彩作品,心中涌动一股暖流,激荡一种感动,升起一种崇敬!

　　财政是国家的基石,财政工作是一项十分重要、十分艰辛、十分细致的工作。财政工作者的光荣使命和崇高职责,就是为国聚财,为党和人民当好家理好财。财政工作的性质和特点,决定了必须拥有一支高素质的干部和人才队伍,需要他们兢兢业业和不懈进取,全身心履行好光荣的职责和使命。

　　打造一支高素质的干部和人才队伍,仅靠严厉的要求、机械的约束和空洞的说教是远远不行的,必须发挥文化不可代替的教育、引领、激励和潜移默化的作用。正是基于这样的认识高度,贵阳市财政局领导班子高瞻远瞩,匠心独具,注重发挥财政文化的独特作用,精心组织编写了这部《光荣的使命——"筑财杯"征文作品》,写身边熟悉的人,写工作中平凡的事,写从事财政工作的感悟,写对财政事业的热爱……真可谓内容丰富、形式多样、风格各异、质量上乘的"财政文化大餐"。

　　肩负光荣的使命,需要怎样的素质? 贵阳市财政局局长、党组书记张海涛在本书开篇第一篇文章撰写了《牢记光荣的使命,努力提高财政干部素质》,全面阐述了作为一名财政干部,要完成所肩负的光荣使命,必须具备的政治素养、知识水平和综合素质,为财政干部的成长指明了努力方向。张海涛局长在文章结尾进行了深刻总结:"我坚信:确立了科学的信仰,认清了人生的价值,构筑起爱国奉献、慎思笃行、敬业强学、廉洁致新的财政精神高地,我们就能建成一支政治过硬、刻苦学习、勤奋工作、廉洁奉公的高素质财政队伍,开创财政工作新局面,谱写财政事业新篇章,为实现我市经济社会又快又好地发展,在全省率先实现全面小康社会建设目标做出更大的贡献。"张海涛局长语重

心长地勉励全市财政战线的干部职工:"要认清自己肩膀上的担子,决不辜负组织上和大家的殷切期望,不辜负党和人民的重托。"

贵阳市财政局财政文化建设抓得好,既有历届局领导班子的高度重视,也有如包海桥、陈昌槐等一大批几十年钟爱财政文化建设的文化骨干的默默奉献。惠兴文同志撰写的《财政文化建设的有心人——记贵阳市财政会计学会会长包海桥》一文,从一个侧面向读者描绘了贵阳市财政会计学会会长包海桥为财政文化所做的不懈努力:"包海桥,不仅仅是因为他在财经战线工作了几十年,也不是因为他当了多年的财政局长,他之所以留给同志们好的印象,得到大家的称赞与信任,是他有一颗金子般的心,他对党的忠诚,对工作的敬业,对同志们的真诚,对美好事物的追求,在他人生路上留下一个个坚实的足印,是那样深深打动人。""包海桥同志退休下来以后,2003 年贵阳市财政学会、会计学会、珠算协会'三会'合并,市财政局领导考虑到老局长身体好,有丰富的工作经验,加上广结人缘,提名并经会员大会一致通过,选他当了贵阳市财政会计学会会长。老包想,办学会到底应该抓什么呢? 在总结二年学会工作之后,他定下了这样一个目标,抓文化、抓好财政文化的建设,用这条主线去组织学会活动,才能使学会更有生气,也才能更好地服务财政工作。2005 年起,贵阳市财政会计学会在老包所定的目标带领下,把学会工作搞得有声有色,取得了不小成绩,结下了许多果实,以后的社科联三年一次的学会工作评比中,贵阳市财政学会被评为全市社科界先进学会组织,学会二位同志被评为社科联学会工作先进个人。"正是有像包海桥老局长这样一大批热爱财政文化

的热心人,才使贵阳市财政文化蒸蒸日上,成果丰硕,也激励着年轻人再接再厉。

近年来,贵阳市财政局各项工作在新的起点上腾飞,不断取得新的成绩,在完成财政收支任务、推进经济发展、关注民生等重大方面做出了积极努力,涌现了一大批热爱财政事业并做出积极贡献的基层财政工作者,得到上级领导的充分肯定和广大市民的称赞。本书用相当数量的文章,描绘和颂扬了一大批热爱财政事业并做出积极贡献的基层财政工作者的感人群像。陈昌槐同志撰写的《都像她那样勤奋进取有多好——金阳新区财政局局长刘奕扬采访记》,用朴实的语言,感人的故事,精彩的抒情,向读者展示了一位基层财政局长的艰辛工作和无私奉献:"三年多一点,从 2008 年 11 月起到 2012 年 6 月,刘奕扬任金阳新区财政局局长,她和她带的队伍,工作量之大是让我吃惊的。办公室给我送来的"归档文件目录"有厚厚的几本,如果要一一查阅每一份文件,还不去思考,那是二三个月也做不了的。我数了一下,三年多产生的各类文件六七千份,一份文件反映一项工作的开展,试问,12 个人的财政局,是怎样在工作,怎样在运行好财政工作任务的,大家费了多少神,加了多少班,熬了多少夜,而给予家庭和亲人的又有多少? 联想之中,让我对刘奕扬、对金阳新区财政局的每一个同志肃然起敬起来,深深为他们祝福! "

大家都知道数字十分枯燥,成天和数字打交道不仅单调,而且效率不高。在科学技术飞速发展的今天,如何运用信息手段推动财政事业发展,贵阳市财政局信息化建设从 2007、2008 年快速发展,到 2009

年和 2010 年被贵州省财政厅评为全省财政系统信息化建设先进单位,科技信息工作取得了新的喜人成果,迈上新的台阶,一大批财政系统信息化建设者们付出了艰辛努力。陶歌同志在《用智慧与激情去奔跑——记周黔带领的贵阳财政科技信息团队》一文中写道:"周黔团队依托'金财工程'建设,使部门预算系统、账务管理系统、综合查询系统等财政业务系统实现成功上线,所有系统运行平稳。按照局党组的要求,协调相关业务处室,将全市财政拨款单位纳入国库集中支付系统,实现了国库集中支付系统全面上线,市直单位分五批被纳入国库集中支付系统,通过集中支付系统实现资金拨付的上线单位达 285 户,上线率达 98%,单位上线率和业务量在全省位居前列。将原有的分散部署、各自独立的应用系统,逐步转变为信息通畅、数据集中处理的新运行模式,构建覆盖所有区(县、市)财政部门、所有预算单位、所有财政业务、所有财政资金的一体化财政管理信息系统,使信息化走上一体化运用健康发展的轨道,从而更好地支撑和促进财政管理目标的实现。"这些翔实的数据和关键的对比,准确展示了周黔团队的财政信息科技工作者做出的可喜成绩,揭示了科技是第一生产力的强大作用。书中收录的 40 多篇征文作品,内容丰富,涵盖全面,语言朴实,生动感人,这些人物均来自财政战线,这些故事均发生在财政行业,这些感悟均来自作者内心,这些作品均高扬"光荣的使命"主题,读来让人深受教育,深受鼓舞,深受启迪。

党的十八大描绘了全面建成小康社会的美好蓝图,2020 年国内生产总值和城乡居民人均收入都要比 2010 年翻一番,贵阳市要在全省

率先全面建成小康社会,实现这个美丽的目标,贵阳市财政工作者使命在肩,责任重大。我深信,本书的出版,不仅是财政文化建设和精神文明建设的又一丰硕成果,更将对促进贵阳市财政事业的发展发挥积极的促进作用。

我衷心祝愿祖国的财政事业兴旺发达,祝愿贵阳市全体财政工作者,肩负光荣的使命,在为贵阳市在全省率先实现小康社会建设目标的伟大征程中,谱写更加优美的爱的旋律,做出新的更大的贡献!

钱塘浪涌千里潮

——读长篇报告文学《追梦》

　　在辞旧迎新的喜庆气氛中,收到中国国土资源作协副主席陆德琮先生的长篇报告文学《追梦》,甚是激动和高兴。打开德琮先生历时半年完成的洋洋二十多万字的鸿篇巨著,我仿佛听到钱塘江畔激荡轰鸣的时代涛声,仿佛看见浙江地质人劈波斩浪勇立潮头高扬的地质旗帜,眼前闪现着一个个喜人惊人的数字,耳畔回荡着一种叫作浙江地勘模式的蓬勃!

　　《追梦》是一部成功的长篇报告文学。它的成功之处,在于作者以大量翔实的材料、细腻的笔法、生动的语言,深刻反映和全面诠释了地勘单位属地化管理后,浙江地勘局创造的三个奇迹般的高度:一是总量28亿——一个惊人的数字,一个辉煌夺目的业绩,这是浙江局属地化短短五年后创造的奇迹;二是发展,经济总量连续6年居全国同行业第一,这是浙江局属地化后一年一个台阶创造的又一奇迹;三是模式,浙江局属地化管理后,探索实现五个转变创造的全国同行业可资借鉴的浙江地勘模式!

　　《追梦》这部长篇报告文学的一个显著特点,在于作品大气磅礴、大开大合地重笔写人写事,并把人物和大事灵活地融为一体,通过重

大事件刻画人物,通过人物展现重大事件,把人物融进复杂艰难的斗争环境中去着力刻画,展现浙江地质人劈波斩浪、勇立潮头的胆略、气魄、思路和决心;多侧面、多角度地展现了浙江地质人勃发的英姿和生动的形象,一系列不畏艰险、勇闯难关、锐意改革的人物跃然纸上,人物个性展现得十分生动、鲜明和突出。如张盛丰、蔡剑虹、孟昭运、秦兆虎、张根红、张建新、龚新法、赵聪玲等等。这时,我们面前总会出现一位大开大合却又柔情似水,充满睿智与胆魄的中年人,他便是全国地勘部门闻名遐迩的领军人物,浙江地勘局局长张盛丰。作者通过多角度多侧面,描绘了张盛丰对人的坦诚,工作的认真,过人的胆识、思路的开阔,以及他无处不在的人格魅力,从而印证了一个老领导的评价:张盛丰局长的经验、思路、魄力和责任心都是一流的。

在描述重大事件中,《追梦》作者从浙江地勘局属地化管理后,所面临的种种艰辛与困难入手,通过属地化过程中发生的一系列重大事件的生动描述,展现了浙江局实现五个转变的艰难历程和快速发展过程,讴歌了浙江地质人勇于探索、勇于进取的改革精神和巨大变化。如在夺回金汇大厦维权斗争中,张盛丰亲自指挥这场惊心动魄的战斗,局党委副书记孟昭运面对围攻的人群,面对别有用心的人闪亮邪恶的刀子,镇定自若,以法律为武器取得了维权斗争的胜利;接收归并核工业地质队,改组有色局领导班子,张盛丰考察了两个队后,面对这3000多人濒临绝境的队伍,他思索着腾手牵住两兄弟,走出市场经济的低谷,重振雄风;在运作中首先抓班子建设,用好人调整好班子,张根红受命于危难之际,赶赴269队上任,却遭到一连串打击,但他忍辱负

重,用自身行动教育大家并大刀阔斧改革,最终带领这支队伍走出困境,奔向富裕;在撤销萧山机械厂等重大事件的运作中,无不渗透着浙江局领导的大局意识,胆略和气魄;被誉为通武通医通史"奇才"的秦兆虎,是个名人,是浙江局的副局长,他对三峡库区对口支援做出过突出贡献。在秦兆虎的"穿针引线"下,浙江局是第一批进入三峡库区治理地质灾害的地质队伍,同时也创下了全国工作效率最高的三峡记录。以上一系列重大事件,都围绕着张盛丰局长向全局领导干部提出的动员令——在地勘经济新形势下,必须努力实现五大转变。

细细阅读《追梦》,精彩之笔数不胜数。机关生活是一面镜子或一个窗口,它能从一定程度上,反映和折射一个单位的精神风貌和管理水平。作者在第一章里,首先让我们透过这面"镜子"和"窗口",去"感受浙江地勘局机关生活"。俗话说,人气足,单位兴;人气旺,单位盛。从这个窗口,从全局指挥中心,我们强烈地感受到机关整齐舒适的环境,高效快捷的节奏,严肃认真的作风,团结和谐的氛围,敬业爱岗的精神。浙江局下属 16 个地勘单位,14 000 多名职工,局机关仅 40 人编制,因此这里人人都是一岗多职,办公室主任张先余一人身兼五职,工作却干得红红火火,有声有色。每个工作人员的办公桌前都有一台计算机,基本上实现无纸化办公;透过局机关这面"镜子"和"窗口",透过机关员工高效而有序的工作,让我们感受到了全局的精神风貌和管理水平。此外,几乎每讲一件浙江局发展的事情,都会牵出一个浙江局爱才、惜才、用才、重才方面的感人故事,说明浙江局的不断发展,是人才打下了坚实的基础。

钱塘浪涌千里潮

在《追梦》中,作者还为我们留下了众多个性鲜明的人物形象。在刻画人物时,作者善于抓住瞬间即逝的细节,描绘人物,阐明事理,给人以深刻鲜活的印象。如张盛丰局长办公桌前的"普通木质靠背椅"、窗前的"玻璃小圆桌"的细节描述,道出了张盛丰平易近人的个性,使客人体味到一种亲近感。又如在"情满三峡"中对秦兆虎其人其事,刻画得栩栩如生,十分感人;再如"浙江局机关一名民工清洁工,因家住得远,上下班不方便,浙江局就资助她 600 元帮她买了一辆电动车",寥寥数笔,以人为本的人性化管理跃然纸上……这类个性化的细节描写,文中俯首可拾。作者常以充满感情色彩的叙述语言刻画人物,不仅言简意赅,同时增强了文字的感染力。如"张盛丰并没有把自己当作一块金子。他是将一种平平常常的责任铺撒在他的平平常常的生活轨道上";又如"姚真法说话慢条斯理,但点子多,说出话语时的间隙,一个点子就可能在话缝里产生了"等等。此外,作品中常常提炼出充满哲理的理性概括,方言俗语的应用也是一大特色,使文气显得更为鲜活,读来令人爱不释手。

在《追梦》中,作者善于以小见大,采撷生活中的一些平凡故事和片段,展现以人为本的管理理念。如机关文体、娱乐活动,职工生日,工会送上事先准备好的三样东西:生日贺卡、生日蛋糕、生日小礼物,春节机关和和融融的亲情气氛,显现出浓厚的人情味等。触目所及,让人从心底喷涌而出一股暖流。而这些,正体现了张盛丰局长提出的十二字机关建设目标:"人员要少,待遇要好,效率要高。"体现了浙江局以人为本的人性化管理。

《追梦》长篇报告文学的另一个特点,在于必要而不累赘的数字!数字本身是枯燥的,但有时数字却像史诗和乐章,跳荡在时代的琴弦上,叮咚有声,不绝于耳。文中有一组数据令人回味,浙江局在属地化管理当年的1999年,全局总收入为7亿元,利润1346万元,综合经济效益2406万元,国有资产25325万元,职工人均收入1.1万元;到2003年全局总收入已达23亿元,利润5100万元,综合经济效益9000万元,分别比1999年增长了229%、279%和274%,职工年人均收入31887元。2004年浙江局再次冲高,全局共完成总产值28亿元,同比增长14%;实现总收入26亿元,同比增长13%;实现利润6500万元,同比增长27%;职工年人均收入33 973元,同比增长6.54%……透过这些数字,我们看到,浙江局短短几年中,走过了一条条闪光的路,创造了一个个辉煌的业绩,成为全国地勘行业的一面旗帜,其影响无疑是深远的。

他山之石,可以攻玉。作为国土资源系统作协副主席和著名作家,陆德琮先生深知钱塘浪潮千里涌荡的激越气概和重要价值,同时也被浙江局的追梦历程和丰硕成果深深感动,作者涉江河,攀高山,进机台,入工地,几乎跑遍了全局所有的地勘单位,深入采访,精雕细琢,付出了很大的艰辛和努力,历时半年完成长篇报告文学《追梦》,为我们雕琢了一件堪称美玉的大作。《追梦》从浙江局属地化后实现五大转变的艰苦历程,从浙江地质人团结奋进、勇闯市场的开拓,从浙江局以人为本、尊重知识和人才的人性化管理,为我们全面展示了浙江局可资学习借鉴的许多宝贵经验,受到了启发。

钱塘浪涌千里潮,滔天拍岸看今朝。在国务院出台大力加强地质工作决定的今天,长篇报告文学《追梦》为我们展现的浙江局的宝贵思路和财富,对我们每一位地质工作者,迈开更加坚实稳健的步伐,共创地质事业辉煌灿烂的明天,无疑是十分有益的!

礼赞丰碑

——九集电视专题片《苗岭先行兵》观后

天地造化，沧海桑田

人间正道，师法自然

五十年跋山涉水探寻宝藏

五十年风雨征程创造辉煌

他们的形象是石头的形象

是大山的形象

是高原的形象

他们是贵州地质工作者

他们是贵州高原的——苗岭先行兵！

　　一望无际的莽莽群山，富饶神奇，磅礴千里；连绵起伏的贵州高原，山清水秀，高楼林立。一群激情似火的地质工作者，在贵州高原这片沉睡亿万年的土地上，在《勘探队员之歌》雄壮激昂的旋律中，满怀为国找矿的光荣与梦想，肩负探寻地下宝藏的历史重任，跋山涉水……他们的身后，他们工作过的地方，崛起了一座座金山、煤海、磷都、铝城，这是大型系列电视专题片《苗岭先行兵》为我们展现的生动画面和感

人镜头!

　　大型系列电视专题片《苗岭先行兵》,由本人担任总撰稿,贵州省地矿局和贵州电视台联合摄制,历经一年时间精心制作,2007 年 1 月 26 日~29 日在贵州卫视频道推出,在观众中引起良好反响和一致好评! 这是全省第一部系统反映 50 年地质工作成就的大型系列专题片,该篇荣获中国十佳行业片奖、贵州省第八届"新长征"职工文艺创作影视类一等奖。

　　亿万年沧海桑田和地质运动,造就了贵州高原这片美丽富饶的土地! 这片土地涌动着财富,涌动着希望;这片土地闪烁着召唤,闪烁着魅力! 1957 年,贵州省第一支地质找矿队伍——贵州省地矿局正式宣告成立,从此,高原活跃着一支无私奉献的队伍,战斗着一群永不疲惫的精灵。50 年来,该局一代代地质工作者肩负地质找矿、服务贵州的历史重任,发扬以献身地质事业为荣、以艰苦奋斗为荣、以找矿立功为荣的"三光荣"精神,在贵州高原 17.6 万平方公里神奇富饶的土地上,跋山涉水,风餐露宿,无私奉献,辛勤找矿,为贵州经济社会发展提供了充足的矿产资源保障。一代又一代的地矿人,用他们的青春和汗水,用他们的勤劳和智慧,在贵州高原上发现了一座又一座的矿藏,而他们自己也在探索的过程中发现了事业的价值、生命的价值,他们每个人都是一座山,每个人都是一座宝藏,贵州的宝藏,人民的宝藏。

　　在全面建设小康社会的新形势下,瓶颈问题被提到重要战略高度,对贵州这样一个矿产资源大省来说,显得更加重要! 为充分展示贵州丰富的矿产资源情况,全面反映全省矿产资源勘查成果及开发情况,

切实加强地质工作,贵州省地矿局和贵州电视台联合拍摄了九集大型系列电视专题片《苗岭先行兵》,是目前为止贵州唯一的、系统的、全面地反映50年地质工作成就的大型系列专题片,具有全面性、历史性、生动性、艺术性四个特点。

全面性是指专题片站在全省的角度,以苗岭高原和高原上从事地质工作的主要技术力量为主体,用准确的数据和恢宏的画面,全面反映了50年来贵州地质工作的重要成就,全省目前已发现110多种矿产资源,探明资源储量的76种,潜在经济价值达30 000多亿元,排名全国第9位;特别是发现和探明的金、铝、磷、煤、汞、锰、锑七种独具特色和优势的矿产资源,被誉为贵州高原的"七仙女",为全省磷及磷化工、煤及煤化工、铝及铝加工等工业的发展提供了丰富的矿产资源。依托这些矿产资源,开发建设了多个重要的矿业基地,贵州成为全国重要的磷化工、铝加工、黄金、煤电生产基地,展示了贵州作为闻名全国的矿产资源大省的全貌,具有很高的资料价值。

历史性是指专题片从1957年贵州省第一支地质找矿队伍——贵州省地矿局正式成立开始,全面反映了50年来贵州地质工作发生、发展、变化、成就等历史轨迹和漫长历程,展现了地质工作和贵州经济社会一起发展、一起兴旺的峥嵘岁月,具有很高的历史价值。

生动性是指专题片改变过去传统的依靠资料和数据说话的惯例,采用野外拍摄的大量的鲜活、生动、真实的镜头,通过地质人的回忆、地质人的经历、地质人的故事、地质人的思想等等,生动地展现五十年来贵州地质工作和地质事业的成就,贴近一线、贴近生活,贴近观众,

娓娓道来,情景交融,亲切而生动,细腻而感人。

艺术性是指专题片通过多种艺术手法,在三维动画运用、音乐运用、画面构图、气氛渲染等方面,追求最佳的艺术效果和艺术感染力,如朝阳辉映的地质钻塔、跋山涉水的地质队员、磅礴千里的贵州高原、灯火辉煌的矿山新城等等,具有很强的视觉冲击力,引起观众强烈的思想共鸣;另一方面,通过这些近乎完美的生动画面,从一个侧面展现了地质工作者崇高的人生追求和理想,展现了他们以山为家、以苦为乐的无私奉献精神和人生价值,展现了地质工作在国民经济建设中的重要意义,从这个意义上讲,专题片达到了较高的艺术性和思想性。

如果说,贵州高原崛起的金山、煤海、磷都、铝城是一座丰碑,那是矿业的丰碑! 50 年来踏遍苗岭、辛勤找矿的贵州地矿人,是一座奉献者和先行兵的丰碑,那么,全面反映 50 年来贵州地质工作的重要成就,展现贵州地矿人执着追求和人生价值的大型系列电视专题片《苗岭先行兵》,则是奉献给丰碑的赞歌!

第四篇　心灵放歌

在心灵的扉页，倾注满腔的真情；

在诗歌的扉页，盛开阳光的激情。

心灵的选择 |

不久前,参加贵州省组织一次文学创作座谈会,主持人发给每人一张白纸,要求写出自己最喜爱的五种报刊名称。三者为众,五者更多,大家好像早已胸有成竹,迅速写出了答案。

就在大伙准备交卷时,主持人却告诉大家"不要忙,后面还有要求,再从五种报刊中删除自认为不重要的一个。"大家不约而同地快速删去一个。

接着,主持人又要求再删去第二个、第三个……当删到只剩最后两个,必须二选其一时,大多数人都犯难了,有的手握笔杆,无从下笔;有的眉头紧皱,犹豫不决。我却十分平静或者说毫不犹豫地删去另一个,白纸上只剩下——《杜鹃花》。坐在我旁边的盘江集团的小张,问我为何选择一家内部刊物作为心中的最爱,我说不为什么,这是一种魂牵梦绕的情谊,是我心灵的唯一选择!

这种选择,这种情谊,要从30年前说起。

那是1983年冬天,漫天飞舞的雪花中,我们25位年轻学子从南京地质学校地质测绘专业毕业,怀揣献身地质事业的梦想,跨进了工作岗位,其中7人被分配到专业对口单位——贵州省地矿局测绘院。第

二年春天,我被安排到沿河、印江一带从事野外航测外业工作,仅仅半年后,单位来电通知,选派我参加《中国地质报》在重庆北碚举办的新闻写作培训班,年底培训回来后调入院团委工作,从此和文字结下了不解之缘。单位领导要求我,带领年轻人多写点文章,多给局创办的《杜鹃花》杂志投稿。于是,我组织测绘院10多个喜欢文学的年轻人,经常在一起座谈交流文学创作,首次尝试写了一首反映地质工作的诗歌,带头投给《杜鹃花》杂志。虽然自上学以来,语文成绩一直名列前茅,在南京上学时曾在校报发表过一些文章,但这是第一次向文学性刊物《杜鹃花》投稿,加之初习写作的诗歌十分稚嫩,因此没有寄予多少希望。

一个多月后的一个上午,收发室的王师傅送给我一封厚厚的信,落款是《杜鹃花》编辑部,我想八成是退稿信了。打开一看,原来是寄来的样书,我的拙作发表了!当时甭提有多高兴了,这种高兴并不因为发表了一篇小诗,而是《杜鹃花》对素不相识的年轻作者的关心和扶持,已经对地质主题的重视,从此,我和《杜鹃花》结下了缘分!

小诗的发表,如同点燃了一支火把,燃烧着我和我身边的伙伴们一颗颗热爱文学的心,对《杜鹃花》产生了一种特别的喜爱,经常向《杜鹃花》写稿投稿,我的写作水平也得到不断的锻炼和提高,并牵头创办了测绘院第一张报纸《地质测绘》,开辟了文学副刊。1987年,我根据在沿河、印江一带从事野外测绘工作的经历,创作了一篇散文《梵净山猴趣》,首次参加《中国地质报》举办的"山野情趣"征文比赛,生动地描述了地质测绘队员与梵净山猴和谐相处的感人故事,反映人与自然的和

首任主编李绍珊（中）、第二任主编袁浪（左四）、第三任主编何毓敏（左二）、第四任主编欧德琳（左五）、现任主编陈跃康（左一）

谐共生关系，首次获得优秀奖，成为贵州获奖的两篇征文之一。

第二年，我有幸成为《杜鹃花》编辑部的一员，既是编辑也是作者，得到《杜鹃花》编辑部各位老师手把手的关心帮助。第一任主编李绍珊、副主编袁浪先生积极倡导"自己写、写自己""体现高原特色，体现地矿特色"的办刊宗旨，带领编辑部全体同仁，挑灯夜战，字斟句酌，认真修改一篇篇来稿，耐心指导存在的不足，通过电话、信函等多种形式指导作者提高文学创作水平，一篇篇精美的短文，一个个感人的故事，一段段久远的历史，一个个鲜活的人物，不仅把编者、作者、读者紧紧连在一起，同时大大提高了刊物的吸引力和影响力，《杜鹃花》迅速成为贵州及全国地矿系统的知名刊物，成为贵州地矿文化的名片！

文化是一种传统，传统需要传承。《杜鹃花》的优良传统代代相传，第二任主编袁浪，第三任主编本人，第四任主编欧德琳、第五任主编陈

跃康,分别采取改稿会、采风、座谈等形式,着力培育年轻文学骨干,倾力刊登优秀作品,培养文学人才,为地矿局乃至全国地矿系统的文学爱好者提供创作和交流的园地,为《杜鹃花》的发展和繁荣付出了心血和汗水,实为可敬可佩! 可以说,《杜鹃花》盛开的 30 年,是作者、编者、读者手拉手、心贴心的 30 年,是共同推动地矿文学繁荣发展的 30 年,培养了袁浪、欧阳黔森、冉正万等全省乃至全国知名的作家,是出作品、出人才的 30 年! 一本本亲切而熟悉的杂志,记载着智慧和心血的历程,凝结出地矿和文化的硕果!

司马光曾经说过:"君子所以感人者,其惟诚乎!"《杜鹃花》春雨润物细无声般真诚的关心和栽培,不断给我文学创作道路上激情洋溢的前进动力,不断给予我文学创作中的收获和希望。我已把文学创作作为一种生活的情趣,一种崇高的追求。30 年来,先后在全国 30 多家报纸杂志发表报告文学、散文、散文诗、小说等作品 300 余篇,100 余万字,连续 9 届获贵州省"新长征"职工文艺创作奖;同时发表通讯、消息、摄影作品等数千篇(幅),多次获贵州省"五一"好新闻等奖励,先后加入了贵州省作协、中国国土资源作协。前些年,我把在《杜鹃花》等报刊发表的主要文章,一起收录到我的散文专著《月亮贺卡》中,由贵州民族出版社出版,该书先后荣获贵州省第五届新长征杯职工文艺创作散文一等奖、贵州省优质图书奖、全国优质图书奖、第三届中华宝石文学奖。

著名诗人歌德曾说:"希望是生命的灵魂,心灵的灯塔,成功的向导。"我将一如既往地把《杜鹃花》作为心中的最爱,以《杜鹃花》为起

点,与之携手在文学创作的道路上,与从《杜鹃花》走出来的各位师兄师妹一起,风雨同舟,笔耕不辍,共同为读者提供丰富的精神食粮……

共同为文学而追求,共同为文学而奋斗,共同为文学而不舍,共同为文学而坚守,这是我心灵的选择!是我和我的老师、我的文友们共同的心灵选择!

一枝兰草

初冬的阳光像一位羞涩的少女,静悄悄地爬上窗台,照得书房暖融融的。许久没有收拾书房了,趁着这阳光暖暖的好天气,我准备将书房好好收拾一番。

在清理阳台时,我忽然感到眼前一亮,在阳台的角落里,一丁点微弱的绿芽儿微微露出亮绿绿的颜色,在阳光照耀下泛着可人的绿韵。我赶紧将它移在阳台的正中央,让绿色与阳光充分交融,在这一瞬间,我分明看见一小片准确地说一小点赢弱而细小的绿芽儿,正顽强而生动地挺立在花盆中。

我怎么也没有想到,在这样一个被人遗忘的角落里,在这样一盆龟裂干涸的泥土中,竟然还会有这样一个卑微而弱小的生命在艰难而顽强地生长。我觉得有些意外,也觉得有些失笑,不管怎样,我没有对它抱有任何的希望,她毕竟太弱小了。尽管如此,我还是打来一缸水,细心地浇灌它的全身,让绿芽儿在清清的水和暖融融的阳光的双重滋润下,自个儿生长。

以后的日子,每当我坐在书房里,那细小的绿芽儿总在眼前晃动,其实不是绿芽儿在晃动,而是我的心被牵动。我知道,一些被称为弱小

和纯朴的人或事,总是被善良和真情关爱着,不管你知道不知道,不管你愿意不愿意,不管你自觉不自觉。于是我常常站在窗台边,细细地观看它,静静地品味它。绿芽儿却全然不知这些,依然自个儿静立在花盆的泥土中,像是襁褓中熟睡的婴儿,又像是薄雾中的山水画。清晨的阳光照在叶芽上,水珠儿泛着明亮的光,仿佛天空飘动的轻音乐,萦萦地飘荡在我的书房。

有人说,伸出温暖的手同情和关爱弱小,是人的美德抑或品格,其实这不过是举手投足间的小事,应该是做人的本能抑或起点,只看你愿不愿意去做这小事,能不能跨越这个起点!我专门到花鸟市场买来肥料,又到山上去挖些沃土,精心呵护着这弱小的绿芽儿。日子一天天过去,那小小的生命也一天天成长起来。我高兴而快乐地感受着它的生长,坚强而努力的生长。越长越高,越长越壮,从最初仿佛嗷嗷待哺的雀舌,渐渐舒展成一叶迎风挺立的绿叶。那叶子的绿色也不再是过去那样的柔弱,而是日益浓重和深厚,无声无息地弥漫过叶片的每一条茎脉,像河流在绿色的河床上舒展延伸。不知不觉到了夏天,挺挺的绿叶周围又长出四五片嫩叶,高低有致,绿韵簇拥,俨然一幅生机勃勃的闹春图。

从那以后,不管我在不在书房,心里总惦记着阳台上那些绿色的小精灵,牵挂着它的每一寸生长,每一片葱茏。有时独个儿站在书房前的阳台上,静心品味这细小而无语的生命,脑海里竟涌荡起无限的思考,这小小兰花到底蕴藏着什么样的力量呢?以至于让我生活的每一天,都是那样充满新鲜、充满激昂、充满开心、充满快乐、充满生机和朝

气……

如今,那盆兰花依然繁茂在我书房的阳台上,虽然我至今仍然记不起买于什么地方,叫什么花名,但这些都并不重要。重要的是那一小盆葱茏的兰花,时时闪动一种温暖而感动、质朴而深刻的情愫,漫过我的眼前,漫过我的心灵,漫过我的情感世界!

此时我仿佛明白,无语的兰花,告诉我们许多生活的道理,不管你有多么弱小,不管你身处什么样的境况,只要心中有蓬勃向上的理想,心中有对阳光和雨露的追求,心中有自强不息的动力,你的生命,就一定会绽放出最美丽的本色。

麻 衣

麻衣不是一件衣服,也不是一个地名,而是一个名字,我家一只小猫咪的名字!

小时候,我家喂养的几只小猫都长着灰色的毛,中间规则地夹杂一些白色的条纹,远看这些小猫,就像穿着一件灰麻灰麻的衣服,悠闲自在地跑来跑去。用手轻轻抚摸那些灰麻灰麻的毛,软软的、绒绒的,很有毛皮衣服的质感。把小猫抱在怀里,软软的毛很是暖和,自己好像也穿上了一件毛皮衣服。妹妹十分活泼开朗,做事勤于思考,她经过仔细观察,给小猫咪起了很特别的名字——"麻衣"。

"麻衣"的名字一起出来,赢得全家人一片掌声,大家都很喜欢,觉得很贴切,很亲切,很温馨,体现了人与动物亲密无间的感觉。我们经常把小猫咪紧紧地抱在怀里,"麻衣麻衣"地叫个不停,直到小猫咪生气地抓人然后挣脱跑掉。时间长了,小猫咪仿佛知道"麻衣"就是它的名字,每当我们叫"麻衣"的时候,大抵也知道是在叫它,立即用专注的眼神看着我们,然后"喵喵"地回应着。从此,我们全家人对所有猫的称呼已不再用"小猫咪",完全用"麻衣"代替了。

时光的脚步总是跑得飞快,转眼过去了二十多年。小时候关于"麻衣"的那些美好记忆,犹如隔着时光的玻璃,渐次在记忆中模糊。从事

地质工作经常下乡跑野外,偶尔看见那些活泼可爱的小猫咪,我都禁不住轻声地唤一声"麻衣"!在我看来,小猫咪被叫着"麻衣"之后,已不再是一只普通的猫,而是一个与人亲近、活泼可爱的家伙,"麻衣"已成为一种亲切、友好、可爱的代名词了。居住在城市之后,就很少见到"麻衣"的踪影,在这片匆忙而浮躁的土地上,人与活泼可爱的动物之间的距离,仿佛越来越大了!但无论怎样,"麻衣"这个特别的名字,一直深刻而快乐地留在我的脑海里。

就在前年夏天,同事冯姐的儿子晗晗上大学回家过暑假,偶然在贵阳街头看见一只瘦小的流浪猫,毛发蓬乱,瘦骨嶙峋,气息奄奄,两只眼睛闪烁着无助而可怜的神情。晗晗是一位很有爱心的孩子,立即将这只"麻衣"抱回家,喂牛奶,安顿居处,第二天还专门带"麻衣"到动物保护组织体检,自己花钱买来猫饲料……从此,这只"麻衣"远离了城市的冰冷和痛苦伤痕,拥有了温暖的家和香香的气息,有了自己快乐生活的天地。

快乐的时光总是过得很快,一晃暑假过去了,爱心男孩晗晗即将返校上学,"麻衣"的未来再次面临窘境。听同事这么一说,立即勾起我心灵深处关于"麻衣"的那些美好快乐的记忆,我几乎是毫不犹豫地同意解同事的燃眉之急,将这只"麻衣"领回家喂养一段时间。同事很是细心,将"麻衣"装在一只垫着软绵绵的毛巾、开了许多小孔的纸箱里,并带了很多饲料,依依不舍地放在我的车上。

装在纸箱里的"麻衣"很快乐,仿佛要出外旅行,圆圆的眼睛四处张望。即便纸箱上开了许多小孔,我还是不放心将"麻衣"装在密不透气的后备厢里,而是将它放在洒满阳光的后排座位上。不知是紧张,还

是快乐,抑或是调皮,"麻衣"在纸箱里跳来蹦去,一刻也没停过。十多分钟的路程一溜烟到了家,打开纸箱里面一看,我顿时傻了眼,纸箱里空荡荡的,"麻衣"已无影无踪。我十分纳闷,刚才还活蹦乱跳,莫非在哪儿跑丢了?打开四扇车门仔细寻找,里里外外找了个遍,还是不见踪影,我正准备关上车门去路上寻找的时候,"麻衣"从副驾驶前的缝隙中,不紧不慢地爬了出来,轻轻抖动着身上的毛,圆圆的眼睛望着我"喵喵"地叫。我当时就想,这一定是个不让人省心的家伙!

儿子骁骁在地质大院长大,从小就爱听从事野外工作的大人们讲金丝猴、娃娃鱼等动物的故事,十分喜欢小动物,见我抱回来一只猫,十分高兴,急忙将"麻衣"接过去抱在怀里,左看右看,爱不释手,并迅速打开一瓶牛奶喂它,"麻衣"喝牛奶的感觉仿佛是品尝最美的食物,转眼间全部喝光。喝完牛奶刚一落地,静静地站在地板上四处张望一会,仿佛到了自己最为理想的环境,随即在客厅里四处乱跑。我想,四十多平方米的客厅,由它跑去吧,可我刚洗个脸到沙发上坐下的功夫,"麻衣"已悄悄跑到地毯上大便了。骁儿急忙打扫干净,带"麻衣"去洗澡,又找来电吹风为它吹干毛发,"麻衣"全身的毛顿时松松的,软软的,滑滑的,但颈部的毛始终是硬邦邦的,怎么弄也弄不松软,骁骁十分细心,马上到网上查询,原来是长了猫癣,并且会传染人!大家赶紧分头找药,家中没有合适的药,我立即跑到药店买了一大堆酒精、达克宁等,搽了几天也没有一点好转的迹象,又在网上查询,打电话给动物医院咨询,经过半个多月的治疗,猫癣终于治愈了。

环境适应了,猫癣治愈了,按理说这只"麻衣"应该平静地生活了。但这仅仅是开始,全家人为它忙碌的日子,又掀开了新的一页!

人们常说"流浪者吃千家饭"，我不知道这只流浪归来的"麻衣"，是否吃惯了千家美味，吃东西特别挑食，不吃鱼，不吃肉，更不吃饭，只吃猫饲料。我专程到市场上买来饲料，拌着鱼肉放在饭钵里，它却专挑饲料吃，留下一堆鱼肉，将食物撒落一地后，美滋滋地到客厅里活蹦乱跳了！一会跑到地毯上乱抓，一会跑到墙角大小便。为减少麻烦，我特意在阳台上给"麻衣"布置了一个舒适的家，但消停不到一天，十多平方米的阳台又被它折腾得一片狼藉，这真是个不让人省心的家伙！我生气地对"麻衣"说："又挑食又捣乱，再不听话就把你送回去。""麻衣"似乎听懂了我说的话，一动不动地坐在哪里，圆圆的眼睛望着我，眼神无助而可怜。就在我转身回屋的一刹那，它像一支离弦的箭，"嗖"地从我脚下提前溜进屋来，又开始在客厅里活蹦乱跳了，时而爬到沙发上乱抓，时而爬到人的怀里呼呼大睡，"麻衣"睡觉时会发出节奏感很强的鼾声，让你怎么也静不下心来。我决定让"麻衣"到阳台上"反省"几天，同时让正上高中的儿子静心学习。

一天傍晚，忽然狂风大作，雷电交加，瓢泼般的暴雨一下就是两个小时，我的心里十分惦记阳台上的"麻衣"。8点过，雨稍稍小了，我立即往家里跑，第一件事就是想看看"麻衣"有没有被淋湿，有没有被吓着。推开阳台门，左找右找，始终不见踪影，"麻衣麻衣"地唤也没有回音，我的心立即紧张起来，莫非"麻衣"跑了？我家在五楼上，阳台的左右两边是封闭的，正面空着，我想，"麻衣"应该在阳台上，总不会从10多米高的阳台上摔下去吧？当我伸头向阳台下探望时，漆黑一团的花园草坪上，隐隐约约有两个小小的亮点，莫非是"麻衣"的眼睛？当我再次大声唤"麻衣"的时候，草坪的亮点处传来微弱的"喵喵"的回音。我

箭一般冲下楼去,冒雨在花园里寻找,当在草地上找到"麻衣"时,发现它正侧躺在草丛中,已是全身湿透,声音嘶哑,奄奄一息,目光可怜而无助。我一把将"麻衣"从草丛中抱起来,紧紧搂在怀中,泪水禁不住夺眶而出,伴着雨水从脸上滑落下来。

我飞快地把"麻衣"抱回家中,赶紧用温热水为它洗澡,用电吹风吹干毛发,喂喝牛奶和猫饲料。但每当抱起"麻衣"的时候,它那微弱的声音总是痛苦不堪地叫个不停,检查发现右后腿已动弹不得了。

人们常说"猫有九条命",生命力十分顽强,但从10米高的阳台上摔下去,一定受伤不轻,我不敢有丝毫大意,赶紧电话找来学医的朋友,为"麻衣"进行仔细检查,诊断确认是右后腿骨折,其他并无大碍时,我才长长地松了口气。其实,即便是一只动物,生命也同样崇高。人类的伟大不仅在于智力和创造力,更在于主宰地球的人,对所有生命以朋友般的关爱和尊重,因为这是同处地球这个家园,这是我们唯一的家园。根据朋友指导,我赶紧到药店里买来云南白药、消炎片和绷带,将"麻衣"骨折的右后腿打上绷带,将云南白药和消炎片捣碎后温水喂吃,经过两个多月精心照料,"麻衣"右后腿终于痊愈,又开始在家中活蹦乱跳了。

"麻衣"是应该活蹦乱跳的,那是它的天性和本能,就像它喜欢捉老鼠一样。但与宽敞自在的乡村相比,在钢筋混凝土浇筑的高楼林立的城市里,城市人自觉不自觉地扼杀了它们的天性和本能,除了圈养在家和饱食美味,没有一片属于它们自己喜欢的天地,我不知道,这是不是动物和城市人的距离越来越远的真正原因!

从低矮的平房到高楼是一次飞跃,从高楼再到独栋平房是一次更

大的飞跃。一辈子从事地质工作的我,收入有限,尚不具备实现第二次飞跃购买别墅洋房的能力,因而不能为"麻衣"提供一片属于它自己真正喜欢的、活蹦乱跳的天地。于是我不得不考虑"麻衣"今后的出路,或许送给居住平房的人家喂养,是最恰当的选择。每当谈到这个话题,"麻衣"仿佛听懂了什么,转眼间跑得无影无踪,怎么唤也唤不出来。大家都知道猫和老鼠捉迷藏的故事,真没听说过猫和人也捉起了迷藏。送与不送,其实只是一个简单的决定,但从内心真正做出这种抉择的时候,又是何等的艰难!

就这样煎熬了两个多月,我感觉自己的内心,已经受不住这样长久的折磨了!就在这时,有几户很想喂养"麻衣"的人家主动联系我,我便逐家走访,仔细查看是否具有喂养条件,如果还是住在楼房的人家,我是不会同意的,因为那不是我的本意和初衷,我不希望这个快乐活泼而又不让人省心的小家伙,因为我再次流浪或受罪,我要为它找到一片真正喜欢的天地。

一天晚上,我轻轻将"麻衣"抱在怀里,准备将它送走,当我依依不舍地抚摸它身上那些绒绒的毛的时候,"麻衣"立即响起了鼾声,那鼾声分明是惬意和舒服,但它哪里知道,主人心中此时的纠结和不舍。我的眼眶湿润了,说实话,与这个不让人省心的小家伙,朝夕相处了整整半年,开心也好,郁闷也罢,都像一团棉花糖被膨胀了,接着又被软化了,真正要送出去的时候,又是那样的不舍。就在我抱着它推门准备出发的一瞬间,"麻衣"似乎明白了什么,"刷"地向我的脸上抓来,我本能地用手一挡,"麻衣"瞬间挣脱,一溜烟跑回屋里,不见了踪影。

又过了几天,我早早地下班回家,特意去一直很想喂养"麻衣"的

陈姓夫妇家查看情况。陈家夫妇住在平房，房前房后十分宽敞，还有一只小狗在脚下"汪汪"地叫，主人十分热情地介绍："家里老鼠较多，'麻衣'来了，有施展才华和玩耍的天地，一定会过得快乐充实"。从陈家回来的路上，我终于下了决定，并特意为"麻衣"准备了很多它喜欢吃的饲料，带上它睡觉和玩耍的全部家当，在月光朦胧的夜晚，抱着"麻衣"向新主人家走去。

从抱着"麻衣"出门的一刹那开始，我的眼眶一直噙满泪水。一路上，不停地抚摸"麻衣"的绒毛，不停地轻声呼唤"麻衣"的名字，当我用脸颊在它身上的绒毛上轻轻磨蹭时，"麻衣"非常乖巧温顺地躺在怀里，又响起了熟悉的鼾声。不一会来到陈家，刚刚把"麻衣"放在地上，小狗就摇头摆尾地凑上来，就在我和陈家夫妇说话的时候，小狗和"麻衣"俨然亲密的朋友，开始屋里屋外地追逐嬉戏了。

作为长年在野外工作的地质队员，在家居住的日子本就不多，我不知道，这次送别"麻衣"之后，还能不能见到它四处奔跑的快乐身影，还有没有与"麻衣"朝夕相处的机会。但我知道，这一定是它真正喜欢的、活蹦乱跳的天地！走出陈家大门，我忍不住回头看看，"麻衣"和小狗正在开心地玩耍，我的眼泪像断线的珠子一样掉落下来，模糊了回家的路……

 はインデント調整用のため省略

除夕文化大餐

春节,是中华民族的传统节日。每逢除夕之夜,家家户户都要准备一桌象征团圆、喜气、富足、希望的除夕大餐。我家更是如此,打大清早开始,全家老老少少就为狗年除夕大餐忙碌起来了。

望着桌上应有尽有、堆积如山的鸡鸭鱼肉等原料,我和儿子不禁兴味索然。咱们平时吃的不也是这些菜吗?如果把这些菜肴简单地会聚一桌就叫除夕大餐,那真没劲,因为我们天天都在吃大餐!看来得想点办法动动脑子才行,加入一点文化内涵才行。我和儿子互换一下眼色,两人心有灵犀,悄悄溜进书房里去了。

进了书房,儿子便对我说:"爸爸,这鸡鸭鱼肉哪天没上桌呀!过年的年夜饭应该有点新意,有点欢乐气氛,我建议你来给每个菜取个名,喜庆吉祥同时要有联系;我来出题目,像《开心辞典》和《幸运52》那样主持,怎么样?"儿子最喜欢观看这些娱乐性节目,点子也出得不错,我立刻予以肯定和支持,同时要他出一些与家人有关的题目,两人一拍即合,立即分头行动。

儿子坐在电脑前,不一会儿就打出了主持人台辞和四个游戏环节的 50 多道题目的初稿,并打印出来交到了我的手上。望着节目初稿我感到压力不小,因为当晚的除夕大餐有多少菜还没弄清楚,情急之下,

我赶紧找来纸和笔逐个落实,真要命,共有二十多个菜！我自知肚里有多少墨水,哪能取出那么多优美、吉祥而又关联的菜名呢?于是我决定劝说家人只弄十八个菜,办法是尽量将一些相关的菜合并重组。如卤鸡爪、鸡腿、鸡翅合并后,分别装入盘底、盘中、盘沿呈树状,鸡爪子如树根,鸡腿如树干,鸡翅如树枝,在酱色的树枝上点缀些嫩嫩的绿色菜叶,菜名便应运而生——吉鸡报春！就这样,我花了大半天的工夫,冥思苦想终于弄出了十八个菜名,如期交到儿子手上。

晚上七点钟,除夕大餐全部上桌,年夜饭即将开始。儿子站在主持人的位置上,开始热情洋溢地朗读新年祝词,在一片掌声中,逐个介绍除夕大餐的菜名:

吉鸡报春(卤鸡味)　　　　　年年有余(清蒸团鱼)

狗羊大吉(黄焖狗肉)　　　　　金鸡戏水(清炖鸡)

天鹅呈祥(盐水鹅)　　　　　　中流砥柱(猪肘子)

八戒下凡(卤猪耳)　　　　　　八仙聚会(八宝饭)

财源滚滚(皮蛋)　　　　　　　金钱广进(熏香肠)

将军赏月(鲜螃蟹)　　　　　　一呼即应(牙签牛肉)

流金岁月(牛筋炖萝卜片)　　　冰清玉洁(银耳汤)

春上枝头(椿芽炒蛋)　　　　　春雨丝丝(凉拌五丝)

绿色之恋(素白菜)　　　　　　展翅高飞(白切鸡)

菜名介绍完毕,一家人先是十分惊奇,继而发出热烈的掌声。儿子随后请外公宣布除夕大餐正式开席,一家人举起酒杯相互祝福新年,这时忽闻"嘭嘭"两声响,回头一看是儿子独出心裁地刺破气球,代替放鞭炮庆祝新年！在浓郁的喜庆气氛中一家人不停地询问菜名,尽情

地喝酒吃菜，这取了名的菜似乎吃起来鲜美可口了许多，就说"春雨丝丝"吧，其实就是折耳根、海带丝、生菜丝、豆芽、大葱丝等凉拌而成，丰富的色彩组合仿佛是春天的世界，吃进口里仿佛感受到春雨的一丝丝清爽，受到大家的一致青睐，很快一扫而光。

酒过三巡之后，儿子的游戏节目开始了，他模仿《幸运 52》节目主持人出题，每人轮流回答，题目有数字成语接龙、家人之最问答、叙述抢答、快速问答等四大类，答错的喝白酒，答对的喝饮料，还有礼品赠送。随着游戏节目的开始，年夜饭进入了高潮，家人一边品尝菜肴一边品味菜名的文化内涵，一边参与游戏节目一边开怀畅饮，一边回顾过去一边祝福和展望未来，其乐融融，其情浓浓，这顿除夕大餐吃了近 3 个小时，全家人一致公认是最有意义、最开心的、最快乐的除夕大餐！因为这是一次充满文化韵味和欢乐氛围的除夕大餐！是一次独具创意的精神大餐！

时代的车轮驶进 21 世纪，文化已经深入到我们身边生活中的每一个细节，因而使我们的生活更丰富、更精彩、更鲜活、更富时代性和挑战性！从民族文化到地方文化，从行业文化到企业文化，从旅游文化到饮食文化……即便我们走进一家普通的百货商店，那琳琅满目的宣传品和装饰品，也让我们感受到浓郁而温馨的文化氛围，这是时尚的气息，这是文明的标致，这是繁荣的写照，这是时代的需要！

其实，文化并没有什么高深和空泛，文化就在我们每一个人的身边，就在我们的生活中，就在我们每一个人的脚下……

紫色的记忆 |

那种色彩,是从太阳上采撷的浪漫与亮丽;

那种轻盈,是从少女心中飞出的高雅和柔美。

感谢那场柔绵的春雨,在春暖花开的季节,萌动心潮起伏的生机!就在这梦的雨季,亮丽的紫色和青春的身影优美地组合,组合成抒情的诗,组合成恬淡的画,组合成优雅的歌,组合成阳光下最美妙的诱惑,一点一点地,浸透一位少年的心事!

我不知道,在紫色的时光里,细雨和丁香是否有一种天然的情结?但我知道,穿过戴望舒的诗句,那场春雨萌动的不是一种巧合,而是天使的安排!

风知道我在春天里等谁! 雨知道我在春天里等谁! 于是,关于紫色的生动鲜活的浪漫,在这一时刻激情开放,开放成春姑娘活力四射的魅力,有如醉人的丁香花,指引我心飞翔。痴情的夕阳下,我的目光像枝头上刚刚爆出的嫩芽,幻象那一枝枝一树树的叶子,在最早的时间里次第开放,开放,而后迎风婀娜成淡紫色的花朵,缀满那片思念与遐想纵横驰骋的天空。举目凝望,紫色在我心灵的天空,已灿烂成一朵朵花儿……

于是,偌大的世界开始变小,小到对一种色彩的关注和等待,我伫

289

立在甜甜的风的怀抱,一任多情的眸子放飞等待,等待那紫色与丁香组成的韵律,从诗的小巷深处,款款而来,又款款而去,留下一串清脆的足音,与心交谈;于是,缩小的世界开始变大,大到对至高无上的天堂的渴望,渴望乘着阳光的翅膀,抵达天堂的辉煌地带,亲吻玫瑰四溢的芬芳。

此刻,我的梦,我的心,已经踏过山峰,涉过江河,越过大漠,漫过草原,走进一个紫色唯美的世界。然而,在一片云的指引下,紫色仿佛一缕飘动的雾,带着另一种玫瑰的芬芳,消失在群星的天空,消失在美丽的世界,就像大漠深处的海市蜃楼,在遥远的地方,静静地,静静地隐退,那些生动鲜活的浪漫和幻影,不再属于痴情的等待,而属于梦的使者。

在那个多梦的雨季,一缕轻盈的紫色的雾,最终消失,消失在我心灵的芳草地。而天空,正真诚地听我唱歌,太阳正无声无语地微笑,在有雨和无雨的时候,闪烁平静的笑容。一些关于紫色的梦幻,正从飞翔的天空,飘进白色的云朵,进而消失在如烟的风里,一如流星,在遥远的天边静静滑落。春天的原野里,生长出一望无际的生机!

淡淡的、紫色的雾呵,你是风的精灵、风的化身么?听不见任何回音!只有轻盈的风抚摸我的脸庞,芬芳我的眼睛。我真想为紫色的风写一首诗,又担心字的重量,湿润了风的翅膀;更担心字的颜色,迷乱了紫色的芬芳!那就让我悄悄地,悄悄地把浪漫而高雅的紫色,珍藏在我心灵的深谷,朦胧成一片淡淡的回忆!

我不知道,多少年后,我能否在风中,与紫色的心在浪漫与芬芳中不期而遇?

春的起点 |

在满怀期待的起点，和思绪起伏的山冈，春的气息和美的身影，与优雅一起激情飞扬。

越过轻柔的视线，春的使者蹁跹而至，闪动成一道诗行。亮丽而芬芳的足迹，有如童话，直抵梦的故乡。

多想在这一时刻，用诗的脚步，抑或翅膀，追踪飘逸的瞬间，而遐想，早已溢满心房！

闪亮的，是春来花开的柔美；跳动的，是火焰燃烧的激情；美丽的期待，在此刻开放，开放成嫩芽，开放成激情，开放成花儿，燃烧我们的脸庞。

我分明听见，春的脚步款款而来，阳光柔美，笑声有如山泉，在春的山谷久久回荡。

在这样的时刻，会有很多春天的故事，会有很多花瓣，在心底芬芳。仿佛盛放时的幽香，淡淡蔓延流淌！

绿如春色，绿如阳光花瓣的日子，心中的永恒成为花朵，随风开放成你，随风开放成我，随风开放成诗歌与画卷。

在这样的时刻，我的心情沐浴在春风里，被抽象成不断拔节的诗歌，如同向日葵的花朵，每时每刻，迎着春光明媚的笑脸，次第开放！

二泉映月

静坐的时刻,总有袅袅思绪从心中升起;

闲暇的时光,总有盈盈情怀在心中荡漾。

不妨,在这样的时刻,把心的窗户轻轻打开,倾听一位朴实与执着的农民,用弓与弦耕耘的千古绝唱和深情诉说!

一把弓,两条弦,权作农具,在心灵的土地上辛勤耕作。庄稼很蓬勃,从江南的一个泉边,一丛丛展延拔节,一直延伸到人们心里,有如大海漫过海岸,涛声激越,气势磅礴。

谁说阿炳是位瞎子,谁说阿炳双目失明? 我分明看见他的眼睛,深邃明亮,清澈见底,光亮可鉴,炯炯有神! 这双明眸的视野,洞穿一个个世纪;这双明眸的高度,傲然于尘世之外;这双明眸的亲切,走进一颗颗心灵!

谁说阿炳是位艺人,我分明看见他在土地上耕耘! 这位勤劳、质朴而又执着的农民,耕耘着的心灵的土地,无边无际,无穷无尽,他种下的庄稼无与伦比! 泉和月,是他种出的两个不朽的果实,让我们享用一生!

我分明看见他的双手,在两条弦铺就的人生路上,艰辛忙碌,音符撒落下来,阳光般温暖而明媚,俨然一群无家可归的小鸟,栖息在我的

心房，久久不愿回家！

耕耘人生的辛酸与痛苦，耕耘生活的感受与意志，在阳光明媚时不会显现，在激情高亢时不会展露，在春风得意时不会明白！或许，只有在无与伦比的独特意境中，倾其一生的全部心血，用两条琴弦的形式诉说出来，柔中带刚，动中有静，深沉哀婉，激动昂扬，一波三折，淋漓尽致。每一个音符都是心的吟唱，每一个音节都是血的沸腾。跪下来用心细细聆听，不啻是对一种灵魂的崇敬和认识。

从此，我们手捧果实，经常和那些小鸟，在两条弦铺就的人生之路上，倾心长谈。我看见音符开放的花朵，正溢出清香，仿佛盛开时至高无上的圣洁，让我们一生品尝！

我知道，那些欢快或哀婉的小鸟，其实是一个个天使！我知道，弓弦耕作的果实，其实是一种境界抑或一种思想！

有了这些果实，有了这些小鸟，人们的心灵，永远不会寂寞！

诱人的金秋

从时光酿造的成熟的温馨中,秋天正漫漫划来。枫叶在季节的河流中流动成火红的音符,阳光有如一支竹笛,又如指挥家起伏的手臂,在我心灵激荡的舞台上,一次次轻轻吹奏你款款而来的足音。

行走在金秋季节,任何人都无法拒绝,无法拒绝成熟摇曳出的丰姿绰约的浪漫和诱惑!成熟后的丰盈,成熟后的韵味,成熟后的芬芳,都以一种浪漫生动的形式,在这一时刻展开,袅袅地写在脸上,悠悠地藏在心底。

枫叶飘舞的枝头,摇曳无边无际的遐想。我不知道,树下那位穿毛衣的少年,是在聆听金秋的故事,还是在阅读成熟的心事。就在这一时刻,人与树组合成一帧纯美的风景,在烂漫的心笺上,牵动心绪飞翔!

我想把忐忑的目光挂在痴情的夕阳下,幻象那一枝枝一树树的绯红枫叶,为我迎风婀娜成绚丽的花朵。

成熟的田野,展开一幅刚刚完成的油画,我想从金色主宰的风景中,读懂你捉摸不定的秘密。丰盈而挺拔的谷穗,犹如一个偌大的磁场,在目光飞动的那一瞬间便被深深吸引。

本想驾驶梦的小舟,在谷穗中追逐金秋,却怎么也迈不开脚步。其

实,秋的故事和秘密就在眼前,在成熟后的丰韵和色彩里!春的含蓄、夏的亮丽,在这成熟和芬芳的时刻打开,光彩照人,丰富浪漫;秋的果实,撷日月之精华,采天地之灵气,在完美和极致的时候展现,风姿卓然,丰满动人。

　　我静静地伫立在温柔的秋风中,让我的思绪,和我艰强而固执的长发,在风中飘舞,飘舞,最终飘舞成一面旗帜!

　　我努力展开梦的翅膀,走进秋的心事。却发现,秋的脸上时时刻刻洋溢着生动快乐的笑,亮亮的,流淌许多神秘;甜甜的,摇动几分惬意。

　　于是,我梦想爬上,爬上那一树树、一枝枝、一片片枫叶中间,摘下灿烂开放的星星,照耀自己心事澎湃的旅程。

　　行走在成熟芬芳的金秋季节,任何人都无法拒绝!

| 苗乡小唱（两章）

● 苗乡歌舞

随便伸手就能采撷一串音符；

随便弯腰就能拣起一行舞步。

我将她们收集在目光的怀抱中，一不小心滑进心灵深处，酿成了一腔诗的美酒！美酒袅袅地飘溢奔涌，漫过我剧烈起伏和激荡的心之堤岸。

苗乡的歌是一坛醉人的酒。一年的太阳和汗水，被苗家小伙装进古色古香的酒坛，在金色满目的八月八隆重开坛，溢出的全是生活的滋润与激情。

苗乡的舞是美轮美奂的花。一年的色彩与时尚，被苗家姑娘织成俊俏飞扬的图案，在灿烂如霞的八月八次第开放，舞动的全是浪漫的心事和诱惑。

那一只只硕大而威风的四面铜鼓呵，激情四射地敲打着，不知敲打的是点燃四季的亢奋，还是欢迎四海嘉宾的掌声？其实，苗乡的铜鼓不是鼓，而是一支响亮的号角，声音如洪地穿越了四海五洲。那舞动的

鼓槌和激越的鼓点,仿佛在历史与现代中流淌,又若在古朴和时尚中回荡。我努力从鼓的四个侧面,寻找具有金属质感的历史厚重与理性火花,然而,面对苗家铜鼓的四个方位,我无法做出坚定而正确的选择! 我的胸膛始终只能面对一个鼓面,真的,我没有真正读懂威风苗鼓的深刻与内涵!

在歌声中畅饮苗乡,在舞蹈中放飞苗乡,在鼓点中思索苗乡,不知不觉,我已经沉醉于苗乡八月八的歌舞情韵中了。面对人头攒动的欢快与磅礴,我想放开嗓子激情歌唱,然而,我没有做到! 因为苗乡八月八的歌舞海洋,已经淹没了我,淹没了苗乡的时间和空间,淹没了苗乡的一切……

我看见,苗乡歌舞之海的涛涛浪尖,已经越过黔山秀水,正一泻千里地向世界惊喜的目光挺进! 我真想把自己化成一叶龙舟,伴随苗乡歌舞的浪潮,倾听世界欢呼雀跃的掌声……

● 秋天的少女

秋天的色彩,是你成熟而丰满的背影;

收割的田野,是你羞涩而激动的心境。

稻谷翻卷着,翻卷在阳光摇曳的季节,翻卷在金色烂漫的中心。在一望无垠的芬芳中,你肩挑谷穗,款款而来,田埂撒落的音符尽是动人的民间小调,和一滴滴盈满轻灵飞快的脚印。这是丰收的喜悦,还是少女的心情,这是秋天原野上一帧美丽如诗的生动风景!

苗乡秋天的风景里,稻谷以一种成熟的本色美丽原野,而你就是这种美丽的主人。那酣畅的喜悦和淋漓的心事,都在这个季节澎湃,有如原野上立体而丰富的色泽,使人产生许多遐想和憧憬。

秋天是一种意境,让你所有的志忑在这个季节跳动;谷粒是一种象征,让你所有的憧憬在这种色彩中成熟。唯有稻谷入库的声音,仿佛一种天籁般的音乐,引发你所有的心事在季节的田野上纵情驰骋。金色的稻谷是你昨夜浮想联翩的使者,那金灿灿的色彩和丰满,使你情不自禁地想到了红色的嫁妆、温馨的洞房以及金光闪闪的日子……

秋天里,稻谷是原野最亮丽的风光,少女是原野最生动的风景!站在高处回望,父辈汗珠浸润的田野上,稻谷和少女都也成熟,并以一种发自内心的自豪和喜悦,荡漾在父辈脸上。

乡村的少女呵,你是不是一枚成熟的稻谷呢?

在稻谷的光泽里,在父辈的牵挂中,是否有一支古老的苗歌为你送行,在你远嫁他乡的时刻,奏响田野上最原始最古老而又最神圣的祝福和希望……

七月放歌 |

七月的大地，如盛满阳光的酒杯。

我们高举精神的美酒，一饮而尽，而后汇聚在鲜红的旗帜下，仰望崇高！

七月是一条江河，浩荡出南湖红船的——开天辟地。并以一叶扁舟的形式，划过漆黑，承载中国命运的真谛。

七月是一座高山，挺拔出雄关漫道的——峥嵘岁月。并以一束星火的烈焰，燎原而去，勾勒红色大地的轨迹。

七月是一抹蓝天，辉映着东方版图上，从未有过的庄严神奇！并以浓厚的湘音，和穿透世界的力度，领唱五千年旷古的序曲！

七月是一块土地，从凤阳山村悄然而至的脚步，响彻春回大地的讯息。心从这里开始飞翔，在风的引领下，每天诞生新鲜与神奇！

七月是一片森林，茂盛在深圳和浦东——昼夜不停的流水线里。从西昌起飞的，是一个民族的羽翼，绿色和智慧正携手攀星登月！

七月的大地，是盛满阳光的酒杯。我们盛满精神的美酒，一饮而尽，让信仰融入每一滴血液！我们豪情满怀高擎中国梦的旗帜，在世纪风中，永不停息……

中国速度

——写给汶川地震抢险救灾的勇士们

2008 年 5 月 12 日,一个被鲜血和泪水染红的日子!

正当我们在嫦娥的故乡,仰望神舟六号飞奔的自豪;正当我们在珠穆朗玛,迎接奥运圣火挺进的梦想时刻,一场山崩地裂的震颤,如闪电般深深刺破我们的双眼,泪水润湿阳光下的天空,鲜血点亮一个个漫长的黑夜,无数生命瞬间远逝成休止符,教室里飞翔的梦想折断了翅膀!

就在这闪电之中,就在这震颤时刻,人民解放军来了,消防官兵来了,武警部队来了,这些被称为子弟兵的勇士们,在第一时间里,用闪电般的中国速度,挺进灾区。

抢险队来了,救援队来了,一个个素不相识,而又胜似亲人的志愿者来了,这些满怀爱心的人们,从四面八方,用闪电般的中国速度,奔向灾区。

总书记来了,总理来了,委员长来了……这些共和国的领袖们,用亲民爱民为民的慈祥,穿梭于断壁残垣,躬身成公仆般的身影;身影有如火炬,点燃了一座座希望的灯塔。

中国速度,每一秒都揪着人们的心,牵着人们的情。因为,每一秒都是生命,每一秒都是希望,每一秒都是未来。

正是这样的中国速度,无与伦比的中国速度,使汶川与祖国连成心心相印的整体,地上地下连成心心相通的导体。一双双手,一双双手凝聚着中国速度的手,像握住草茎一样,轻轻地握住生命,从狭小的废墟空间里,捧出微弱的心跳,捧出致敬的右臂,捧出激动的泪水,捧出温暖而广袤的希望……

此时,我发现,天南地北、神州大地乃至全世界的亿万双眼睛,黑色抑或黄色的目光,齐刷刷汇聚灾区;千万颗心跳,共同激荡在灾区。这些眼睛的能量交汇升华,使天空渐渐放亮!

此时,我发现,亿万只鸽子飞上蓝天,那翱翔的翅膀,驱散了天空的阴霾,点燃了碧空的光明。

我发现,鸽子的速度就是中国速度,在爱心与祝贺、希望与信念交相辉映的家园上空,永远飞翔,永远飞翔……

青春中国

茫茫的夜色是墨,疮痍的土地是纸,鸦片战争硝烟熏黑后的中国啊,读得让人昏暗,让人屈辱,让人心痛,让人悲愤。

那萎缩在清末史书里,消瘦枯萎的中国呵,那跪倒在《南京条约》里,呻吟滴血的中国呵!

那一天,蓄积已久的青春力量,终于冲破堤岸,激昂涌动成一声呐喊,一股热血,一面旗帜,一种精神,漫过北京的街头,流淌延伸到华夏每一个角落。面对淋漓的鲜血,面对惨淡的人生,他们的呐喊如一阵惊雷,激荡着昏睡的土地;他们的旗帜是一束束火焰,温暖着苍凉的身躯。

从此,这种精神冉冉升起,最终喷薄而出,盛开成五月绚丽的花朵,盛开成一面面站起又倒下,倒下又站起的胸膛。他们在镰刀铁锤指引下,汇聚成浩浩荡荡的壮阔,义无反顾地选择,用铁锤砸碎黑暗,用镰刀收割光明。他们走过漫道,越过雄关;他们驰骋疆场,英勇杀敌;他们以枪杆做笔,写下一个崭新的中国,他们以热血为色,描绘出一个青春的中国。

近百年的风雨,丝毫未曾冲淡我敬仰的浓度和温度。我的目光穿

越历史的峰峦,依然感受那亲切的心跳和呼吸。我仿佛又看见,一束束火焰般飞扬的头发,一面面沐浴阳光的面孔;我仿佛又听见,日渐温暖的土地上回荡的嘹亮歌声,以及永远镌刻在悠悠岁月中,至高无上的青春诗篇。

是的,这是一首激情澎湃的诗篇,是一片开满鲜花的风景,那是一曲气势磅礴的交响,是一座凌云壮志的丰碑!

中国,我要为你写一首诗,用太阳金色的语言,用心海浩瀚的蔚蓝;哦,中国! 我要为你绘一幅画,用春天百花的色彩,用五星红旗的光芒。

我想在诗歌的扉页,写上这样的句子:今天,一个大写的中国,让人读得激昂,读得酣畅;今天,一个腾飞的中国,让人读得生动,读得自豪;我看见一个希望的中国,青春的中国,正喷薄而出,冉冉升起,升腾在民族振兴的中国梦里!

攀 登

——写给百年奥运和中国体育健儿

从长江、从长城、从黄山、从黄河出发,沿着更高、更快、更强的道路,我们向奥林匹亚山攀登!

无数青春洋溢的激情,以及风华正茂的自信,在这条道路上前赴后继。百年艰苦卓绝的拼搏,源自于一个伟大的民族,以及这个民族生生不息的精神,有如阳光洒满的时刻,踏歌而行!铿锵的足音叩问奥林匹亚山神,猎猎旗帜上的五环,俨然一枚枚花环,生动地开放在我们的目光里。

于是,在奥林匹克百年回归的盛典上,我们在奥林匹亚的山风中引吭放歌,在爱琴海的碧波中激情舞蹈,在希腊雅典古老而又年轻的舞台上,收获金光闪闪的喜悦。

熊熊燃烧的圣火,点燃心中火辣辣的期盼,一束束光芒,闪耀着来自喜马拉雅山峰的神话,这是从一个峰巅向另一个峰巅的跨越!

我们健步如飞地跨越栏杆,跨越千百年历史的空白,向更快的目标飞翔。

我们英姿飒爽地挥动球拍,挥动全世界惊叹的目光,向更强的行

列挺进。

我们把力拔山河的气概高高地举过头顶，我们把坚定不移的目标牢牢地瞄在心上，我们用白色的羽毛，划出一道道优美的弧线，把智慧、果敢、勇气和崇高，定格成一个个永恒的瞬间！

32，一个普通而神奇的数目，一个新的突破与起点，让长城脚下的亿万人彻夜难眠。五颗星星伴随红色霞光升起的时刻，天下最雄壮最优美的义勇军进行曲，仿佛电波般穿透我们挺立的胸膛，顷刻点燃热血奔涌的激情。不知不觉，湿润的眼眸流出泪花，映照出五颗星星和红色霞光的辉煌！

这是光荣与梦想的色彩，这是和平与友谊的注释。汗水浸润的金牌，是一种甜美的滋味，用手轻轻抚摸，有一些艰辛酸楚的细节，在金牌的背面袅袅地舒展。我不知道，该用怎样的花环，装点这金牌闪耀的喜悦，但我知道，这是奥运健儿们，献给祖国母亲最好的生日礼物！

那就让我们继续攀登，从奥林匹亚到万里长城。

长江黄河是悠久的美酒，喜马拉雅是精致的酒杯，九百六十万平方公里神奇的土地，将举行盛大的庆典，北京 2008 的五环旗，热情欢迎五洲四海奥运健儿的汇聚。

我们将在世界的注目下，沿着不断攀登的轨迹，实现新的跨越……

攀登

白玉兰之歌

——献给抗击非典的白衣天使

你是春风,吹拂着生命的芬芳;

你是春雨,滋润着复苏的心灵。

你是蓝天,翱翔着生命的翅膀;

你是大海,托举起生命的黎明。

你是勇士,搏击在没有硝烟的战场;

你是天使,守护着生命的永恒。

狂风暴雨中,你是一道耀眼夺目的风景;危难紧急时,你是一座挺拔伟岸的长城!

我分明看见,你是一朵美丽的白玉兰,绽放着梨花带雨的芬芳;你是纯洁的白玉兰,闪烁着洁白无瑕的晶莹。

白是纯洁派出的天使,玉是道德圣人的形象,兰是谦谦君子的化身。三者融汇,集而大成,该让我们怎样的崇敬和顶礼呢?

白玉兰,圣洁的白玉兰,盛开着生命崇高的礼赞。

白玉兰,骄傲的白玉兰,闪耀着一个民族的精神!

军魂颂 |

我曾经深情向往，穿上威武庄严的军装，高举右手向国旗敬礼。

我曾经激情向往，手握一把锃亮的钢枪，巡逻在祖国辽阔的边防线上。

我曾经久久思索，是什么牵动千千万万中华儿女的心扉，对军人那么崇敬，那么向往，那么景仰？

从南昌起义划破黎明前黑夜的枪声，到井冈山会师紧紧握在一起的双手，从抗日战争痛击敌寇的英勇，到解放战争排山倒海的气势，90年的峥嵘岁月，90年的坚强锻造，一群群保卫祖国的优秀女儿，一句句掷地有声的铮铮誓言，一个个惊天动地的战斗英雄，一枚枚大写忠诚的军功章，让所有中华儿女热血沸腾。

这一刻，我久久思索的问题终于有了答案，人们对军人的崇敬和景仰，源于刚毅如山、壮阔如海的——军魂。

军魂是什么？答案首先在军人的帽徽上。闪光的"八一"，是我军创建的日子；金色的五星，象征中国共产党是我军的缔造者和领导者；鲜艳的红色，是革命英烈的鲜血染红的军旗。这颗闪闪发光，闪闪发光的帽徽，生动形象地展示着光彩夺目的军魂：听党指挥、英勇顽强。

军魂是什么？答案在军人的形象里。一支钢枪，一双战靴，一身戎装，英姿勃勃。生活中，他们谦虚淳朴，正直善良；训练场上，他们气势如虹，意志如钢；战场上，他们所向披靡，攻无不克。军人，把自己的青春、热血全部融进军魂里，在祖国最需要的时候，义无反顾地书写军人的使命和荣光。

军魂是什么？答案在军人的行动中。无论是艰苦卓绝的抗日战争，还是摧枯拉朽的解放战争；无论是保家卫国的边防作战，还是走出国门的维和行动；无论是激流汹涌的抗洪抢险，还是大火熊熊的救灾现场，无论是碧波如织的南海之滨，还是沃野千里的辽阔北疆，他们始终高扬鲜红的军旗，始终树立牢固的军魂，用人民子弟兵的血肉之躯，筑起了保卫祖国的钢铁长城，他们用英雄壮举，铸就了中华民族的坚毅脊梁！

军人，心中始终装着祖国，始终装着人民，始终装着和平！始终牢记并履行，听党指挥，英勇顽强，血战沙场，报效祖国！军人是时代的骄傲，是民族的脊梁，是共和国的英雄！

军魂，是军人的生命，是人民的信赖，是祖国的骄傲，是中国人民解放军最强大的凝聚力和战斗力。90年的峥嵘岁月，凝结成一句真理：有了听党指挥的坚强信念，有了英勇顽强的毅力信心，中国梦，强军梦，一定能够实现！

后　记

　　为文学而追求，为文学而奋斗，为文学而不舍，为文学而坚守，这是本书中的散文《心灵的选择》写到的句子。文学，已成为我生命和生活中最重要的组成部分。因此，我把第二部散文集的书名，定为《心灵的选择》！

　　世纪之交的 2000 年，我出版了第一部散文集《月亮贺卡》，并十分荣幸地获得中国宝石文学奖、贵州省"新长征"职工文艺创作一等奖、贵州省优质图书奖、中国优质图书奖。集子出版不久，当时已是著作等身、全国知名的欧阳黔森主席，便在《贵州日报》娄山关副刊撰文评论，中国国土资源作协领导和朋友热情鼓励，单位领导专门组织召开作品研讨会，身边的文友和家人更是竭力宣传推介，《月亮贺卡》在贵阳市书店上架后很快售罄。这不是我个人的成绩，是许许多多贵人关心帮助的结果，正如林志玲说的那样："十分感谢我生命中的每一位贵人！"正是这些贵人的提携支持，使我长期保持这份对文学的执着、热爱与坚守，我没有理由不作为心灵的选择。

　　文学是一个辛苦而快乐的爱好，繁忙的机关工作之余，当万家灯火闪耀窗前，当朋友聚会电话不断，当旅途归来激情庆贺，我却独自坚

持在电脑前,因为这是我心灵的选择!这种选择,让我有时处在深深的艰辛、酸楚中,而更多是滋润在无限的快乐、幸福之中,让我的生活充满澎湃的激情,充满文化的养分,充满哲理的雨露,充满"真善美"的阳光。

十分感谢贵州民族出版社,在党的十九大即将召开前夕为我出版第二部散文集。感谢出版社的领导和编辑,特别是老朋友潘松主任,让我有机会为文化自信的"中国梦"献上自己绵薄的一点点心意。感谢李在文董事长百忙中亲自为本书作序,感谢单位领导和同事,特别是西南能矿党群文化组的各位文友,以及我的亲人和朋友,长期以来对我默默的关心和支持。感谢雷毅民兄为本书题写书名。

"舀得十斛三江水,研作翰墨敬贵人。"所有这些关心厚爱,将激励我一直坚持这份心灵的选择,勤奋创作,永不停笔,报答阳光洒满的生活和所有关心我的人们……

2017 年初夏